HERA

Inhalt

Der erste Tag

Es war der 22. März, als seine erste Nachricht eintraf. Ein kühler Spätnachmittag. Der mir unbekannte Mann schrieb in atavistischer, längst vergangener Art und Weise. Ich fühlte mich geschmeichelt, mein Interesse war geweckt.

Purius nannte er sich, und dieser anscheinend nicht mehr ganz junge Lebemann führte in den Anfangsjahren des 21. Jahrhunderts das Leben eines Exzentrikers um 1870. Er bezeichnete sich in seiner ersten E-Mail als *Mönch, Magier und Liebhaber* – und war, wie sich noch herausstellen sollte, millionenschwer. Die Millionen hatte ihm die Schöpfung nicht in die Wiege gelegt. Seinen Kopf musste er dafür in die Schlinge halten – und hoffen, hoffen auf Gnade und Glück. Viel Glück.

Hunderte E-Mails tauschten wir im Laufe der kommenden Wochen und Monate aus. Aus anfänglichem Interesse entstand rasch Verliebtheit. Die Neugier verwandelte sich in Sehnsucht. Nur selten kamen wir auf meine Berufe als Domina und Anwältin zu sprechen. Stattdessen schwelgten wir in Schöngeistigem, philosophierten über die Malerei, Fotografie und Musik, tauschten uns über Reiseziele aus oder wünschten uns einfach nur einen schönen Tag.

Nach sieben Monaten des täglich mehrmaligen Schreibens und auf Antwort Wartens nahm ich seine Einladung an. Ich besuchte ihn in seiner Heimat, die sich im deutschsprachigen Raum, doch nicht in Deutschland, befand.

In der Nähe seines Landsitzes hatte er mich erwartet. Mit strahlenden Augen. Schüchtern in der Nähe eines salamandergelben Lamborghinis stehend. Markante Züge, gebräunte Haut, die vollen Haare nach hinten gekämmt, dunkelblauer Anzug, violettes Einstecktuch, offenes weißes Hemd, schwarze Krokolederschuhe.

»Mademoiselle, hier wohne ich!«, sagte er nach kurzer Fahrt, während sich das einst wohl prächtige, nun verrostete, schmiedeeiserne Tor mit Goldwappen öffnete und rasch wieder hinter uns schloss. Was sich vor mir auftat, war eine Welt für sich: Rechter Hand ein elegantes Palais, linker Hand ein kleines Gästehaus, dazwischen und direkt vor uns fünf Garagen.

Adele, die Haushälterin, erschien auf dem von einer mächtigen Fontäne dominierten Kiesvorplatz. Nach der kurzen Begrüßung verschwand sie eiligst; nicht allerdings ohne mich zuvor wissen zu lassen, der E-Mail-Kontakt zwischen dem Hausherrn und mir habe sich äußerst positiv auf dessen Psyche ausgewirkt. Zudem sei sie bezüglich unserer *amour fou* vollständig informiert.

Purius führte mich, ob dieser Aussage lächelnd, durch zwei riesige königsblaue Flügeltüren in die Eingangshalle. Alles hier war aus spiegelndem Marmor. Die Böden, die Wände und die geschwungenen Treppen. Das Licht der funkelnden Kristallluster war sanft. Zwei bunte Papageien erhoben sich mit lauten Flügelschlägen und flogen quer durch die Halle, um auf der Empore im ersten Stock lässig Platz zu nehmen. Drei lebende Apfelbäume wuchsen aus dem Marmorboden – um den einen schlängelte sich eine präparierte Pythonschlange.

Während ich mir noch all den Prunk besah, meinte Purius mit leiser und ruhiger Stimme: »Das Verirren im Leben ist wichtig. Dadurch erst kommt der Mensch an jenes Wissen und auch an jenes Geld, die es ihm ermöglichen, über andere hinauszuwachsen oder es zumindest zu versuchen!«

Ohne eine Antwort abzuwarten, bot er mir seinen Arm an und nannte ein paar Details zu besagter Schlange: Es handelte sich um eine gelb-weiß gemusterte Albinopythonschlange. Ein französischer Adeliger und Weltenbummler hatte sie einst, vor über hundert Jahren, präparieren lassen.

Einer Prinzessin gleich – man ist nicht umsonst Domina und Anwältin von Beruf: beides Tätigkeiten, die eines gewissen schauspielerischen Talents bedürfen – ließ ich mich von Purius in den Blauen Salon, wie er ihn nannte, geleiten. Hellblaue Wandpaneele mit reichen Vergoldungen, antike Gemälde, uralte persische Teppiche. Auf dem Tisch silberne Kannen und Schälchen gefüllt mit Leckereien aus aller Herren Länder. Riesige Sträuße mit jenen *Centifolien*-Rosen, welche seit dem 16. Jahrhundert auf den Gemälden der flämischen Meister zu bewundern sind. Sensationell!

Die Haushälterin bat bereits nach wenigen Minuten zu Tisch. Wieder bot mir der Hausherr seinen Arm an – gewöhnungsbedürftig! – und führte mich in ein mit Kerzen erleuchtetes Spiegelkabinett. Sein Speisezimmer! *Bumm!* Ein beachtliches Kaminfeuer flackerte. »Mit dreißig Jahre gelagertem Eichenholz befeuert«, sprach Purius mit kaum hörbarer Stimme. Der Tisch war mit weißem Damast, einer Menge Silber, weißem Porzellan und geschliffenem Glas gedeckt. Erst wurde ein Rinder-Carpaccio serviert, gefolgt von einem äußerst leckeren Wildschweinbraten mit Kartoffelknödeln und Dörrobst, zum Abschluss gab es den von mir so sehr geliebten Apfelkuchen – ohne Rosinen. Liebenswerterweise hatte sich der Hausherr meines Hangs zu Apfelkuchen ebenso erinnert wie meiner Abneigung den Rosinen gegenüber. Als Kind hatte ich geglaubt, es handle sich dabei um im Teig ertrunkene Fliegen.

Unsere Konversation verlief heiter und flüssig. Wobei sich aufgrund der mitschwingenden latenten Aufregung keiner in die Tiefe zu gehen wagte. So beließen wir es vorerst bei Höflichkeiten, plauderten ein wenig über die Malerei, ein wenig über unsere E-Mails. Wir erinnerten uns auch des Satzes, mit dem Purius seine erste an mich gerichtete Nachricht beendet hatte: »*Mögen die Götter unsere Wege eines Tages kreuzen lassen!*«

Wir waren beim Apfelkuchen angelangt, als Adele nachfragte: »Die Herrschaften noch einen Wunsch?« Bestens gelaunt parierte Purius: »Was? Ein Wunsch? Seit ich hier wohne, hat mich noch nie wer gefragt, ob ich noch einen Wunsch habe.«

Adele zögerte keinen Augenblick, sprang auf den Unzufriedenen zu, drückte ihm einen Kuss auf die Stirn und rief: »Er ist der Beste!« Ein lustiges Team, die beiden!

Der Beste besaß einen Hang zum Frankophilen. Selbst in seinen E-Mails hatte er mich stets mit *Mademoiselle* angesprochen. Was sich anfangs als ungewöhnlich erwies, ging mir schon nach kurzer Zeit runter wie Honig. Zudem zeichnete er sich durch eine ihm eigene Art der Sensibilität aus.

»Mademoiselle, was ist mit Ihnen?«

»Och, schon jetzt vermisse ich die beiden Wauzis!« Meine samtblaue Dogge Paris und dessen kleine Freundin Helena.

»Ich verstehe.« Nach kurzem Nachdenken fügte er hinzu: »Kommen Sie, vielleicht gelingt es mir, Sie ein ganz klein wenig zu trösten.«

Über den Gang, der zu beiden Seiten mit Dutzenden Palmen flankiert war, gelangten wir in den so genannten Großen Salon. Nun wurde klar, weshalb er den anderen Raum als den Blauen Salon bezeichnet hatte. Was ich zuallererst unter all dem Gold erblickte, war ein riesiges Meerwasser-Aquarium, welches eine gesamte Wand ausfüllte, in der Länge geschätzte fünfzehn Schritte maß und bis zur hohen Stuckdecke reichte. Zwischen den denkbar farbenfrohsten Korallen und den in der Strömung tanzenden Anemonen glitten hunderte bunter Fische dahin. Blaue Kaiserfische ebenso wie orangerote Clown- und orange Anemonenfische. Aber auch sandfarbene Fetzen- und gelb-schwarz gemusterte Falterfische. Zwischen alledem Wasserschildkröten, Schnecken, Krebse und eine Seepferdchenfamilie.

Und ehe ich mich versah, hatte er auch noch seine Hunde gerufen. Vier an der Zahl. Zwei kleine Mischlinge aus dem Tierheim und zwei Greyhounds. Jene grauen Windhunde, welche im Russland des 19. Jahrhunderts den Wert eines Landgutes besaßen. »Aus dem Garten könnte ich noch drei Schafe und fünf Pfauen holen. Möchten Sie? Oder ist es mir bereits gelungen, Sie zumindest ein wenig zu trösten?« Ich rief nur: »Gelungen!« und balgte mich auch schon mit den Vieren auf den Perserteppichen, wobei sich einer als ein ziemlich angriffslustiges Kerlchen erwies.

Klassische Musik erklang im Saal. Ansonsten nicht mein Ding, doch die mysteriös ruhige *Ouverture* fühlte sich gut an. Purius räusperte sich dennoch verlegen: »Rachmaninov! *Die Toteninsel*!«

Nett, die ersten Klänge, die man in einem Hause zu hören bekommt: Totenmusik. Andererseits konnte er dies ruhig wagen, war ihm mein Hang zum Makabren doch gewiss nicht verborgen geblieben. So hatte ich ihm bereits Monate zuvor von einem Fototermin in Paris berichtet, bei welchem mir das Schaufenster eines Kammerjägers aufgefallen war. Über und über angefüllt mit Rattenfallen und ausgestopften Ratten. Ergänzt durch uralte und verstaubte Werbetafeln. Wäre ich damals die Fotografin gewesen, hätte ich mir kein reizvolleres Motiv vorstellen können, als die süßen Models eine Hand in die Fallen stecken zu lassen ...

Purius setzte sich zu mir auf den Boden, während ich mich noch mit den Hunden balgte. Obwohl ich geahnt hatte, dass der Gastgeber bereits an diesem ersten Tage das Gespräch auf für mich unangenehme Themen bringen könnte, bereitete mir dieser Gedanke nur wenig Sorge. Mir war klar, dies würde lediglich die logische Folge unseres in vielen Belangen äußerst vertraulichen und erfüllenden E-Mail-Kontaktes darstellen. Und tatsächlich – fragte er unvermittelt: »Waren Sie ein glückliches Kind?« Ich schob die Hunde von mir.

»Nein, ich war sehr unglücklich. Zwischen meinen Eltern gab es immer wieder Streit, und ich hätte mir damals gewünscht, die beiden hätten sich getrennt.«

»Das tut mir Leid.«

»Das muss Ihnen nicht Leid tun, in Millionen Familien läuft am heutigen Abend und in diesem Augenblick der gleiche Film ab. Ich war entsetzlich einsam. Meine Eltern mussten uns irgendwie durchbringen und hatten viel zu wenig Zeit für uns.«

»Wer ist uns?«

»Meinen Bruder und mich. Die Erziehung lässt sich als locker bezeichnen und die Eltern legten Wert darauf, uns einen tiefen Respekt vor Tieren, Pflanzen und Menschen mitzugeben – und zwar in dieser Reihenfolge.«

»*Hmm*, womit konnte man Sie als Kind glücklich machen?«

»Mit Zeit zum Spielen. Mit Kuchen. Und wenn mir wer die Möglichkeit gab, über meine Gefühle zu sprechen. Wenn mir wer zuhörte!«

»Gibt es ein frühkindliches Ereignis …?«

»Das Allererste, an das ich mich erinnern kann? Sicher bin ich mir nicht, doch ich glaube, es war, als meine Mutter mit Hoppel, meinem Zwergkaninchen, in einem Korb im Kindergarten auftauchte. Das war großartig!«

Ohne Purius zu Wort kommen zu lassen, fuhr ich fort: »Einen Großteil meiner Kindheit verbrachte ich im Wald, um Frösche, Füchse, Rehe und all deren Freunde zu suchen. Tiere sind Teil meiner Kindheit. Genauso wie der lilafarbene Opel *Commodore* meines Vaters, den wir später immer anschieben mussten. Oder wie die langen weißen Haare meiner Großmutter, die sie bei meinen Besuchen vor dem Schlafengehen immer sorgfältig kämmte. Ihre Grazie und ihr Anmut waren einzigartig und …«

»… erst von der Enkelin wieder erreicht! Sie streiften alleine durch den Wald?«

»Nein, mit meiner besten Freundin. Mit Angelique. Sie ist die große Liebe meines Lebens. Sie war der erste Mensch, dem ich gesagt habe: *Ich liebe dich!* Und bereits damals wusste ich, dieses Gefühl würde niemals enden. Wäre sie ein Mann, wären wir heute ein Paar. Wir haben zusammen Sport gemacht und sie war eine über die Maßen talentierte Karateka, die es später sogar als Braungurt in den Nationalkader schaffte. Und wenn ich an sie denke, fühlt sich das an wie Kuchen und Meer – ganz wunderbar.

Wir wuchsen beide in der Nähe des Klosters Knechtsteden in Nordrhein-Westfalen auf. Ein Ort, mit dem ich ausschließlich schöne Erinnerungen verknüpfe. Im dortigen Missionsmuseum waren wir Stammbesucher. Der Grund: Es gab dort ein ausgestopftes Krokodil. Wohl deshalb erregte heute auch die Pythonschlange in Ihrer Eingangshalle so sehr meine Aufmerksamkeit. Selbst nachts bin ich mit meiner Freundin in das Museum eingestiegen. Wir konnten einfach nicht genug bekommen und sind stundenlang durch die Klosteranlage gegeistert. Spannend! Es gab dort ein Hospiz, von dem wir allerdings nichts wussten. In jenem Hospiz begegneten wir dem ersten Toten unseres Lebens. Aufgebahrt lag er da, in einem Raum mit lauter Blumen und Kerzen. Von jenem Tag an fanden wir nichts Schlimmes mehr am Tod. Es sah alles ganz wunderbar aus in diesem Aufbahrungsraum. Die Spiritaner hatten sich großartige Mühe gegeben. Mit diesem Eindruck sind wir glücklich nach Hause geradelt und waren vom Gefühl durchdrungen, wir wären einem Mysterium auf die Schliche gekommen. Geradezu berauscht waren wir von der Nähe des Todes. Statt ihn zu fürchten, haben wir ihn bestaunt; wofür er uns körperlich spürbar ein Lächeln schenkte.«

»Was ist aus Angelique geworden?«

»Ein wunderbarer Mensch, den ich immer lieben werde! Zu Weihnachten waren wir gemeinsam im spanischen Tarifa. Da bin ich übrigens zum ersten Mal im Leben ohne Angst durch die hohen Wellen geschwommen.«

»Sieh an, sieh an, eine Domina kennt die Angst?«, rief Purius süffisant.

»Ja, ja, so wie jeder Mensch auf Erden auch die Einsamkeit kennt.«

»Wie wahr! Sie sehen gar nicht wie eine Domina aus …«

»Eine gute Domina sieht niemals wie eine Domina aus. Die stillen Wasser sind immer die abgründigsten. Von der Kindheit an bis zum heutigen Tag umgebe ich mich eher mit Männern als mit Frauen. Frauen haben meist Angst vor mir. Mit der Ambivalenz zwischen meinem kindlichen Aussehen und dem, was im Endeffekt aus meinem Mündchen kommt, kommen die meisten Frauen nicht zurecht.«

Purius machte mich auf zwei mächtige blaue Kaiserfische aufmerksam, die sich gegenseitig aus dem Revier zu drängen versuchten. Nach wenigen Augenblicken war der Kampf entschieden.

»Waren Sie auch in Ihrer Kindheit schon ein wenig dominant?«

»Ja, diese Neigung zeigte sich früh. Noch im Kindergarten, kurz bevor ich in die Schule kam, zwang ich einen Jungen, im Garten eklig feuchte Pilze zu essen. Ich nahm ihn in den Schwitzkasten und fütterte ihn damit. Im Krankenhaus musste ihm der Magen ausgepumpt werden. Von jenem Tag an war es mit seinem Frechsein gegenüber den Mädchen vorbei. Eine Sache, die mir damals Riesenrespekt einbrachte.«

»Hüten werde ich mich, mit Ihnen, verehrte Mademoiselle, Pilze sammeln zu gehen. Gehörten noch andere Spiele dieser Art zu Ihrem edlen Repertoire?«

»Ich liebte alle Spiele, bei denen es keinen Verlierer gab, und alles, was mit Bauen und Basteln zu tun hatte. Selbstredend auch jede Art von Versteckspielen. Ich konnte es gar nicht erwarten, in den Kindergarten zu kommen. Selbst den ersten Schultag konnte ich kaum erwarten.«

»*Mais oui*, so wie den letzten …«

»Nein, nein, die Schule liebte ich sehr. Nach dem Besuch der Grundschule wechselte ich ans Leibniz-Gymnasium Hackenbroich, direkt neben dem Kreiskrankenhaus. Dieses Krankenhaus sollte ich Jahre später noch von innen kennen lernen: unmittelbar vor dem ersten Staatsexamen, mit einer akut entzündeten Bauchspeicheldrüse. Tat übel weh. Mein schulischer Ehrgeiz erwies sich als nicht stillbar. Als sich der Englischlehrer ob einer Zwei in der Klausur enttäuscht zeigte, gab mir das jene Kraft, die ich im Elternhaus nicht finden konnte.

Er war es auch, der mich eines Tages professionell in Schutz nahm: Ich war mit einem anderen Lehrer in Streit geraten, hatte dieser doch gemeint, ob er nun unterrichte oder den Tag Kaffee trinkend im Lehrerzimmer verbringe, habe auf uns Schüler wohl den gleichen Effekt. Dies brachte mich in Rage und ich konterte: ›Dann bleiben Sie doch daheim und lassen andere Ihre Arbeit tun!‹ Stunden später platzte dieser offensichtlich noch immer über mich Erboste in den Englischunterricht und forderte mich auf, vor die Tür zu kommen. Was er nicht ahnen konnte, der Englischlehrer ging mit hinaus, hörte sich die Geschichte an, gab mir Recht und zog mich sogleich in die Klasse zurück. Das machte mächtig Eindruck auf mich!«

»Ein Hoch auf couragierte Menschen – auf Sie und auf den Englischlehrer! Es ist ein Genuss, Ihnen zuzuhören! Möchten Sie was trinken?«

Einer der Hunde war an mich gekuschelt eingeschlafen, während die drei anderen zwischenzeitlich das Weite gesucht hatten. Musik war keine mehr zu hören, alles war völlig still.

»Wasser, ein großes Glas Wasser.«

»Mineralwasser?«

»Am liebsten eines, das ein bisschen salzig schmeckt und zu viel Kohlensäure enthält.«

Purius erhob sich und ging hinaus. Mein Blick traf eine Fotografie, die auf einer der reich geschnitzten und vergoldeten Kommoden stand: Eine blutverschmierte Blondine hatte in den Kopf einer weißen Taube gebissen.

Der Hausherr kam wenig später mit zwei Gläsern Wasser und einem Schälchen Salz – so hatte ich das nicht gemeint! – zurück. Er griff sich eine der Rosen und überreichte sie mir mit den Worten: »Es ist ein Genuss, Ihnen zuzuhören! Übrigens habe ich Ihnen das vorhin auch schon gesagt, aber Sie haben es überhört.«

»Überhört habe ich es nicht. Es verhält sich mit den Komplimenten eines Mannes allerdings generell so, dass sie stets Mittel zum Zweck sind, um an das Eine zu kommen.«

»Das von Ihnen erwähnte Eine wird einem reichen Manne nachgeworfen. Bei allem, was mir heilig ist, ich habe Sie nicht eingeladen, um an das Eine zu kommen.« Er hielt einen Moment inne, dann sagte er sanft: »Sie sind eine der wenigen Frauen, die sich von meinen Millionen nicht hat beeindrucken lassen.«

»Wer sagt Ihnen, dass mich all dies hier nicht beeindruckt? Es ist lediglich so, dass ich bis vor wenigen Stunden angenommen habe, Sie seien ein mittelloser, allerdings recht kluger Lebenskünstler.«

»Mademoiselle, ein Lebenskünstler bin ich tatsächlich!«

»Und woher hat der Lebenskünstler seine Millionen?«

Purius' soeben noch strahlendes Gesicht verfinsterte sich und er antwortete mit stockender Stimme: »Man muss viel gelitten haben, um derart reich zu werden!« Was schlechte Erinnerungen anbelangte, schien Purius ebenfalls keinen Mangel beklagen zu können. Nach einer kurzen Pause ergänzte er: »Mit Erdöl- und Zuckerspekulationen bin ich reich geworden! Spät, relativ spät, erst vor wenigen Jahren. Die Jahrzehnte davor haben es nicht immer gut mit mir gemeint, ich möchte nicht darüber sprechen.«

Die drei Hunde waren in den Salon gestürmt. Der vierte, an mich gekuschelt, sprang auf und hätte mich vor Schreck beinahe in den Unterarm gebissen. Purius holte aus einer vor Gold strotzenden Kommode bunte Bälle und Hundeknochen. Damit hetzten wir die Lieblinge durch den Saal, was Purius sichtlich half, sich von seinen schmerzenden Erinnerungen zu befreien. Dass ihm dabei eine geschliffene und mit Gold verzierte Glasschale in die Brüche ging, schien ohne jegliche Bedeutung zu sein. Das teure Stück wurde später von Adele entsorgt, als handle es sich dabei um nichts weiter als einen nicht mehr gebrauchten Magerjoghurtbecher.

Nach zwanzig Minuten des Balgens, Lachens und Werfens wandte sich Purius mit leiser, doch wieder gefasster Stimme an mich: »Bezaubernde Mademoiselle, wollen Sie mir nicht noch was erzählen? Sie haben gesagt, in der Kindheit seien Sie unglücklich gewesen. Wie war es später, in der Jugend, als begabte und gewiss auch begehrte Schülerin?«

»Wie die Kindheit, so gibt auch meine Jugend nur wenig Anlass zu übertriebener Heiterkeit. Als Dreizehnjährige kam es zum sexuellen Missbrauch durch meinen Onkel, was mich in eine schwere Krise stürzen ließ. Mit siebzehn half mir eine Psychotherapie, den damit verbundenen Schmerz einigermaßen in den Griff zu bekommen. Die Sache schien längst überwunden, als um den dreißigsten Geburtstag herum meine Gefühlslandschaft erneut in sich zusammenstürzte.

Im Laufe der Jahre habe ich viel darüber nachgedacht, was getan werden müsste, um Missbrauch zu verhindern. Aber viel mehr, als dem Kind Stärke zu vermitteln, es ernst zu nehmen und mit ihm eine gesunde Körperlichkeit zu leben, können Eltern wohl tatsächlich nicht tun. Wenn Päderasten allerdings ahnten, was sie den Kindern antun, würde wenigstens ein Drittel dieser Verbrecher sich auf der Stelle das Leben nehmen. Immer wieder werde ich gefragt, was meiner Ansicht nach die Gesellschaft mit den Tätern tun sollte. Ich weiß es nicht, ich weiß es wirklich nicht – weder aus juristischer noch aus persönlicher Sicht. Es sind Verbrecher, doch kein Kind möchte den Onkel als Verbrecher im Fernsehen gezeigt sehen.«

»Die Statistik besagt, jedes vierte Mädchen und jeder zehnte Junge ist von sexuellem Missbrauch betroffen. Zahlen, die sich mit den Erfahrungen der Frauen und Männer in meinem eigenen Bekanntenkreis decken.«

»Wir haben es mit einer Art Volkssport zu tun!«

»Haben Sie viel gefeiert, um sich abzulenken?«

»Nein, ich war eine Außenseiterin. Eine Außenseiterin mit dem Coolbonus. Mich auf einer Party zu haben war für den

Gastgeber eine Auszeichnung. Ich war keine Partylöwin, ging niemals in Discos oder Clubs. Das war nicht meine Welt. Ist es bis heute nicht. Stattdessen machte ich eine Menge Sport, las und interessierte mich für Musik. Ich galt als weise, und dies, obwohl ich mit meiner Chopper zur Schule fuhr und mich früh tätowierte.«

»Die Tätowierungen ...«

»... waren eine wunderbare Möglichkeit, meinen Körper Stück für Stück zurückzubekommen.«

»Wollten Sie niemals Prinzessin sein?«

»Nein, ich war lieber eine weibliche und drogenfreie Version von Jim Morrison. Eine Amazone.«

»Eine Amazone?«

»Na klar, die ist stark, unendlich weiblich, schön – und sie besitzt eine Armbrust. Seit jenem Tag, an dem ich das erste *Wonder Woman* in die Hand bekommen hatte, wollte ich eine Amazone sein. Die Bilder im Heft habe ich verschlungen. Lesen konnte ich damals noch nicht.«

»Sie waren bei Ihren Waldausflügen vielleicht als Amazone gekleidet?«

»Nein, nein! Geliebt habe ich als Kind meine weiße Bommelmütze. Die würde ich heute noch tragen. Und meine erstklassigen roten Holzschuhe mit den Marienkäfern darauf.« Ich musste gähnen. Es war schon ziemlich spät geworden. »Als ich eines Tages mit einem der Länge nach aufgerissenen Kleid nach Hause kam, gab es mit Mutti zwar keinen Ärger, doch von jenem Tag an hatte ich meine ausgedehnten Entdeckungstouren in Hosen und Turnschuhen vorzunehmen.

Als Kind schätzte ich die Dunkelheit, dieses Gefühl von Sicherheit, Wärme und Inspiration, und so war selbst das dichteste Unterholz vor mir nicht sicher. Auch mein Vater, ein begnadeter Maiglöckchensammler, begleitete mich gelegentlich auf meinen Touren. Seine dabei erlittenen Kratzer von all den Brombeeren und dem Geäst trug er wie andere Väter ihre Schmisse.«

»Darf ich Sie auf Ihr Zimmer bringen, Mademoiselle?«, fragte Purius ebenso überraschend wie schüchtern. Meine Müdigkeit war ihm anscheinend nicht entgangen.

Wortlos und gemäßigten Schrittes verließen wir das Palais und schlenderten über den Kiesvorplatz. Die Fontäne im Nymphenbrunnen, wie er ihn nannte, war zwischenzeitlich ausgeschaltet. Vor meiner Zimmertür im Obergeschoss des Gästehauses trat Purius einen Schritt zurück. »Mademoiselle, möge diese inspirierende Zeit mit Ihnen niemals enden! Gute Nacht!«

Oh, ein Mann, dem vor einer Schlafzimmertüre stehend nicht das Hirn aussetzte! Fantastisch! Ich hörte noch, wie er rief: »Um zehn gibt es Frühstück.« Und weg war er.

Vergnügt öffnete ich die weiß lackierte Tür, hinter der sich ein wunderschönes Zimmer verbarg. Weiße Wände. Dunkelbrauner Holzboden. Drei große, bis zum Boden reichende französische Fenster. Davor ein reich bepflanzter Balkon. Ein hohes altertümliches Bett mit weißer Bettwäsche und zahlreichen Kissen und Polstern, *mmh, fühlten sich gut an.* Der ansonsten lichte Raum erhielt durch das Bett eine besondere Note. Auf dem Schminktisch mit Spiegel stand meine Reisetasche. Adele hatte sie offensichtlich bereits zuvor aufs Zimmer gebracht – und mit einer orangefarbenen Blüte geschmückt. Neben einem mächtigen Cordsessel stand ein Tisch aus Stahlblech. Mehr ein zeitgenössisches Kunstwerk als ein Tisch. Dennoch war ein Strauß weißer Lilien in einer schlichten Vase darauf platziert worden. Zudem ein Rechaud mit einer Kanne heißen Rotbuschtees. Und eine kleine Etagere mit etwas Obst und Pralinen. Das Schönste allerdings war das Foto meiner beiden Wauzis. Paris und Helena! Vor Monaten hatte ich es *ihm* gesandt und nun fand ich es hier auf dem Tisch großformatig gerahmt und mit einer roten Gerberablüte versehen wieder. Das Licht des weißen Kronleuchters war angenehm und die bereitliegenden Hausschluppen aus grauem Filz nicht weniger. Ein abstraktes

Bild lehnte arglos an der Wand. Hübsch, doch nicht sonderlich professionell ausgeführt. Vom Hausherrn selbst gemalt?

Von zwei nebeneinander liegenden weißen Schiebetüren führte die eine in einen winzigen Ankleideraum und die andere ins Badezimmer. *Oh*, was für ein Badezimmer! Der Whirlpool plan in den Boden eingelassen. Riesige Wand- und Deckenspiegel. Ein weiterer Schminktisch. Diesmal mit drei gekühlten Kosmetik-Schubladen. Sanft schimmernde Badeöle in edlen Karaffen und Flakons. Eine mit Badeschwämmen gefüllte Schale aus Bergkristall. Zwei Bademäntel, aus weißem Frottee und apricotfarbener Seide, kunstvoll mit ihren Gürteln drapiert. Ein weißes Leinennachthemd zum Quadrat gefaltet, direkt neben den beiden Waschbecken. Auch hier weiße Lilien und unter einer filigranen Glasglocke einige Himbeeren und kandierte Veilchen. Ein Bambustablett mit zwei Fläschchen Mineralwasser, zwei Gläsern, Trinkhalmen und zur Dekoration einem Palmwedel. In einem der Spiegelschränke ein Rohrstock und zwei Gerten. Parfüms und Kosmetikartikel in einer kaum zu übersehenden Menge, originalverpackt.

Groß war die Müdigkeit, doch ich holte den geliebten Laptop aus der Reisetasche und tippte am Schminktisch sitzend all das nieder, was ich tagsüber erlebt, geplaudert und wahrgenommen hatte.

Wie in seinen E-Mails hatte Purius an diesem ersten gemeinsamen Tag auf mich gewirkt: schüchtern und sehr wohltuend! Freudig gab ich ihm die Note 2 minus und kuschelte mich in die Kissen!

Der zweite Tag

Vergiss alles, was hinter dir liegt!
Angelsächsischer Grundsatz

Der nächste Morgen sollte ungewöhnlich beginnen. Nicht definierbare Laute ließen mich gegen neun erwachen. Ich wühlte mich aus den vielen Kissen, trat ans Fenster und war denn doch ein wenig überrascht, als ich Purius erblickte, wie er, in einen schlichten arabischen Umhang gehüllt – wie sich später herausstellte, war es eine Mönchskutte –, bemüht war, mit besagten Lauten und rohem Fleisch Vögel anzulocken. Was für ein Hobby!

Nun duschte ich, föhnte mir die Haare, tippte noch ein wenig an den Erinnerungen vom Vortag und schlüpfte erst dann in meine Lieblingshose *G-Star Concept Elwood*, die ich in drei Farben besaß: schwarz, grau und beige. An diesem Tag entschied ich mich, bevor ich um zehn Uhr das Palais betrat, für biskuitbeige; von den Schuhen bis zum Pullover.

Schon kam mir die Haushälterin mit ausgestreckten Armen entgegengelaufen. Sie drückte mich an sich und verriet verschwörerisch blinzelnd, der Gastgeber könne es gar nicht mehr erwarten, mich wiederzusehen. Als Purius einen Augenblick später rief: »Endlich, die Frau Anwältin ist gekommen!«, wollte ich wissen, ob die Haushälterin gestern geprahlt hatte oder ob sie tatsächlich genauestens über mich instruiert war. Also rief ich euphorisch zurück: »Anwältin und Domina!« Adele, in keiner Weise überrascht: »Ich wäre auch ein gute Domina. Wissen Sie, zu meiner Zeit hat es solche Dinge noch gar nicht gegeben.« Purius, zwischenzeitlich freudig strahlend in der Eingangshalle erschienen, widersprach: »Gegeben wohl schon, liebe Adele! Sadomasochismus war zu allen Zeiten die

Leidenschaft des Adels und des Klerus. Man denke nur an die legendär gewordenen Feste der Kardinäle und Äbte, bei denen nackte Frauen mit ihren Schamlippen Münzen vom Boden aufzuklauben hatten.« Adele scheuchte ihn aus ihrem Weg.

Der Hausherr bot mir, wie es seine Art war, den Arm an und geleitete mich über den zu beiden Seiten von Palmen gesäumten Gang in Richtung des so genannten *Salle de Déjeuner*, des Frühstücksraumes. Der kleine Saal fand allerdings auch zu anderen Tageszeiten Verwendung. Eine Art überdachter und verglaster Terrasse mit Säulen und Rundbögen, lindgrünen Wänden, einem goldgerahmten Gemälde einer Wildschweinjagd, einem offenen Kamin, drei runden, mit weißem Damast gedeckten Tischen und insgesamt elf Stühlen. Die Aussicht auf den Park mit seinen Fontänen, dem beachtlich dimensionierten Karpfenteich, den Blumenbeeten, den Kieswegen und vor allem dem herbstlichen Buchenhecken-Labyrinth war grandios.

Purius war weniger daran interessiert zu erfahren, wie sehr mir die Aussicht entsprach, stattdessen setzte er sich apollogleich in Pose und fragte: »Madame, wie gefällt Ihnen mein neuer Anzug?« Ein modern geschnittener Anzug in himmelblau, mit gelben Knöpfen.

»Ob Sie mich Madame oder Mademoiselle nennen, es ist das grässlichste Stück Stoff, das ich jemals gesehen habe!«

Die Haushälterin aus dem Hinterhalt: »Der Anzug ist noch nicht alles. Sehen Sie sich den Frühstückstisch an! Alles wollte er selber machen, und das ist jetzt dabei herausgekommen ...« Ich besah mir den gewiss mit viel Euphorie, doch ohne jegliches Talent zum Maßhalten überhäuften Tisch und musste herzhaft lachen: Männer!

»Ich wollte doch nur ...«, begann einer sich zu entschuldigen.

Wir nahmen Platz. Die Haushälterin räumte alle möglichen Tellerchen und Schälchen weg. Adele fing sich mit ihrem Tun einen gespielt missmutigen Blick von Purius ein. Liebevoll schnippisch konterte sie: »Ich nehme dem kleinen Jungen doch nichts weg, aber eine Dame fühlt sich nicht wohl in solch einem Chaos.«

Im Palais waren plötzlich verschiedenste Stimmen zu hören, und auch im Park machten sich ein halbes Dutzend Gärtner an die Arbeit. »Entschuldigen Sie die kleine Beeinträchtigung. Aber wir haben Dienstag. Und dies ist der Tag, an dem die Handwerker, die Reinigungsfirma und die Gärtner ins Haus kommen. In der restlichen Zeit bin ich mit Adele allein. Dies ist mir wichtig, denn eines Tages habe ich erkannt, ich bin Autist. Ein Autist, der den Kontakt zur Außenwelt weder braucht noch sucht.«

»*Me too!*«

»Nein?«

»Doch, doch, mein Autismus wurde in der Kindheit nicht erkannt, doch seit jeher brauche ich feste Tagesabläufe, gleiche Strukturen und Handgriffe. Heute, als erwachsene Frau, habe ich kein Problem mehr damit. Das Autistischsein engt mich nicht ein. Es ist höchstens ein wenig sonderbar. Manchmal. Während meines Jurastudiums an der Universität Köln sprach ich in all den Jahren mit gezählt drei Leuten; zwei Männern und einer Frau. Und dies, obwohl ich mitten in einem 700 Personen starken Studiengang saß.«

Die Haushälterin erschien: »Diesen wollte er heute für Sie anziehen ...« Einen knallroten Schottenkaro-Anzug hielt sie in die Höhe, diesmal mit mauvefarbenen Knöpfen. Mir blieb die Spucke weg. Der Hausherr setzte zu einer weiteren Verteidigung an: »Verzeihen Sie, meine Damen, ich gönne mir heute all das, was ich mir mein ganzes Leben lang nicht leisten konnte – und sei es noch so verrückt. Diese Anzüge habe ich mir übrigens in Paris, unserer beider Lieblingsstadt, nähen lassen.«

»*Mmh*, Paris! Ich liebe alles an Paris. Absolut alles. Bis auf mauvefarbene Knöpfe auf Schottenkaro. Dort fühle ich mich angekommen, geborgen und ruhig. Sogar in der Lage, mich treiben zu lassen, was ich mir ansonsten niemals erlaube. Wenn ich in Paris lande, fühle ich mich augenblicklich dazugehörend, und dies, obwohl mein Französisch doch als eher schlecht bezeichnet werden muss.«

»Ja, wir sollten nach Paris reisen, in die Welthauptstadt der Malerei, des Lichts und der Liebe. Jetzt sind wir aber vom Thema abgekommen. Darf ich noch fragen, würden Sie wieder Jura studieren?«

»Studieren würde ich auf jeden Fall wieder, wenn auch nicht Jura. Damals wusste ich noch nicht viel über meine Talente und wahren Interessen. Außer vielleicht, dass ich schon immer äußerst diszipliniert und ein Organisationstalent war. Für Jura keine schlechten Voraussetzungen. Deshalb fiel mir das Studieren auch leicht, meine Noten blieben gut. Das Geld fürs Studium zu erarbeiten, war schon deutlich anstrengender.«

»Sie arbeiteten während des Studiums?«

»In einem Sportstudio. Morgens um 7.30 Uhr sperrte ich es auf, abends um 22.30 Uhr war Schluss. Dazwischen, meist in der Mittagszeit, ging es zur Uni. Das Studio war wie ein zweites Zuhause für mich.« Purius reichte mir ein weiteres Stück Mohnkuchen mit winzigen Birnenstückchen darin. *Mmh*, beinahe schon so lecker wie die Kuchen von Mutti. Nach drei großen Bissen und einem nicht weniger großen Schluck frisch gepressten Saftes aus blutroten Granatäpfeln erzählte ich dem Hausherrn weiter aus meinem Leben:

»Nach einer zerbrochenen Liebesbeziehung, Ende des Studiums, besuchte ich eine Party, auf der ich darauf angesprochen wurde, ob ich vielleicht eine ›Professionelle‹ sei. Eine Professionelle? Damit nicht genug, wenige Minuten später bot mir ein hübsches Kerlchen fünfzig Mark, wenn ich bereit wäre, ihn mal rasch anzupissen. Viel Geld für eine Studentin! Wenige Tage später las ich die Anzeige eines Dominastudios, stellte mich vor, alles ging ruck zuck, schon war ich Nutte!«

Purius rang nach Worten, wie es die Menschen immer tun, wenn sie mit der Thematik frontal konfrontiert werden. Selbst bei den Gästen im S/M-Studio[1] ist diese sie plötzlich übermannende Kraftlosigkeit spürbar. Beinahe ein jeder verhält sich vor Beginn der Session mächtig aufgeregt und unsicher. Selten einer ist *notgeil*. Manch einer zittert vor Aufregung.

Die meisten meiner Gäste sind im Alter zwischen Mitte zwanzig und Mitte vierzig, jeder zweite von ihnen Familienvater. Auffallend bei S/M-Interessierten ist ihre besondere Gepflegt- und Kultiviertheit. Wobei gesagt werden muss: Eine jede Domina zieht eine andere Klientel an.

Purius hatte sich überraschend schnell gefangen und fragte mit ruhiger Stimme: »Mademoiselle, und wenn Sie mal schlecht drauf sind, ist dieser Beruf dann nicht ein wenig schwer auszuüben?«

»Och, das ist wie in anderen Berufen auch, beim Chirurgen nicht anders als bei den Gärtnern da draußen. Bin ich nicht gut drauf, plagt mich Liebeskummer oder fressen die Hunde zu wenig, dann fällt mir der Job als Anwältin nicht weniger schwer als das Auspeitschen eines Mannes oder eines süßen Ehepaares. Abgesehen davon gibt es eine Art inneren Schalter: Wenn ich mich hinter die juristischen Akten klemme oder wenn ich meine ›Domina-Uniform‹ anziehe, dann müssen die Probleme draußen bleiben, dann will ich eine großartige Leistung erzielen.«

Später machten wir einen Spaziergang durch den herbstlichen Park. Während das Laub beruhigend unter den Füßen raschelte, wärmte uns die Sonne das Gesicht. Mit hörbarer Begeisterung in der Stimme versuchte Purius, dieser *Nobile* der alten Schule, mich aufs Mittagessen – schon wieder speisen? – einzustimmen: »Mit den Wiener Spezialitäten verhält es sich wie mit so vielem im Leben: Der Mensch sollte die Traditionen wahren und ehren. Und ein Wiener Schnitzel wurde zu allen Zeiten in Schmalz statt in Speiseöl gebacken. In der Pfanne gebacken, nicht frit-

1 *S/M: Sadismus/Masochismus*

tiert. Nur ein Dummkopf ohne Geschmacksnerven wirft solch eine Tradition über den Haufen. Ähnlich ist es mit dem Wiener Kartoffelsalat: Da müssen *Hesperiden*-Essig und eine Prise Zucker rein, alles andere ist ein unwürdiger Ersatz.« Aha!

Ich muss zugeben, die Schnitzel waren dann tatsächlich sensationell lecker. Zum anschließenden Kaffee setzten wir uns in den Großen Salon, jenen mit dem überdimensionierten Südsee-Aquarium. Die Hunde begleiteten uns. »Madame, kosten Sie doch von den Erdbeeren.«

»Sind die nicht ein bisschen klein für ein so großes Haus?«

»*Oh*, mit Erdbeeren ist es wie mit allem im Leben: Die kleinsten Früchte garantieren den größten und süßesten Genuss. Die großen prallen Früchte hingegen bedeuten Betrug, sie bestehen lediglich aus verführerischer Hülle ohne jeglichen Geschmack. Beinahe alles, was unsere Augen beeindruckt, bedeutet in Wahrheit Betrug. Wir täuschen selbst und lassen uns täuschen: durch Kleidung, Autos, Möbel. Wir verschleiern durch Sprache, Gestik, Konsum und Lügen. Den Großteil unseres Lebens verstecken wir uns hinter Hüllen und Maskeraden.«

Ich musste ihn bremsen: »Aber dieses Palais, Ihr galantes Auftreten, all die Kunstwerke hier und gerade auch Ihr exzentrischer Kleidungsstil sind doch auch ...«, ich hielt kurz inne und sagte dann, »sind doch auch nur Hülle.«

»Umstände haben mich zu dem gemacht, der ich bin.«

»Welche Umstände?«

Purius gab keine Antwort. Den restlichen Nachmittag verbrachten wir über Mode, Architektur und Gartengestaltung plaudernd. Wobei der Hausherr erwartungsgemäß zur Opulenz des Barock tendierte, während mir der Sinn mehr nach Kargheit und Modernität stand.

Irgendwann zeigte ich auf einen goldenen Kelch, wie er üblicherweise auf Altären zu finden ist: »Wunderschön!« Ich stand auf, näherte mich dem auf einer Louis-XV.-Kommode stehenden Kelch und fragte fasziniert: »Abbé Purius ...« (In einer seiner E-Mails hatte er mir mal gestanden, es zu schätzen, mit *Mönch*, *Abt* oder eben der französischen Variante *Abbé* angesprochen zu werden.) »Abbé Purius, was ist da für eine gestockte Flüssigkeit drin?«

»*Les règles d'une vierge.*«

Ich musste mich verhört haben, drehte mich nach ihm um, doch seelenruhig wiederholte er: »*Les règles d'une vierge.* Blut – die Menstruation einer Jungfrau.« Der Typ bewahrte in seinem Wohnzimmer Menstruationsblut auf!

Während des Abendessens – Wildpastete, Lammkoteletts mit Sprossenkohl und Kartoffeln, Pistazieneis und beinahe zwei Karaffen Mineralwasser – sprachen wir über Kenia. Jenes touristische Land, in welchem eine sechzigprozentige Arbeitslosigkeit herrscht und die Menschen gezwungen sind, ein Drittel ihres Einkommens als Schmiergeld abzugeben. Umstände, die überwiegend aus 500 Jahren Kolonialismus resultieren und über Kenia hinaus einen ganzen Kontinent in die Unentdecktheit zurückfallen lassen.

In diesem Zusammenhang kamen wir auf die Terroranschläge der vergangenen Jahre zu sprechen, was den Hausherrn zur Aussage verleitete: »Es dürfte für die Terrororganisationen nicht leicht sein, in Mitteleuropa einen sympathischen, zuverlässigen, unbescholtenen und zudem unauffälligen Selbstmordattentäter zu finden. Doch stellen Sie sich folgendes Szenario vor:

Man erhöhe die Arbeitslosigkeit in Europa auf, sagen wir mal, über dreißig Prozent. Die Inflation hebe man auf ein ähnliches Niveau an. Beinahe augenblicklich entstünden dadurch Armut und Hunger. Nun gebe man marodierenden Truppen freie Hand bei der Schikanierung der Bevölkerung. Ich bin mir sicher, müsste ich in einem solchen Umfeld leben und erleben, wie meine Schwestern tage- und nächtelang vergewaltigt und meine Freunde mit Macheten kastriert und in Stücke geschlagen werden, dann hätten wir einen Selbstmordattentäter mehr auf der Welt: nämlich mich! Die Kombination aus Hunger plus untragbarem Schmerz, nennen wir ihn Seelenschmerz, lässt unaufhörlich neue Attentäter entstehen!«

Bevor ich an diesem Abend schlafen ging, wieder in keiner Weise vom Gastgeber bedrängt, konnte ich es mir nicht verkneifen, ihn nach seinem morgendlichen Auftritt als den Vögeln rohes Fleisch fütternden Hirten zu fragen. Purius, völlig entspannt: »In früheren Zeiten war es geradezu selbstverständlich, die erfolgreichsten Insektenvernichter auf Erden, die Vögel, zu verwöhnen. Nur der moderne Mensch glaubt in seiner Degeneriertheit, mit Chemie sei Ähnliches zu erzielen.«

Stichworte in den Laptop tippend ließ ich den Tag Revue passieren. Ich war zu Besuch bei einem charmanten Mann, der mir sieben Monate zuvor eine allererste E-Mail gesandt hatte. Der nicht arm, sondern steinreich war. Der nicht die Peitsche, sondern das Gespräch suchte – auch wenn ich mir sicher war, dass er schon bald Fragen zum *delikateren* meiner beiden Berufe haben würde. Und der aufgrund seiner weltfernen und zurückgezogenen Lebensweise unübersehbar den Hang besaß, sein angestautes Wissen kundzutun.

Träumerisch über die kuriose Situation sinnierend, lächelte ich mir in der Reflexion des Bildschirms zu. Nicht zuletzt, weil wir – was ganz nach meinem Geschmack war – noch immer per Sie waren. Unterschied sich der Kontakt doch allein schon dadurch von all den falschen Vertraulichkeiten, die sich außerhalb des märchenhaften Anwesens unter den Menschen abspielten.

Der dritte Tag

Man müsste mich dressieren wie einen Hund.
Denn der Mensch ist ein Tier.
Ich brauche Erziehung, eine harte Dressur. [2]
Elfriede Jelinek
Literaturnobelpreisträgerin 2004

»Haben Sie gut geschlafen, gnädiges Fräulein?«

»Geträumt habe ich. Einen Traum, der immer wiederkommt: Ich bin noch ein Kind, und das Zwergkaninchen, jenes, welches meine Mutter in den Kindergarten gebracht hat, lebt noch. Doch ich vergesse darauf, es zu pflegen. Da weine ich dann immer im Schlaf. Was mir der Traum genau sagen will, weiß ich nicht, denn niemals hätte ich als Kind vergessen, das Kaninchen zu füttern.«

Der Frühstückstisch war hübsch gedeckt. Wieder hatte es sich Purius nicht nehmen lassen, diese Arbeit selbst zu übernehmen. Diesmal allerdings sichtlich unter Anleitung der Haushälterin. Es gab Erdbeertorte, Sahne, Vanillesauce mit Früchten, Schinken mit Ei, Roastbeef, duftende Brötchen, Kaffee, Tee, Mineralwasser, Leitungswasser und frisch gepressten Traubensaft. Maiglöckchen standen auf den drei runden Tischen.

Diese waren dann auch rasch unser Gesprächsthema. Purius erzählte von seiner Leidenschaft, unter künstlich erzeugten klimatischen Bedingungen Pflanzen zu untypischen Jahreszeiten erblühen zu lassen. Maiglöckchen im Herbst. Flieder zu Weihnachten.

---

2 *Interview mit André Müller (Profil, No. 49, 29. Nov. 2004) nach der Nobelpreis-Bekanntgabe, 2004.*

Um sich diesem Hobby widmen zu können, hatte er ein rundes Gewächshaus, das mit seinen grünen Gusseisensäulen einem kaiserlichen Glaspavillon glich, zu einer Art Hexenlabor umbauen lassen. Wie wir bei der späteren Besichtigung des riesigen Gewächshauses noch sehen konnten, nutzte er für sein Vorhaben große Glaskuben, Aquarien ähnlich, die er mit Wärmelampen und Luftbefeuchtern hatte ausstatten lassen. »Auf diese Art und Weise wäre der Anbau delikatester Drogen möglich«, ließ mich der Hausherr wissen.

Drogen! Da hatte er mich aber auf dem falschen Fuß erwischt. Denn wenn ich etwas noch nie ausstehen konnte, dann waren es Drogen aller Art: Alkohol, Tabak und all die dem Betäubungsmittelgesetz unterliegenden Substanzen. Purius war ob meiner Erregtheit verstört, versuchte zu beschwichtigen, doch ich redete mich in Rage:

»So, jetzt sage ich Ihnen mal etwas zum Thema delikate Drogen. Drogen mögen mittlerweile bei vielen Menschen zum Alltag gehören. Mich erschüttert das, nicht zuletzt weil ich den durch die Sucht bedingten Zerfall und letztlich den Tod einer Freundin, Livia, mit eigenen Augen ansehen musste. Weshalb können die Menschen nicht nüchtern ihr Glück suchen? Weshalb können sie sich nicht beim Sport, an der Malerei oder Musik berauschen? Weshalb müssen es irgendwelche Substanzen sein, die langfristig niemandem gut tun? Das Schlimme an den Drogen ist doch, dass sich die Menschen völlig verändern. Und zwar immer zu ihren Ungunsten. Irgendwann benötigen sie neunzehn Minuten, um drei Teile in den Schrank zu räumen. Nur weil ihnen jegliche Konzentration abhanden gekommen ist. Dann gibt es noch jene, die in ihrer Zugedröhntheit gar große Kunst machen wollen. *Haha!* Die glauben, für Kunst müsse man seine Gehirnzellen nicht im Griff haben, es genüge, irgendwas hinzusauen. Zugedröhnt hinzusauen, das müsse einfach Kunst sein. Wegen des erweiterten Horizonts und solchen Schwachsinns. Verstehe! Sagen Sie mir, weshalb muss in jedem Musikvideo der Konsum von Drogen und allerhand anderem dummen Zeug propagiert werden? Weshalb werden Frauen darin bestenfalls als persönliche Schlampen des Sängers dargestellt? Eines Sängers, der einer regelkonformen Sprache nicht mehr mächtig ist, der aufgrund des *Speed*[3] in seinem Schädel ganze Silben ausfallen lässt. Weshalb werden Fleiß und geistige Entwicklung nur mehr als etwas für Luschen dargestellt? *Yo, man!*«

»Erlauben Sie mir anzumerken«, sprach Purius mit eingeschüchterter Stimme, »meine gesamte Drogenerfahrung basiert auf einem einzigen Joint, den ich vor langen Jahren in Paris geraucht habe, auf täglich ein bis zwei Gläsern Wein und ein wenig Tabak. Und ... oh! – unterstellen Sie mir vielleicht, ich hätte mein Geld mit Drogen gemacht?«

Mein Gefühl sagte mir, die Anwältin hatte mal wieder übers Ziel hinausgeschossen und den Hausherrn indirekt einer Sache beschuldigt, mit der er nichts zu tun hatte. Ich wusste ja auch so wenig über ihn! »Abbé Purius, es tut mir Leid, und wenn ich ...«

»Täusche ich mich sehr«, fiel mir Purius ins Wort, »wenn ich sage, Sie haben sich soeben in Rage geredet, weil Sie für mich Ähnliches empfinden wie ich für Sie? Weil Sie gar Angst um mich haben?«

»Natürlich empfinde ich was für meinen Brieffreund, aber Sie holen sich doch nicht eine Domina ins Haus, um ...«

»Ich habe mir keine Domina ins Haus geholt. Eine feinfühlige Gesprächspartnerin habe ich gebeten, mir die Ehre eines Besuchs zu erweisen.«

»Aha! Wollen wir hinaus in den Garten?«

»Bei dem Wetter?« Es regnete seit Stunden in Strömen.

»Bei dem Wetter!«

Purius öffnete eine der riesigen Glastüren, reichte mir scheu die Hand und wir liefen über eine kleine Sandsteintreppe direkt

3 *Chemische Droge*

in den Park. Nur den Hauch eines Augenblicks dauerte es und wir waren bis auf die Unterwäsche durchnässt. Was die Haushälterin veranlasste, uns hinterherzurufen: »Ja, seid ihr denn verrückt geworden? Einen Schirm ...!«

Nachdem wir quer durch den Park gelaufen und in eine jede Pfütze gehüpft waren, besahen wir uns das runde Gewächshaus mit seinen verschiedensten Glaskuben. Schön war es hier. Orchideen wucherten über einige der Behältnisse. Zitronen- und Mandarinenbäume, Kandelaberkakteen und Palmen in großer Zahl verströmten Urlaubsatmosphäre. Der Duft reifer Kirschen lag in der feucht-schwülen Luft, obwohl kein einziger Kirschbaum zu sehen war. Zwei verwitterte Liegestühle lehnten verlassen an einer Glasscheibe. Daneben stand ein aus Hörnern, Kalebassen und Fellen gefertigter afrikanischer Häuptlingsthron.

Durchnässt und durchgefroren ins Palais zurückgekehrt, reichte uns die Haushälterin erst mal eine Tasse Tee. Nicht ohne sich dabei über unsere Unvernünftigkeit auszulassen. Allerdings fügte sie versöhnlich hinzu: »Für die Herrschaften ist in der Therme alles vorbereitet. Was der Hausherr nicht ahnen wird, die Bademäntel befinden sich wie üblich im Schrank. Wünsche viel Vergnügen.«

Durch einen modernst ausgestatteten Fitnessraum – die Sitzflächen der silbern glänzenden Geräte waren, na klar, mit Straußenleder bespannt – gelangte ich mit dem wohlgestimmt schmunzelnden Abbé in die daran anschließende Therme.

Eine Therme im ägyptischen Stil mit einem plan in den Boden eingelassenen Wasserbecken. Einem Becken, welches aus einem einzigen Marmorblock gehauen war. Aus dem gleichen apricotfarbenen Marmor, mit dem auch der Boden und die Wände der beiden Räume ausgelegt worden waren.

Im Wasser schwammen rosa, leider nicht duftende Seerosen und zu meiner Verwunderung auch drei kokosnussgroße, orange und fuchsiafarbene Plastikenten. Vor den Fenstern plätscherte der Regen. Adele brachte frischen Lindenblütentee und ließ aus zwei gläsernen Kannen Stutenmilch und aus einem Holzbottich Honig ins heiße Nass fließen. In diesem Haus war es leicht, sich als etwas Besonderes zu fühlen. Auf meine Aussage, wonach der Mensch mit Geld wohl alles haben könne, antwortete der Gastgeber: »Alles, außer die Liebe, *malheureusement*!«

Die schwarze Marlene-Dietrich-Hose, die für gewöhnlich nur am Po eng anliegt, klebte aufgrund des Regens wie eine zweite Haut an meinen Schenkeln. Rasch hatte ich sie ausgezogen, ebenso den schwarzen Pullover und die schwarze Bluse – während der Hausherr noch immer mit dem Öffnen seines Krokoledergürtels beschäftigt war.

Mit leicht gespreizten Beinen stellte ich mich, nur mehr in BH und Slip aus fliederfarbener Spitze gekleidet, vor ihn hin und sah ihm beim Entkleiden zu. »So, Herr Abbé, jetzt aber runter mit den Pants!« Purius gehorchte, suchte allerdings schleunigst im heißen Wasser Zuflucht. Er war muskulöser und geschmeidiger gebaut, als ich es erwartet hatte. Nun entledigte auch ich mich der restlichen Wäsche und stieg zu ihm ins Becken.

Entspannt im Thermenbecken liegend und von mondäner Opulenz umgeben, wurde mein Planschpartner ein wenig mutiger. »Macht es für die Domina einen Unterschied, ob ein Single oder ein verheirateter Mann dressiert werden möchte?«

»Nein! Nachdem ich einer Ehefrau nichts wegnehme und er Geschlechtsverkehr bei mir nicht bekommen kann, habe ich niemals zwischen den einzelnen Männern unterschieden und deren Tun auch niemals als Fremdgehen betrachtet. Gästen ist oftmals daran gelegen, eine ansonsten gute Beziehung oder Ehe mit den eigenen Sehnsüchten und Gelüsten nicht unnötig aufzuregen oder gar zu gefährden. Was aus meiner Sicht auch Sinn hat.«

Purius, sich mit beiden Händen heißes Wasser über den Kopf schüttend: »Und worin sehen Sie den Grund, dass der Mensch sich nach Schmerzen, nach Demütigung und Unterwerfung sehnt? Was wollen die Leute bei der Domina?«

»Sie wollen erst gebrochen werden, um danach neu auferstehen zu können! Sie kommen zu mir, weil ich ihnen Wurzeln und Flügel zugleich geben kann. Und dies innerhalb einer einzigen Stunde. Meine persönliche Spezialität liegt nicht in der Verbalerotik. Damit habe ich nichts am Hut. Während einer Session spreche ich fast nichts, zu ordinärer Sprache bin ich gar nicht fähig. Meine Spezialität liegt im Psychologischen: Ich baue für den Gast eine Atmosphäre auf, die ihn zwischen Himmel und Hölle schweben lässt. Ich liebe diese ganz bestimmte Atmosphäre und die Rückmeldung, die das Gegenüber durch seine Körpersprache gibt.« Nach einer kleinen Pause setzte ich fort: »Der Ablauf einer guten Session hängt sehr von der entsprechenden Neigung ab, die der Gast mir im Vorgespräch anvertraut hat.«

»Neigung?«, gab Purius sich unwissend.

»Es finden sich drei große Neigungsgruppen. Zum einen die Masochisten, die sich nach Schmerzen sehnen. Zum anderen die Devoten, denen der Sinn nach Unterwerfung und Demütigung steht. Und als dritte Gruppe die Fetischisten, die alles lieben, was mit Highheels, Gummi, Nylon, Leder, *Bondage*[4], Klinikspielen, Schmink- und Transvestitenspielen oder auch *Pet-Play*[5] zu tun hat.«

»Und die drei Neigungen sind klar voneinander trennbar?«

»Nein, ganz und gar nicht, die vermischen sich meist. Der sich nach Schmerzen sehnende Masochist kann sehr wohl auch darauf stehen, seinen Gehorsam als devoter Butler beweisen zu dürfen. Nach dem Vorgespräch suche ich eine Kammer aus, die seinen Neigungen bestmöglich entspricht. Beispielsweise den Klassiker, das dunkle schwarze martialische Dominastudio.

---

4 *Fesseln*

5 *Dressur zu menschlichen Hunden, Pferden oder Schweinen*

Außerdem wähle ich die passende Musik. Die Songs der Band *Coldplay* spiegeln vorzüglich die Atmosphäre wider, die während meiner Sessions herrscht. Dominas, die zu Drogen neigen, wählen eher elektronische Musik, was mir persönlich allerdings zu seelenlos für eine gute Session wäre. Wenn es dann so weit ist, erwarte ich, auf einem mit schwarzem Leder bespannten throngleichen Stuhl sitzend, den nackten Gast.«

»Aber Sie, geschätztes Fräulein, sind nicht nackt, oder?«

»Nein, wo denken Sie hin – ich bin ja die Domina!«

»Ich verstehe!«

Genussvoll ließ ich die Hand über den marmorierten Beckenrand gleiten und setzte fort: »Nun hat sich der Gast, nachdem er den Raum betreten hat, niederzuknien und ich erlaube ihm, mich zu begrüßen. Dies geschieht, indem er mir die Stiefel küsst und, wenn ich es verlange, auch leckt. Ich streichle ihm durchs Haar. Und jetzt beginnt die schwerste Aufgabe der gesamten Session: Innerhalb dieses Begrüßungsrituals muss ich seine Psyche knacken und es sollte mir gelingen, in seinen Kopf zu klettern. Während dieses ersten Rituals entscheidet sich vieles, denn ich habe die Möglichkeit, ihn ungestört zu beobachten und anhand seiner Körpersprache eine Menge über ihn zu erfahren.

Nicht selten stelle ich während der ersten drei bis fünf Minuten mein gesamtes geplantes Drehbuch um, weil Körpersprache und erste Signale des Gastes nicht dazu passen würden. Von beachtlicher Bedeutung ist, so rasch als möglich herauszufinden, welcher Typ von Sklave vor einem kniet: der streng Devote oder der Renitente, der Spaßvogel oder der todernste S/M-ler, der Leidenschaftliche oder der Verklemmte, der Routinier oder der Unsichere.«

»Mit den Spaßvögeln könnte ich nichts anfangen!«

»Die sind tatsächlich nicht ganz einfach!« Ich versank noch tiefer im heißen Wasser, bis zum Kinn ließ ich mich von Wärme umfließen. »Aber eine gute Domina hat das schon im Griff.

Am spannendsten sind die ganz leicht Renitenten. Ich liebe es, die ganze Session über agieren zu können und dabei auch noch zutiefst verehrt zu werden. Egal, was ich mache, der Gast gibt mir stets das Gefühl, das Beste zur besten Zeit getan zu haben. Ich bin seine Göttin, die Projektionsfläche all seiner Sehnsüchte. Die gesamte Welt da draußen hört für ihn während einer Session auf zu existieren. Es gibt und zählt für ihn nur mehr die Göttin. Ich gebe ihm die absolute Geborgenheit – jene, die er im Alltag niemals finden kann.

Nach der Begrüßung lege ich ihm das Halsband an. Auch dies geschieht vollkommen ruhig und still. Danach wird gequält, gezüchtigt, untersucht und gefesselt. Meist eine oder zwei Stunden lang, gelegentlich auch länger.

Entscheidend ist, den Gast während einer Session immer und immer wieder in seinem Schmerz aufzufangen. Niemals darf er sich im Leiden allein gelassen fühlen. Ich teile den Schmerz mit ihm und sporne ihn zugleich an, noch mehr davon für mich zu ertragen.

Zum Schluss erlaube ich dem Gast, sich selbst zu befriedigen. Unter der Bedingung, dass er genau in jenem Moment zu kommen hat, in dem ich ihm das Okay dafür gebe. Dies ist vielleicht der einzige Punkt, in dem sich die Verheirateten von den Singles unterscheiden: Die Verheirateten verzichten überwiegend auf den sexuellen Höhepunkt; mit der Begründung, dies käme einem Ehebruch gleich.

Zum Abschluss gibt es ein wenig Smalltalk. Der Gast kann, wenn er möchte, duschen. Und dann fährt er heim.«

Purius, von besonderer Neugier geplagt: »*Malheureusement* weiß ich jetzt aber noch immer nicht, was in einer Session genau abläuft …«

»Sie wissen es schon, sind aber ein Genießer und möchten es gerne aus dem Mund einer Frau hören.«

»*Vraiment*, das wäre herrlich …!«

»Wenn Sie möchten, beschreibe ich Ihnen eine Flagellanten-Session. Also eine Session, bei welcher der Gast geschlagen wird.«

»Beschreiben Sie! Beschreiben Sie!« Purius' Augen funkelten.

»Eine typische Flagellanten-Session beginnt mit der drei- bis fünfminütigen Begrüßung, bei der meine Stiefel zu küssen sind und ich dem nackten Gast durchs Haar fahre.

Danach lege ich ihm Handfesseln an und fixiere ihn. Die Fixierung erfolgt, indem seine Handfesseln mit einer von der Decke baumelnden Kette oder dem Flaschenzug verbunden werden. Entweder lasse ich den Sklaven die Session auf Zehenspitzen erleben oder mit gespreizten Beinen.

Das Aufwärmen kann beginnen. Erst erhält der Gast nur leichte, dann immer fester werdende Schläge mit der Hand. Vielleicht zehn Minuten lang, bis der Po gut durchblutet ist. Danach greife ich nach dem Paddel[6]. Mit diesem züchtige ich den Delinquenten so lange, bis sich der Po schön warm anfühlt.

Erst jetzt, nachdem die nötige Durchblutung und Wärme geschaffen worden sind, beginnt für den Sklaven das große Leiden. Ich tobe mich als Domina aus, verpasse ihm mit der Reitgerte, Riemenpeitsche oder dem Rohrstock zwei Schläge pro Sekunde. Den sensibleren Gemütern auch mal nur einen Schlag pro Sekunde.

Es empfiehlt sich, das Schlagen in einem bestimmten Rhythmus vorzunehmen. Dies versetzt den Flagellanten bereits nach kurzer Zeit in einen tranceähnlichen Zustand, der ihn die Außenwelt vollständig vergessen lässt. Gleichzeitig stellt sich eine mächtige Erektion ein.

Ist dieser Zustand erreicht, beginnen die Sklaven, die längst jedes Zeitgefühl verloren haben, nach mehr und vor allem nach

6 *Schlagwerkzeug mit großer flacher Lederzunge*

noch härteren Schlägen zu flehen. Ein Wunsch, dem ich selbstverständlich und zu meiner eigenen Freude nachgebe.

Während alledem bin ich bemüht, ihm so oft als möglich in die Augen zu blicken. Dabei trieze ich sein aufgerichtetes Glied mit der Spitze meines Schlagwerkzeugs. Spüre ich, dass er nach hunderten Schlägen kaum mehr in der Lage ist, mich zu sehen oder wahrzunehmen, dann läuft alles bestens.

Nach der im Schnitt fünfminütigen Züchtigung gewähre ich dem vor Schmerz und Erschöpfung heftig Keuchenden eine Pause. Ich baue ihn auf, berühre ihn zart, sage ihm, wie tapfer er ist, wie viel er für mich erträgt und wie stolz er mich damit macht.

Auf das Zuckerbrot folgt erneut die Peitsche. Wieder züchtige ich ihn mit hunderten Hieben. Wieder beginnt er zu winseln.

Nach jeder Pause wird die Schlagfrequenz erhöht und ständig werden weitere Körperteile der Züchtigung unterzogen. Nach dem Po folgen die Schenkel, der Rücken – wobei auf die Nierenregion niemals geschlagen werden darf –, der Bauch und Brustkorb. Selbst das steife Glied, die prall gefüllten Hoden und harten Brustwarzen bekommen – in aller Vorsicht – ab, was sie längst verdient und ersehnt haben. Das Maximum ertragbarer Schmerzen erreicht der Sklave gegen Ende der ein- oder zweistündigen Session.

Flagellanten zittern generell vor Erregung, nicht selten kann ich ihr Herz schlagen hören. Viele erleben ihren Orgasmus während des Geschlagenwerdens. Manch einer allerdings auch erst, wenn er entfesselt ist und sich auf Kommando selbst befriedigen darf.«

»*Comment*? Einen Orgasmus während des Geschlagenwerdens? Also tatsächlich mit richtigem Abspritzen?«

»Genau so!«

»Und der Flagellant bettelt generell um weitere Schläge?«

»Nicht immer, doch der wahre Flagellant ist bezüglich Schmerzen geradezu unersättlich. Frauen übrigens nicht weniger als Männer.«

»Und habe ich das recht verstanden, der Po muss zuerst gerötet und anschließend gewärmt werden, bevor mit der eigentlichen Auspeitschung begonnen werden darf?«

»Ja, sonst wird das nichts! Ohne Vorwärmen wäre eine Auspeitschung viel zu schmerzhaft.«

Ein wenig hilflos war Purius bemüht, die im Wasser entstandene Erektion mit dem linken Arm zu verbergen. Seine Stimme klang tief und rau. Gerne hätte er gewusst, was neben dem Geschlagenwerden mit Sklaven ansonsten noch gemacht wird. Doch ich vertröstete ihn lachend auf ein andermal.

Purius schien ein wenig enttäuscht, versuchte es auf Umwegen: »Aber was macht eigentlich eine Domina, bevor der Gast eintrifft?«

»Och, nichts Besonderes. Mein typischer Arbeitsbeginn sieht in etwa so aus: Erst gehe ich mit meiner Lieblingszofe was Essbares kaufen; Brot, Käse, Obst und zum Kosten gerne auch mal was seltsam Verpacktes. Das Personal im Supermarkt kennt uns schon und manch einer von denen zwinkert uns beim Bezahlen verschwörerisch zu. Nach dem Betreten des S/M-Studios geht es in die Wohnküche. Die Oberherrin, die stets locker drauf ist und gerne auch mal ihre Mädels lecker bekocht, wird begrüßt. Die Frauen machen untereinander ein paar Scherze. Dann geht es auch schon in den Keller, in dem sich neben den Garderoben auch die Käfige befinden. Ich hole meine Klamotten aus dem Spind, ziehe mich um und schminke mich.

Aus dem Terminbuch ersehe ich, welchem Gast ich gleich eine Tracht Prügel verpassen werde. Erscheint der Gast, so unterhalte ich mich mit ihm zunächst im Entree über seine Fantasien und Vorlieben. Erläutere ihm, was geht und was nicht geht. Mit langjährigen Gästen wird Smalltalk betrieben. Dann bringt die Hausdame, die zuvor ein Getränk gereicht hat, den Gast in die gewünschte Kammer und kassiert sogleich. Die Session kann beginnen!«

»Kann es vorkommen, dass gelegentlich kein Gast da ist?«

»Es kann vorkommen, dass für mich persönlich mal kein Gast da ist. Dann gehe ich in den Keller, hole einen Sklaven aus dem Käfig und verhaue ihn ...«

Purius verschluckte sich an seinem Thermenwasser. »Was sind das für Sklaven? Solche, die von anderen Dominas dort eingesperrt worden sind?«

»Ganz richtig! Dominas geben ihre Gäste gelegentlich für Minuten, Stunden oder Tage in einen Käfig, der allen Kolleginnen frei zugänglich ist. Wer auch immer gerade vorbeikommt und Lust dazu hat, holt sich einen aus dem Käfig und quält ihn. Habe ich allerdings keine Lust dazu, so liege ich an warmen Sommerabenden gerne im Garten und lasse mich vom ständig anwesenden Haussklaven massieren.«

»Sie haben jetzt die Zofe, die Hausdame und den Haussklaven erwähnt. Worin bestehen deren Aufgaben?«

»Die sind ausgesprochen lieb und kümmern sich um alles, was so anfällt. Pflegen die Latex- und Lederklamotten, die für die Gäste bereitgehalten werden. Sie putzen, massieren, kümmern sich um die Autos der Dominas, machen Chauffeurdienste. Eine Art moderne Butler.«

»Und Sex mit den Gästen haben diese auch?«

»Nur wenn sie es, ebenso wie der Gast, ausdrücklich wünschen.«

»Darf ich noch fragen, Laufkundschaft gibt es in einem S/M-Studio nicht?«

»Gibt es schon! Allerdings eher selten. Erscheint ein Unangemeldeter, dann stellen wir ihm uns alle vor und er hat die Qual der Wahl.«

Den Rest des Tages verbrachten wir im Blauen Salon, in Decken gehüllt vor dem flackernden Kamin, nur unterbrochen vom Mittag- und später dem Abendessen.

Irgendwann kamen wir auf des Hausherrn gewisse Abneigung dem Fernsehen gegenüber zu sprechen. »Mademoiselle, das TV macht die Klugen klüger und die Dummen dümmer!«

»Na, Abbé, dann könnten Sie es doch wagen.«

»Galant, galant, manchmal wage ich es sogar. Muss mich dann allerdings meist dabei ertappen, wie ich zum einen selbst nach Stunden nicht wieder vom Bildschirm weg komme, und zum anderen spätestens nach der zweiten kulturell bedeutsamen Sendung eben doch auf jenen Kanälen lande, auf denen zu landen ich nicht geplant hatte.«

Es war später Abend geworden und Adele trat mit zwei doppelten Espressi mit Milch auf einem silbernen Tablett in den Blauen Salon. Sie ersetzte die zur Neige gehenden Kerzen durch neue, legte im Kamin einige Holzscheite nach und verabschiedete sich mit: »Wünsche den Herrschaften eine gute Nacht.« Und zu mir, augenzwinkernd: »Den Hausherrn habe ich übrigens schon lange nicht mehr so glücklich gesehen wie in den vergangenen drei Tagen.«

Der vierte Tag

Denn erst wenn ein Mann sein Ziel erreicht hat,
soll er sich zeigen, wie er ist. So ist es stets gewesen,
und so wird es immer bleiben!
Mika Waltari, »Sinuhe der Ägypter«

Der neue Tag begrüßte uns mit strahlendem Sonnenschein und wolkenlosem Himmel. Wie am Vorabend beschlossen, wollten wir uns bis in den Nachmittag hinein ausschließlich der Fitness, meiner großen Leidenschaft, hingeben. Als ich aus dem Gästehaus trat, wartete Purius bereits. Ein erster Blick und wir begannen zu lachen: Er sah aus wie mein eigenes Spiegelbild: uralte ausgebleichte Laufklamotten, dazu die neuesten Schuhe, grün, von New Balance.

»Guten Morgen, gnädiges Fräulein. Nehmen Sie mich mit?«

»Wenn Sie gut drauf sind!«

»Ich werde mich bemühen!«

Adele kam aus dem Palais: »Und Mittagessen wollen die Herrschaften wirklich keines?«

»*Neeein*, danke!« Und weg waren wir.

Oh, das tat gut. Nach drei Tagen, in denen wir das Anwesen nicht verlassen und uns viel zu sehr der Völlerei hingegeben hatten, spürte ich, wie dankbar mir der Körper für diese morgendliche Wohltat war. Purius war fit, doch als Gentleman bemüht, sich mir unterlegen zu zeigen. Nach fünf oder sechs Kilometern, vorbei an einer unwirklich erscheinenden Ruine, wollte ich es wissen. Unauffällig steigerte ich nach und nach das Lauftempo. Sein Atem beschleunigte sich kaum merklich, konsequent blieb er eine halbe Schrittlänge hinter mir.

»So, Sie selbst ernannter Pater und Abbé, jetzt will ich es aber wissen. Los, schnell, kommen Sie!« Ich spurtete den leicht ansteigenden und mit Wurzeln zerfurchten Waldweg hoch. Ehe ich mich versah, hatte Purius einem wild gewordenen Tier gleich die Verfolgung aufgenommen. Nach weniger als einer halben Minute hielt er mich bereits von hinten umklammert – was ich nicht sehr schätzte. Beide waren wir völlig außer Atem geraten, blieben stehen und Purius keuchte: »Ich habe nicht mehr gewusst, wie schön das Leben sein kann! Könnten Sie sich vorstellen, hier zu leben?«

»Abbé, eine Frau kann sich vieles vorstellen. Allerdings neigen wir beide zu übertriebener Empfindsamkeit, weshalb wir besser vorsichtig sein sollten. Kommen Sie!«

Doch er hielt mich mit seinem Blick zurück. »Sie haben es nicht gemocht, als ich Sie in meinem Überschwang von hinten gehalten habe ...«

»Ja, ich habe es nicht gemocht. Ich mag es nicht, wenn Männer es an Respekt fehlen lassen. Aber Sie sind ein feiner Kerl. Jetzt kommen Sie!«

Noch lange liefen wir schnellen Schrittes durch den wunderbaren Herbstwald. Das Laub schimmerte in allen erdenklichen Farben. Mittags kletterten wir auf einen Hochstand. Ließen uns den gesamten Nachmittag über die Sonne ins Gesicht scheinen. Wir philosophierten übers Leben. Purius erzählte von den gnadenlosen Wendungen, Untiefen und Sackgassen seines Lebens. Von den zerbrochenen Liebesbeziehungen, dem emotionalen und damit stets einhergehenden finanziellen Geiz seiner einstigen Gespielinnen. Von all den zerschmetterten Gefühlen und Hoffnungen. Und von der Zeit, als er noch arm – *bettelarm*, wie er sagte – war.

Als die Sonnenstrahlen nach und nach an Kraft verloren, spazierten wir hungrig und mit geröteten Wangen ins Palais zurück. Adele hieß uns aufs Herzlichste willkommen – »Möchte auch mal die Zeit haben, mir tagelang die Sonne ins Gesicht scheinen zu lassen!« – und reichte Leitungs- und Mineralwasser ebenso wie hartschalige picksüße Äpfel. Je einen solchen ließen wir uns schmecken. Wie zwei zufriedene Erdmännchen lächelten wir der untergehenden Sonne entgegen.

Anschließend zogen wir uns für ein kurzes, doch heftiges Training in den Fitnessraum zurück. Und ich musste in meiner Rolle als Rechtsanwältin fragen, ob eine Haushälterin nicht tatsächlich ein wenig mehr Freizeit verdient hätte. Purius lachte: »Drohen Sie ihr mit mehr Freizeit! Da wird sie Ihnen aber was erzählen! Übrigens erscheint sie sieben Tage die Woche zum Dienst und verbittet sich zudem jegliche Art von Lohnerhöhung.« Mit gesenkter Stimme fügte er an: »Aber ich weiß die Dame, eine solche ist sie nämlich, sehr wohl zu überlisten: Unlängst war sie die Gewinnerin einer spanischen Lotterie, bei der sie gar nicht mitgespielt hatte ... mit dem Erlös war es ihr möglich, sich eine Wohnung wenige Gehminuten von hier zu erwerben, in allerbester Lage und mit sensationellem Rundumblick.«

Völlig ausgepowert, ausgehungert und glücklich saßen wir beim Abendessen. Salatteller, Risotto mit Pilzen, Cassata zur Nachspeise. Der Song *Under pressure* von David Bowie gemeinsam mit Queen schallte aus den nicht sichtbaren Boxen. Vor Monaten hatte ich dem Gastgeber diese Schallplatte als eine der ersten meines Lebens genannt – und er sich, wie es seine Art war, daran erinnert. Nein. *Sich eingeprägt* trifft es wohl eher.

Vor dem Abendessen war ihm eine weitere Überraschung gelungen: Als ich zum Duschen in mein Zimmer kam, lagen übers Bett und auf dem Boden verstreut hunderte roter, beinahe schwarzer Rosen. Das Monatsgehalt eines Familienvaters war in langstielige Flora investiert worden. *La vie en rose.*

Jetzt, während der Nachspeise, sprachen wir über Ägypten, eins meiner liebsten Reiseziele. Die Musik der Einheimischen, die sie in den Taxis rauf und runter spielen, war es, die mich vom ersten Besuch an am meisten beeindruckt hat. Diese Mischung aus klassischem Rai und übelsten ägyptischen Schlagern. Fantastisch!

»Gnädiges Fräulein, nur ein einziges Mal war ich in Ägypten. Doch ich habe, als ich noch kein Geld hatte, viele Jahre in der arabischen Welt gelebt. In Marokko, im Jemen, in Algerien. Ich war in diese Länder gereist, in der Erwartung, dort auch ohne Kapital willkommen zu sein.«

»Und waren Sie willkommen?«

»Nein, ich musste schnell erkennen, ohne Geld bist du in der ganzen Welt unwillkommen. Sie bewirten und hofieren dich drei Tage lang wie einen König, doch wenn du ihnen dann nichts abkaufst oder die Sippe mit Dollars versorgst, dann rennst du bald um dein Leben.« Der Hausherr machte eine Pause und ergänzte: »Gehen Sie mal hinaus in die Welt, nach Asien, nach Südamerika, und versuchen Sie, ohne Geld die sprichwörtliche Gastfreundschaft zu erleben. Die gibt es nicht. Oder eben nur so lange, wie die Leute glauben, in Ihrem Rucksack befänden sich Dollars und West-Visas für den ganzen Clan.«

Auf die Frage, ob mein Brieffreund denn kein Freund fremder Kulturen sei, erwiderte er: »Doch, doch, ich liebe fremde Kulturen und genieße es, etliche Monate im Jahr durch die Welt zu reisen. Zwischenzeitlich ist lediglich meine Illusion geplatzt, wir würden jemals die Integration fremder Kulturen in die unsrige schaffen. Die Integration ist *in my humble opinion* gescheitert, erbärmlich gescheitert.«

»Sind Sie sich dessen sicher?«

»Grundvoraussetzung für Integration ist zum einen, dass die zu integrierenden Menschen integriert werden wollen. Und zum anderen, dass der Staat den Wunsch zur Integration als Grundvoraussetzung zur Aufnahme von Ausländern erhebt. Beides ist nicht der Fall.«

»Sie glauben ...«

»Sehen Sie sich um: Da laufen die Verschleierten mit ihren albanisch sprechenden Kleinkindern durch die Straßen, nicht zum im Westen üblichen Gruße bereit. Ebenso nicht zum Besuch von Sprachkursen bereit. Einzig die Wohltaten des Gastgeberlandes ohne jegliche Dankbarkeit oder gar Demut einfordernd. Man denke nur an die Krankenhausleistungen.«

»Dürfen wir von Einwanderern Dankbarkeit erwarten, ist das nicht ein bisschen zu viel verlangt?

»Nein, denn wenn Sie als Europäerin in ein schwarzafrikanisches Provinzkrankenhaus eingeliefert werden, dann können Sie mit nicht zu unterschätzender Wahrscheinlichkeit damit rechnen, noch vor der Operation von der belustigten Ärzteschaft vergewaltigt zu werden. Hier im Westen hingegen bieten wir den Einwanderern von der ersten Minute an jede Art von Sicherheit.«

»Sie glauben nicht an Integration und auch nicht an das Gute in der Welt?«

»Der Mensch ist nicht gut, war es niemals und wird es auch niemals werden. Der Mensch neigt zum Bestialischen. Sehen Sie sich nur die verrosteten Scheren und Rasierklingen an, mit denen wir im Rahmen einer traumatischen Klitoridektomie täglich fünftausend Mädchen ihrer Klitoris berauben. Sehen Sie den fünfzigtausend Kindern in die Augen, die wir Tag für Tag auf dem afrikanischen Kontinent verhungern lassen. Wir haben auf dieser Welt sechs Millionen Multimillionäre, die den anderen sechs Milliarden Erdenbürgern jegliches Mitgefühl verweigern. Seit Jahrtausenden wird ein jeder Krieg nicht der Gerechtigkeit, sondern des Geldgewinns wegen geführt.«

»Aber wenn es schon ein Anliegen des Westens ist, fremde und ins Land strömende Kulturen zu integrieren, wie sollte dies dann Ihrer Ansicht nach vonstatten gehen?«

»Mit Strenge und Konsequenz! Verpflichtende Sprachkurse für Ausländer, unabhängig vom Alter. Wer diese im dritten Anlauf nicht besteht, wird in die Heimat ausgeflogen, ohne jede Ausnahme. Weiters verpflichtende Sprachüberprüfungen im Abstand von fünf Jahren, die zeigen sollen, dass die Sprache des über alles geliebten Gastlandes tatsächlich im Alltag angewandt wird. Sofortige Abschiebung im Falle einer rechtskräftigen Verurteilung aufgrund einer begangenen Straftat; ohne jede Einspruchs- oder Aufschubmöglichkeit. In den ersten zehn Jahren keinerlei Recht auf Sozialleistungen. Keinen Zugang zur kostenfreien Spitalbehandlung; Ausnahme Akutpatienten.«

»Das ist doch ...«

»Das ist fair. Wer mein Gast sein will, muss sich an gewisse Regeln halten. Ich erwarte, dass der Gast mich als einen möglichen Freund ansieht, mich respektiert und mich nicht beraubt. Was ich im Alltag aber feststellen muss: Europa lässt sich von seinen nicht gerufenen Gästen ausplündern, verachten und mit Füßen treten.« Purius fügte nach einer kurzen Pause hinzu: »In den Grundschulen ist ein Unterrichten, wie es nach dem Zweiten Weltkrieg Usance geworden war, nicht mehr möglich. Da sitzen elfjährige Analphabeten, die der Lehrerin frech und aufgehetzt ins Gesicht starren. Fragen Sie einen Polizisten; er wird Ihnen von den tagtäglichen Disco-Schlägereien berichten, bei welchen er mit einem verbindlichen *Ich dich kickbox!* empfangen wird. Statten Sie dem Arbeitsamt Ihres Vertrauens einen kleinen Besuch ab. Aber ich muss Sie warnen, unter all den der deutschen Sprache nicht mächtigen Fremden werden Sie nur schwer einen Sitzplatz finden. Diese Menschen führen inmitten ihres Gastlandes ein exterritoriales Leben. Die meisten von ihnen haben es niemals gelernt, um etwas zu bitten und sich zu bedanken. Sie fordern immer nur. Das gefällt mir nicht.«

»Deshalb haben Sie sich hier ein weltfernes Paradies geschaffen.«

»Lassen Sie es mich so sagen, ich habe die Welt mehrfach umrundet, sie zuerst als armer und später als reicher Mann bereist. Monatelang hielt ich mich in einem buddhistischen Kloster im Himalaja auf und habe in dieser Zeit nichts als Missgunst unter den Mönchen erlebt. Einige wenige Wochen versuchte ich mich in einer die freie Sexualität lebenden Kommune in San Francisco, das gleiche Bild. Wohin man auch reist, stets geht es um Geld, Macht und Dummheit. Oder wie schon Dostojewski in

Die Brüder Karamasow gesagt hat: ›*Je mehr ich die Menschheit im Allgemeinen liebe, umso weniger liebe ich die Menschen im Besonderen.*‹ Irgendwann, ich hielt mich gerade im marokkanischen Tanger auf, beschloss ich, mir mein eigenes Paradies zu schaffen. Nicht zuletzt, weil ich glaube, dass es nur mehr eine Frage der Zeit ist, bis die Menschen wieder die *Marseillaise* zu singen, nach dem Starken Mann oder der RAF zu rufen beginnen.«

Mir war die Serviette zu Boden gefallen und Purius hatte sich sogleich als Gentleman erwiesen. Dann setzte er fort: »Mademoiselle, wir hier im Westen steuern unter vollen Segeln auf den Staatsbankrott zu. Der deutsche Staat nimmt im Jahr keine 200 Milliarden Euro ein, gibt im selben Zeitraum aber 250 Milliarden aus. Auf diese verhängnisvolle Weise ist in Deutschland ein Schuldenberg in Höhe von 1,3 Billionen Euro angewachsen, in den USA gar einer von 25 Billionen Euro. Somit müsste jeder amerikanische Haushalt dem Staat 250.000 Euro überweisen, damit dieser wieder schuldenfrei wäre. Glauben Sie, es fände sich in der westlichen Welt auch nur ein einziger Politiker, der geistig und mental in der Lage wäre, ein Problem diesen Ausmaßes anzugehen?« Eine Antwort erübrigte sich und Purius ergänzte: »Der Westen besitzt nur eine einzige Möglichkeit, sich dieses bestialischen Schuldenberges zu entledigen.«

»Die wäre?«

»Die Euro- und Dollarländer werden eines nicht fernen Tages ohne jegliche Vorankündigung eine Währungsreform durchführen müssen.«

»Sie meinen, Nullen auf den Banknoten streichen?«

»Ganz richtig. Auf jedem Geldschein und jedem Kontostand – unabhängig ob Guthaben oder Schulden – werden über Nacht zwei oder drei Nullen gestrichen. Damit sind die Schulden des Staates und der Bürger vom Tisch – damit einhergehend allerdings auch sämtliche Sparguthaben und Pensionsvorsorgebeträge.«

»Das kann nicht geschehen!«, unterbrach ich ihn.

»Das wird geschehen! Das 20. Jahrhundert hat gleich zwei solcher Währungsreformen erlebt. Weshalb sollte erstmals seit der Erfindung des Geldes ein neues Jahrhundert davon verschont bleiben? Sind die Machthaber Ihrer Ansicht nach vielleicht weiser geworden in den vergangenen Jahrzehnten? Glauben Sie?«

Purius ging kurz hinaus und kam mit einem antiken arabischen Dolch, vergoldet, feinst ziseliert und mit einigen wenigen Rubinen besetzt, zurück. »Damit ließe sich ein jeder schlechte Mensch in Stücke schlagen oder auch nur kastrieren. Dieses herrliche Stück habe ich im Jemen erstanden.«

»Fein.«

»Interessieren Sie sich nicht für Waffen, Mademoiselle? Ein jeder Mann bleibt vor einem Waffengeschäft stehen.«

»Na dann, die Fremdenlegion hat noch Plätze frei.«

»Welche Art von Geschäften weckt *Ihr* wertes Interesse?«

»Jene, bei denen das Schaufenster eine Geschichte andeutet, die sich im Ladeninneren von mir weiterspinnen lässt.«

Adele stand mit fragendem Blick in der Tür. Der Hausherr nickte: »Wir kommen!« Und ergänzte, verschwörerisch an mich gewandt: »Ich darf Sie doch entführen?«

Er entführte mich in seine Bibliothek, die von zwei mächtigen Kristalllüstern und einem mannshohen offenen Kamin dämmrig beleuchtet war. In den reich beschnitzten und vergoldeten Bücherregalen standen abertausende in Leder gebundene Folianten, aber auch Bücher neuester Auflage. Geordnet nach den Themengebieten Philosophie, Magie, Alchemie, Religion, Musik, Malerei, Geschichte, Naturwissenschaften, allen voran die Ornithologie, und Belletristik, vieles auf Französisch. »Vollständig vorhanden«, sagte Purius, »sind die Werke von Jean-Paul Sartre, der den Nobelpreis 1964 abgelehnt, und Albert Camus, der diesen sieben Jahre zuvor angenommen hatte.« Mehrere antike Globen auf mit Elfenbeinintarsien verzierten Truhen. Riesige Perserteppiche. Neben den abgewetzten Lederfauteuils lagen zwei Dutzend Felle. Felle von Leoparden, von Wildschweinen, von Tigern und Wölfen. Zwei Sessel aus purem Glas – Glas! Im Hintergrund ein antiker Billardtisch mit bunten Kugeln, die aus verschiedensten Halbedelsteinen geschliffen waren. Vergoldete Queues lagen bereit. Daneben ein Tisch, in welchen ein Schachbrett als Intarsienarbeit eingelassen war. Etliche Skulpturen – die größte und ungewöhnlichste befand sich auf einem vergoldeten Tisch: ein lebensgroßer, in vergoldeter Bronze gefertigter Akt eines auf dem Rücken liegenden Mädchens, mit weit gespreizten Beinen und einem in der Scham steckenden Messer. »Das Messer lässt sich herausziehen«, erläuterte Purius vergnügt.

Als wir den Raum betraten, und noch bevor ich dessen unermessliche Schönheit erkennen konnte, hatte zartes Violinenspiel eingesetzt. Und da erblickte ich sie auch schon, die blutjunge Geigenspielerin. Wohl keine zwanzig Jahre alt. Was ich im ersten Moment nicht glauben konnte, dieses schöne Geschöpf war nackt, *splitternackt*, und hatte mit ihrem feingliedrig schlanken Körper und dem wallenden roten Haar erschreckende Ähnlichkeit mit dem liegenden Akt.

Wir nahmen einige Meter von diesem anmutigen Mädchen entfernt in den schweren Fauteuils Platz. Adele reichte Rosenblütentee und Pralinen, neben den Hausherrn stellte sie ein gut gefülltes Glas Whisky. Als sie hinausging, warf sie einen nicht deutbaren Blick auf die junge Musikerin, die mit gespreizten Beinen auf einem mit gräulichem Leder bespannten Hocker saß und bar jeglicher Schambehaarung war.

Der eloquente Brieffreund rückte seinen Fauteuil nahe an den meinen heran und ließ mich mit ruhiger Stimme wissen: »Sie sitzt soeben auf dem größten Penis der Welt.«

»Was?«

»Die Violinspielerin sitzt auf dem größten Glied der Welt – der Hocker ist mit der Vorhaut eines Pottwales bespannt.«

Kaum hatte ich tief durchgeatmet, fügte er mit seinen leuchtenden Augen hinzu: »Mademoiselle, Sie sind wunderschön! Sie sind der Stern des Abends! Sie sind die Sphinx meines Herzens!«

»Und Sie sind ein erfahrener Mann, der genau weiß, was eine Frau hören möchte – und der sich Frauen kauft!«

»Bezaubernde Mademoiselle, Sie wissen, dass ich Sie nicht bezahlen werde.«

»Ach so, weiß ich das?«

»Ja, Sie wissen es, denn als Sie vor fünf Tagen von zu Hause abgereist sind, hatten sie geglaubt, ich sei ein armer Künstler. Sie wollten mich treffen, obwohl sie annehmen mussten und auch angenommen haben, ich sei mittellos. Sie ahnen nicht, was dies für mich bedeutet!«

»Ich glaube, ich habe Sie ein bisschen lieb gewonnen.«

»Nur ein bisschen?«, fragte Purius.

»Nur ein bisschen.«

Nach einigen Augenblicken fragte Purius mit leiser Stimme: »Ist es erlaubt, meiner undurchschaubaren Sphinx etwas zu zeigen?«

»Ich bitte darum.«

Wir standen auf, gefolgt vom Blick der Violinistin, und stellten uns vor eine der nach uraltem Leder duftenden Bücherwände. Purius suchte nach einem bestimmten Buch, zog dieses heraus, es machte *klick* und eine durch die Bücher getarnte Geheimtüre hatte sich geöffnet.

»Die Geheimbibliothek!«

Vor uns hatte sich ein winziges achteckiges Kabinett aufgetan; die Regale mit blauem Samt ausgeschlagen, schummrig beleuchtet, es roch nach vergilbtem Papier.

»Geheimbibliothek?«

»Hier wird von alters her all das aufbewahrt, was nicht jeder Gast zu Gesicht bekommen soll.«

»Beispielsweise?«

»Beispielsweise diese signierte Baudelaire-Erstausgabe, *Les Fleurs du Mal*, aus dem Jahre 1857. Hier wäre noch die deutsche Erstausgabe von 1901. Baudelaires Hang zum Morbiden und zugleich Schönen, der ihm eigen ist, schätze ich sehr.«

»*Oh*, und so was schätzen Sie wohl auch sehr …«, ich hatte Bücher und Skizzen mit Stahlstichen aus längst vergangenen Zeiten entdeckt. Überwiegend Gruppensex- und Sodomieszenen in klösterlichem Umfeld. Novizinnen waren zu sehen, die sich unter Aufsicht strenger Oberinnen von vorne und *a tergo* von Hunden und Eseln in alle Körperöffnungen penetrieren ließen.

»Ganz recht, auch so etwas schätze ich sehr.«

»Aber das hier, ist das nicht ein bisschen pervers für eine … für eine Geheimbibliothek der schönen Künste?«, musste ich, die Antwort bereits erahnend, fragen.

»Pervers gibt es nicht, Mademoiselle, es gibt nur verklemmt.«

»*Quod erat demonstrandum!*«

In die große Bibliothek mit all ihren frühen Buchdrucken zurückgekehrt, spielten wir ein wenig Billard. Nicht sonderlich ehrgeizig, vielmehr lachend und scherzend.

Nachdem die hübsche Violinspielerin kurz hinausgegangen und wieder zurückgekommen war, drückte ich ihr meinen goldenen Queue in die Hand. Sie sollte mein Spiel vollenden. Selbstbewusst warf die Schöne ihre Mähne in den Rücken und ließ sich nicht lange bitten.

Genüsslich setzte ich mich wieder in meinen Fauteuil und besah mir die beiden aus einiger Entfernung. Der Anblick war nicht zu verachten: Ein sichtlich mit Genuss ihren süßen Apfelpo und noch viel mehr präsentierendes Mädchen (weshalb so willig?) neben einem distinguierten und von Dekadenz durchströmten Mann. Und all dies inmitten einer weltfernen und vor Gold und Glamour strotzenden Märchenkulisse.

Ohne jede Vorankündigung ließ Purius die junge Frau überraschend und geschickt gewinnen, was ihr sichtlich schmeichelte und mir einen leicht überheblichen Blick ihrerseits einbrachte.

Sie spielte noch einige Stücke von Dvorák und Rossini. Dann gab sie die moderne stradivarifarbene Violine in den Geigenkoffer und kramte, ein wenig verschämt, unter einem am Boden liegenden Wolfsfell ihre schmale braune Cordhose, die weiße taillierte Bluse, die schwarzen Socken, den weißen String und den wattierten BH hervor. Der Hausherr wandte sich mir zu und flüsterte: »Möchten Sie sich heute Nacht mit ihr lieben?«

»Wie?« Ich glaubte, mich verhört zu haben.

»Möchten Sie die Nacht mit ihr verbringen?«

Auf diese Frage ging ich nicht ein. Stattdessen stand ich auf, trug dem Mädchen den Geigenkoffer in die Eingangshalle und half ihr in den eng geschnittenen grauen Mantel. Wir gaben uns einen flüchtigen Kuss und ich schlenderte zurück in die Bibliothek. Fragend lächelnd empfing mich Purius und ich warf ihm entgegen: »Herr Kaplan, Sie führen aber einen mächtig dekadenten Haushalt.«

»Wohl, wohl, und Sie, gnädige Frau, neigen ein wenig zur Schüchternheit.«

»Schüchtern vielleicht! Vor allem aber um das Seelenheil junger Frauen bedacht.«

In der modernen Küche richtete uns Purius zu dieser späten Stunde einen kleinen Imbiss: Salami, Parmesan am Stück, Baguette, Artischocken und getrocknete Tomaten aus dem Glas. Die Küche war nicht weniger beeindruckend als der Rest des Hauses: viel Weiß, viel Chromstahl, eine mit weißem Leder bespannte Liegefläche, auf der mehrere Gäste Platz gefunden hätten. Ungewöhnlich für eine Küche, doch in diesem Ambiente nicht überraschend. Ebenso wenig wie die beiden überdimensionierten Kühlschränke, die acht Flammen des Herdes, oder der riesige, von der Decke hängende TV-Monitor. Wir lehnten am blitzblanken metallenen Küchenblock, waren müde und doch innerlich überdreht.

Bevor ich einschlief – Purius hatte mir noch ein Haferflockenkeks und eine Tasse Milch aufs Zimmer mitgegeben, da er wusste, wie sehr ich das vor dem Einschlafen mochte – schaffte ich es gerade noch, den Laptop am Ende des Bettes mit den Zehen zu schließen. Das Erlebte war aufgeschrieben und gut verwahrt. Wie auch ich selbst in meinem tiefen Schlummer Augenblicke später.

Der fünfte Tag

Alle Frauen sind so. Und die allerstolzesten
werden die niedrigsten Sklavinnen.
Fjodor Michailowitsch Dostojewski

Als ich am Morgen das Palais betrat, kamen mir die Hunde entgegengelaufen und waren anscheinend bemüht, mich zu ihrem dekadenten Herrn zu führen. Nacheinander, und nachdem jeder von mir seine Liebkosungen erhalten hatte, stürmten sie von der Eingangshalle in die weitläufigen Gänge hinaus und verschwanden dort hinter zwei offen stehenden Flügeltüren. Die Türen waren flankiert von zwei lebensgroßen weißen Marmorskulpturen. Wobei die eine wohl den hübschen und auf einer Kithara spielenden Apollo darstellte, unnötigerweise mit erigiertem Glied. Und die andere Kassandra, die, wie ich mich zu erinnern glaubte, von Ersterem die Sehergabe verliehen bekommen hatte.

Jeden Morgen wieder tat es gut, im Gesicht von Purius die Freude zu sehen, mit der er mich empfing. Wie Honig ging mir das runter. In einen dunkelorangefarbenen Anzug mit pinkfarbenem Futter, *fesch!*, war er an diesem Tag gekleidet. Auf der Schulter saß einer seiner lautstark plappernden bunten Papageien, auf dem Unterarm der zweite.

Bei all seinem Hang zu skurrilster Kleidung, in das Ambiente, in dem er lebte, passte es. Passte es vorzüglich. Ein moderner *Louis XIV.* – galant, verrückt, weltfern, reich. Abgesehen davon, Pink und Orange gehören auch zu meinen Lieblingsfarben.

Wir standen in einem extrem hohen, doch nicht sehr großen Raum. Anscheinend ein Chinoiserie-Kabinett im Stil von Versailles oder Schloss Schönbrunn. An den Wänden handbemalte chinesische Tapeten mit türkisfarbenem Grundton. Auf kleinen roten und goldenen Stellagen chinesische Vasen, Schalen und Gefäße. Auf dem mit farbenfrohen chinesischen Glückssymbolen verzierten Steinboden zwei mit türkisfarbener Rohseide bespannte niedere Hocker.

»Mademoiselle Hera, heute will ich Ihnen, wenn Sie erlauben, eine meiner bevorzugten kleinen Sammlungen zeigen.« Purius trat vor einen roten Lackschrank mit Metallbeschlägen und öffnete die beiden knarzenden Türen. Zum Vorschein kamen unzählige flache Schubladen, eine jede, wie sich zeigen sollte, mit feinster roter und blassblauer Seide ausgeschlagen. »In all diesen Schubladen – bitte ziehen Sie doch eine heraus! – befinden sich so genannte Ball- und Damenspenden.«

In der ersten Miniaturschublade, die ich herauszog, befand sich ein kleines Notizbuch. In rotes Leder gebunden. Und daran, an einer kurzen Kette, war ein winziges Opernglas befestigt. Kaum größer als eine Walnuss, vergoldet, mit ein wenig rotem Leder am Griff. Ich verstand nicht so recht, was er mir hier zeigen wollte. »Was sind Ballspenden?«

»Sehen Sie, gnädige Frau, ging eine Dame einst zum Ball, so erhielt sie vom Ballveranstalter – meist einem reichen Adeligen, der in sein Privathaus oder Schloss lud – als Begrüßungsgeschenk ein kleines Notizbuch, in welches sie eintragen konnte, in welcher Reihenfolge sie welchen Tanz welchem Verehrer versprochen hatte. Und dem Notizbuch, genannt auch Tanzordnung, war ein mehr oder minder exklusives Präsent beigefügt: Ein winziges Opernglas, wie in diesem Falle, oder ein Kamm, ein Parfümflakon oder gar ein Schmuckstück.«

»Das waren noch glückliche Damen, die eines Notizbuches bedurften, um all ihre Tanzpartner einzutragen. Heutzutage sitzen sie wie die Hühner aufgereiht stundenlang herum und verzweifeln. Die eigenen Partner flüchten an die Bar, um nicht tanzen zu müssen oder einem betrunkenen Küken mal rasch unters Röckchen greifen zu können. Und die wahren Gentlemen, nach denen uns Frauen der Sinn stünde, sind zu scheu, um eine Frau aufzufordern – beim Ball ebenso wie im Supermarkt.«

»Die einstige Tanzwut der Männer wird schnell verständlich, wenn wir bedenken, worum es in Wahrheit ging: Der Tanz war die einzig legitime und voreheliche Möglichkeit zum Körperkontakt.«

»Und was ist das?« Ich hatte eine weitere Schublade geöffnet, eine etwas größere.

Purius zeigte sich leicht irritiert: »Oh, das ist keine Ballspende, das … das ist eine Saublase.«

»Eine was?«

»Eine getrocknete Saublase! Sie wurde mir unlängst von einem liebenswürdig schrulligen Antiquitätenhändler zum Kaufe angedient. Auf der Blase ist einst mit giftiger Tinte das wohl nicht gänzlich ungefährliche Rezept eines Aphrodisiakums vermerkt worden.«

Purius brachte die Papageien zurück in die Eingangshalle. Diese schien den beiden als eine Art überdimensionierte Voliere zu dienen. Die Hunde waren auffallend unruhig, vor allem einer der Greyhounds, weshalb die bunten Vögel sogleich in unerreichbare Höhen entschwanden.

Wir nahmen im Frühstückszimmer Platz und genossen die Aussicht auf den sonnenbeschienenen Park. Purius reichte mir ein Stück Rhabarberkuchen. Er wusste von meiner Vorliebe für Rhabarber. Selbst hielt er sich an diesem Morgen lieber an den knusprigen duftenden Speck mit Ei, den ich mir später auch noch zu Gemüte führte. Rhabarber mochte Purius nicht – und fast schmeckte mir dieser deswegen noch besser. Bei all der Übereinstimmung, die sich im Rahmen unseres monatelangen E-Mail-Kontakts gezeigt hatte, war ich froh, zumindest eine Divergenz in unseren Seelen entdeckt zu haben.

Als ich nach meiner Kaffeetasse griff, sah ich in der Schaumkrone irgendwas schimmern. »Was ist das?«

»Goldstaub!«

»Echtes Gold?«

»Für Sie, teuerste Mademoiselle, ganz speziell für Sie!«

»So etwas habe ich noch ...«

»Ja, ich gönne es mir selbst auch nicht allzu oft. Ich verwende und betrachte es als Medizin.«

Trotz meiner zweifelnden Miene – Purius hatte mich auch schon mal von Bach-Blüten zu überzeugen versucht – setzte er fort: »Zu allen Zeiten gaben die Weisen Goldmünzen oder noch besser Goldnuggets in Rotwein, und tranken diesen nach einigen Tagen als Medizin. Ganz zu schweigen von den einstigen südamerikanischen Hochkulturen, in denen sich die Herrscher mit Goldstaub umhüllen ließen.«

»Letzteres ist mir zwar nicht ganz unbekannt, aber weshalb sollten Nuggets bessere Wirkung als Münzen zeigen?«

»Alles in diesem und in den uns umgebenden Universen besteht aus Schwingung. Einer Form von Energie. Positiver und negativer Energie. Nuggets enthalten positive Energie, wurden sie doch geradezu jungfräulich aus den Tiefen des Felsens oder des reißenden Flusses geborgen. Beim in Münzenform verarbeiteten Gold sieht die Sache ein wenig anders aus: Hier wird nicht selten brutalst geraubtes Material verarbeitet. Was glauben Sie, wo das Gold hingekommen ist, welches vor wenigen Jahrzehnten der jüdischen Bevölkerung bei lebendigem Leibe aus dem Munde gerissen worden ist? Ahnen Sie, welch Schwingung solch Gold besitzen dürfte? Nicht selten handelt es sich bei dem, was heute in Eheringen oder Münzen steckt, um jüdisches Zahngold ...«

Purius ließ sich nicht aufhalten: »Auch Silber ist für den Organismus gut. Haben Sie gewusst, dass Wasser nicht faulen kann, wenn es in einem silbernen Gefäß aufbewahrt wird?«

»Wie?«

»Die Weltraumbehörde NASA baut seit jeher die Trinkwasserbehälter ihrer Raumfähren aus purem Silber; bis heute die einzige bekannte Möglichkeit, den überlebensnotwendigen Stoff über Monate hinweg bakterienfrei zu halten.«

Adele erschien mit einer Huhn-Trüffel-Pastete und den Worten: »Den Tisch will der Hausherr selber decken, aber wenn man ihm nicht alles hinterherträgt, lässt er unseren Gast noch verhungern. Das Mädchen hat ja nichts auf den Rippen.«

Meinen Hinweis – »so viel wie hier esse ich zu Hause das ganze Jahr nicht, ich werde mich noch verdoppeln« – konterte Purius: »*Oh*, liebste Mademoiselle, bis Sie sich verdoppelt haben, muss ich Ihnen noch eine Menge *pâté* füttern. Und habe ich Ihnen schon gesagt, den Anzug, den ich heute trage, gibt es auch in zitronengelb mit pinkfarbenem Futter.«

»Eklig!«

Purius hatte in den vergangenen sieben Monaten anscheinend ein wenig über mich nachgedacht. Auf jeden Fall präsentierte er mir nach dem Frühstück, beim Spaziergang durch den Park, eine seiner vielen Thesen:

»Mademoiselle, Sie sind Anwältin geworden, weil sie die Waffen in die Hand bekommen wollten, um sich für den Missbrauch in jungen Jahren rächen und fortan den Männern aufgrund Ihres juristischen Wissens eine Menge Ärger bereiten zu können.«

»Wird wohl so sein! Und weshalb bin ich Domina geworden?«

»Um den Männern noch mehr Ärger bereiten zu können!«

»Ich würde mal so sagen: die Anwältin, das ist mein Beruf. Den habe ich vor allem erlernt, um meinen Eltern eine Freude zu bereiten. Die Domina, das ist mein Hobby, meine Leidenschaft.«

»Aber Sie üben das Hobby doch professionell aus …«

»Ja. Meist an drei Abenden der Woche in einem von Europas größten S/M-Studios. Mit Gewerbeschein, Steuern und allem drum und dran.«

»Sind Sie eine gute Domina?«

»Man sagt so!«

»Und eine gute Anwältin?«

»Gut bin ich, wenn mich eine Sache interessiert, wenn ich spüre, da wird einem Menschen Unrecht getan. Dann wachse ich über mich selbst hinaus. Ansonsten fehlen mir gelegentlich mal die Terrierqualitäten und die Bereitschaft, die gegnerische Partei als Feind zu betrachten. Da bin ich dann zu diplomatisch und zu sehr an einer Einigung interessiert. Studiert habe ich übrigens an der Universität Köln, dort auch abgeschlossen. Köln ist wunderbar, ich liebe die Stadt. Später, während der Referendarzeit, verbrachte ich vier Stunden der täglichen Arbeitszeit mit Bahnfahren. Denn meine Stammdienststelle lag in Mönchengladbach. Die mir zugeteilte Arbeitsgemeinschaft im Wuppertal. Und die Stagen ...«

»Die Stagen? Das sind die Ausbildungsabschnitte bei der Staatsanwaltschaft und in der Verwaltung, nicht?«

»Genau! Die Stagen lagen das eine Mal in Grevenbroich, dann in Wesel und irgendwann in Dormagen, verteilt über den gesamten Regierungsbezirk.«

Wir spazierten durch eine Allee, deren Stämme noch ein wenig mickrig aussahen. Purius hatte den Weg erst vor wenigen Jahren anlegen lassen. Zwischen den Bäumen standen allegorische Bronzeskulpturen in Lebensgröße. Auch eine Hera, Schwester und Gemahlin des Zeus, war darunter. Vor dieser blieben wir stehen. Betrachteten die Natur. Atmeten die reine Luft tief und hörbar ein, sichtbar aus. Zwei der Hunde tollten in der Ferne. Sonnig war es, doch mächtige Herbstwolken zogen rasch übers Grundstück.

»Abbé Purius, weshalb ist ein Mann wie Sie nicht verheiratet?«

»Das ist leicht erklärbar: Die, die man haben will, bekommt man nicht. Und die, die man bekommen könnte, will man nicht!«

Purius pfiff den schlanken Greyhounds. Der Stolz, mit welchem er darauf hinwies, dass uns soeben die zweitschnellsten

Säugetiere zu Lande entgegengeschossen kamen, war kein geringer. Adele musste den Pfiff gehört haben, denn sogleich ließ sie auch die beiden Mischlinge aus dem Haus zu uns in den Garten laufen.

Wir waren von den Hunden umringt und Purius fragte schüchtern und mit leiser Stimme: »Ist es wahr, Mademoiselle, dass sich immer nur die reichen und mächtigen Menschen nach S/M sehnen?«

»Ganz und gar nicht! In einem S/M-Studio ist alles vertreten, von der armen Kirchenmaus bis zum millionenschweren Erben.«

»Kommen auch Frauen?«

»Es kommen auch Frauen, gelegentlich, allerdings meist in Begleitung ihres Partners. Und die Frauen übernehmen dann überwiegend den devoten Part, während der Mann sich dominant gibt. Sollte es doch mal umgekehrt sein, dann geht es der Frau weniger um eine klassische Session, als vielmehr um eine Art *Workshop*, bei der sie was lernen kann.«

Wir hatten Mühe, nicht über Pfoten, Flanken und Schwänze zu stolpern – aber Purius' Interesse war nun konzentriert, begeistert.

»Gibt es Unterschiede zwischen den Wünschen der weiblichen und der männlichen Gäste?«

»Die Frauen lieben Rituale. Rituale, bei denen sie knien müssen, ihnen die Augen verbunden werden, ihnen ein Halsband mit Kette angelegt wird. Sie möchten während der Session erotisch gekleidet sein; Latex, Lack, Leder, Strümpfe, Strapse. Während sich die Männer gerne nackt zeigen. Ansonsten gibt es keine nennenswerten Unterschiede. Für eine jede Spielart gibt es sowohl Frauen als auch Männer, die ihr begeistert zusprechen.«

»Und für Sie als Frau ist es nicht schwer, eine andere Frau zu züchtigen?«

»Nein, sie sehnt sich ja danach, sie bezahlt sogar dafür.«

»Das ist hübsch, *très chic*!« Wir waren vor einer kleinen Blutpflaume stehen geblieben und Purius zeigte auf mein Lederhalsband mit einem Schloss in Herzform, von *Hermès*. Er fuhr zögerlich fort: »Was machen Sie konkret mit einer Frau, die zu Ihnen kommt?«

»Bei der typischen Session mit einer Frau, bei der, wie gesagt, üblicherweise der Partner dabei ist, geht es darum, ihr den Orgasmus – scheinbar gegen ihren Willen – abzuzwingen.

Die Frau hat dabei Strafschuhe zu tragen. Schuhe mit Absätzen jenseits der 12 cm, meist in schwarz oder rot, in denen das Gehen bereits nach wenigen Schritten schmerzt. Dazu trägt sie Fetischkleidung, gerade so wie es ihr Meister – das ist normalerweise ihr Lebensgefährte – wünscht. Im Schritt zu öffnende Lederbodys, Latexhotpants, Lackkostüme, Strümpfe. Die Frau ist zu Beginn eines Sadomaso-Rituals immer hübsch und sehr weiblich verpackt. Die Session mit ihr ein bunter Strauß an Erfahrungen und Varianten. Frauen lieben es, für ihre Lust mit Schmerzen zu bezahlen und sich völlig auszuliefern.«

Purius war still geworden. Ich redete also weiter: »Zu Beginn der Session erlaube ich der Sklavin, auf allen Vieren zu mir und ihrem Meister zu krabbeln und uns die Füße zu küssen. Dabei fahre ich ihr durchs Haar und bin bemüht, mich auf sie einzustimmen.

Sobald sie ausreichend Demut bewiesen hat, fordere ich sie auf, Position einzunehmen. Position einzunehmen bedeutet, sich demütig niederzuknien – mit den Händen auf dem Rücken und geneigtem Haupt. Nun lege ich ihr das Halsband mit der Leine oder Kette an, ziehe ein wenig ruppig am Hälschen.

Anschließend öffne ich ihr das Oberteil, streichle sanft ihre Brüste, spiele an den harten Nippeln erst mit einem und dann mit zwei Fingern. Genieße jeden ihrer lustvollen Seufzer.

Hat sich im Vorgespräch gezeigt, dass sie Ohrfeigen oder Fußtritte liebt, dann werden ihr solche nun gewährt. Andernfalls erlaube ich ihr, sich zu erheben. Ich ziehe ihr das Röckchen hoch oder fordere sie auf, dieses mit ruhigen Bewegungen auszuziehen.

Nun lege ich ihr Hand- und Fußfesseln an. Zwischen den beiden Fußfesseln befestige ich eine sechzig Zentimeter lange Spreizstange. Sobald sie gezwungenermaßen mit weit gespreizten Beinen dasteht, werden ihre Handfesseln mit dem von der Decke baumelnden Flaschenzug verbunden. Ehe sie sich versieht, zeigen ihre Arme in Richtung Kammerdecke.

An Brustwarzen und Schamlippen verpasse ich ihr Klammern. Bei Ungehorsam oder wenn ihr Meister von schweren Verfehlungen zu berichten weiß, verwende ich die besonders ›giftigen‹. Diese erhält sie auch, wenn sie entgegen meines Befehls bereits nass ist.

Nun besehe ich mir genussvoll die ihrer Züchtigung harrende Sklavin, streichle ihr sanft übers Gesicht, dann über den Rücken und den Po. Nun setzt es die ersten Schläge mit der Hand. Nach den Schlägen mit der Hand folgen minutenlang jene mit dem Paddel.

Ich lobe sie für ihren Mut und mache ihr Komplimente. Flüstere ihr allerdings auch ins Ohr, dass ich ihr gleich eine längst überfällige Tracht Prügel verpassen werde, an die sie noch lange zurückdenken wird.

Das große Leiden kann beginnen! Ich greife nach der sechsschwänzigen Peitsche! Mit dieser stelle ich mich vor die Sklavin – sie soll sehen, womit sie gepeinigt wird. Sie darf die Peitsche küssen.

In den folgenden fünf Minuten verpasse ich ihr hunderte harter Schläge. Sie wird dabei winseln, schreien, keuchen, flehen und weinen. Bei alledem erwarte ich, dass sie immer wieder bekundet, für ihren Meister noch mehr Schmerz ertragen zu wollen. Wehe, sie verzichtet auf Bekundungen dieser Art – dann setzt es eine Zusatzabreibung.

Während der Auspeitschung bleibt ihr Partner meist bekleidet, begnügt sich mit der Rolle des Voyeurs. Er stellt der Sklavin zwischendurch höchstens mal eine Frage in der Art von *Wer darf dich ficken, du Schlampe?* – worauf sie demütig zu antworten hat: *Mein Herr und Meister darf mich ficken, und jeder, dem mein Herr und Meister es erlaubt!*

Nach der Auspeitschung gönne ich ihr eine Erholungsphase. Während dieser lasse ich meine Hände zärtlich über ihren gemarterten Körper gleiten. Erst lobe ich sie für ihre Tapferkeit, nur um ihr Augenblicke später ins Ohr zu hauchen, dass ich noch nicht zufrieden bin und sie deshalb erneut quälen werde.

So beschwere ich die Klammern an ihren Schamlippen mit kleinen Gewichten und binde ihr die Brüste hart mit einem Gummiseil ab.

Erneut greife ich nach der Sechsschwänzigen. Diesmal peitsche ich allerdings nicht nur den Po des Täubchens aus, sondern seinen gesamten Körper. Selbst der lüstern-feuchte Schambereich und die willigen Titten bleiben nicht verschont. Die Frau soll leiden. Sie soll für ihren Meister leiden!

Wird das Winseln und Klagen nach einiger Zeit allerdings zu arg, gewähre ich ihr eine Belohnung. Ich löse ihr die Fesseln, befreie sie von der Spreizstange zwischen ihren Füßen und erlaube der schwer atmenden Sklavin, sich auf den Boden zu legen. Mit der Spitze einer Reitgerte beginne ich, ihr die Klitoris zu stimulieren.

Werden die Lustseufzer der erst aus Erschöpfung und dann aus Erregung keuchenden Frau immer heftiger, so rufe ich einen vor der Tür wartenden Sklaven. Von diesem gut gebauten Sklaven, der die Kammer mit einer harten Erektion zu betreten hat, wird sie in den kommenden zwanzig Minuten von einem Orgasmus zum nächsten geleckt werden. Beinahe alle Frauen lieben es, vor den Augen ihres Meisters von einem ihnen bis dahin unbekannten Mann oral befriedigt zu werden. Zwischen den Orgasmen ist es ihr erlaubt, den aufgerichteten Penis des Fremden zu streicheln, seine Hoden und seinen Po zu küssen, sich an seinem kräftigen Brustkorb zu laben.

Nach dieser Art der Befriedigung, die von Sklavinnen generell als ein Geschenk ihres Partners wahrgenommen wird, zeichnen sie sich für gewöhnlich durch enorme Tapferkeit aus. Spätestens ab diesem Zeitpunkt ist es beinahe unmöglich, ihnen ein *Gnade* abzuringen. Was auch immer der Meister nun wünscht, seine Partnerin wird es ihm erfüllen. Sie wird Speichel vom Boden auflecken oder sich vor den Anwesenden ihre Körperöffnungen dehnen und masturbieren.

Die Intensität für die Frau lässt sich übrigens beträchtlich steigern, wenn ihr bereits zu Beginn der Session die Augen verbunden werden.« Die Greyhounds starrten Purius an; wohl, weil auch er mich so sehr anstarrte.

Gegen Mittag, nach dieser kleinen Plauderei, zog ich mich auf mein Zimmer zurück, um mich ein wenig frisch zu machen. Purius hatte mich am Vortag in seiner mir lieb gewordenen altertümlichen und scheuen Art gefragt, ob ich was gegen den Besuch seiner Freunde hätte. Ja, erst hatte ich was dagegen. Doch als ich sah, wie enttäuscht er war, gab ich mich geschlagen.

Purius wollte mich um 11.57 Uhr – absolute Pünktlichkeit wusste ein jeder von uns zu schätzen – vor meinem Zimmer erwarten. Als ich die Tür öffnete, schwankte ich zwischen Herzinfarkt und schallendem Gelächter. Denn der Herr des Hauses stand in eine rote Kardinalsrobe gehüllt vor mir. Mit einer goldenen Mitra auf dem eleganten Haupt und einem Bischofstab in der Hand, mit welchem er zuvor sanft, wie es seine Art war, an die Tür geklopft hatte. Astrein, dachte ich. Mir kullerten beim Anblick dieses Mannes vor Lachen die Tränen über die Wangen. Mein Make-up war dahin. Egal! Das war mir der Anblick wert!

Der Hausherr, sogleich den distinguierten Edelmann gebend: »Wollen Sie einem alten Kurienkardinal, Betonung liegt auf Kurien, die Ehre erweisen, ihn zu einem kleinen Feste zu begleiten?«

»Ich kenne nicht den genauen Unterschied zwischen einem Kardinal und einem Kurienkardinal. Und alt sind Sie auch nicht. Sie sind nur ziemlich verrückt. Völlig durchgeknallt.«

»Erlauben Sie?« Purius hatte aus dem Nichts eine Art Umhang aus kardinalsrotem Samt hervorgezaubert und, darauf verzichtend eine Antwort abzuwarten, ihn mir sachte und würdig um die Schultern gelegt.

Nun schritten wir den Gang entlang. Ich war in Begleitung eines Verrückten. Eines Verrückten, der in seiner Rolle derart aufging, dass kein Sicherheitsdienst und keine Schweizer Garde es in diesem Moment gewagt hätte ihn aufzuhalten, wenn er denn Zugang zu den Privatgemächern des Papstes verlangt hätte.

»Mademoiselle, schön, dass Sie Zeit gefunden haben, am Fest eines alten Kardinals teilzunehmen. Ich danke Ihnen!«

»Sie sind kein Kardinal und Sie sind auch nicht alt. *Sie! sind! ein! Ver! rück! ter!* Einer, der auf einer Goldmine sitzt und sich einen Spaß daraus machen wollte, einer Frau einen Schreck einzujagen.«

»Ich besitze weder eine Goldmine, noch mache ich Späße auf Kosten anderer, niemals. Hören Sie: niemals! Aber vergnügen wollen wir uns! Vergnügen! Treten wir ein. Würde, mehr Würde, wenn ich bitten darf!«

Aufgeregt trippelte Purius neben mir her, den Bischofstab schwingend wie eine Angelrute, die sich in den Zweigen eines Baumes verfangen hatte.

Würdig, wie von ihm verlangt, schritt ich mit ihm in das verspiegelte Speisezimmer. Helle Begeisterung, Jubelrufe unter den wenigen Gästen. Auf den ersten Blick musste man glauben, Purius' Aufgabe bestehe darin, hier den Pausenclown zu geben. Der mit geschätzt hundert Kerzen beleuchtete kleine Saal, der keine Fenster besaß, erinnerte mich an die Zeiten des *Grand Siècle*, als Herren noch Herren, Damen noch Damen und Maîtressen noch Maîtressen waren.

Um die feudale Tafel, die mit rotem Samt, goldenen Platztellern, Porzellan eines 1852 im Sturm vor Haiti gesunkenen Schiffes und glitzerndem Kristall gedeckt war, hatten sich fünf Paare versammelt, die in ihrer Optik und ihrem Alter nicht unterschiedlicher hätten sein können. Auf den ersten Blick besaßen sie nur eine Gemeinsamkeit: Sie trugen Augenmasken mit kleinen Sehschlitzen aus kardinalsrotem Samt.

Adele brachte Champagner in einer Magnumflasche, woraufhin sich ein älterer Gast erhob und mit ruhigen Bewegungen das Öffnen und auch das Einschenken übernahm. Den Champagner lehnte ich als überzeugte Antialkoholikerin mit einer kleinen Handbewegung ab.

Ehe ich mich versah, verkündete Purius mit würdiger Miene, doch mit der Stimme eines Wahnsinnigen: »*Victa iacet pietas, et Virgo caede madentes, ultima caelestum, terras Astraea reliquit; neve foret terris securior arduus aether; adfectasse ferunt regnum caeleste Gigantas!*« Den Text ließ ich mir später noch aushändigen, wollte ich doch wissen, womit ein verrückter und doch so herrlich erfrischender Mann seine Gäste unterhält: Die Frömmigkeit liegt besiegt am Boden und als letzte der Himmelswesen verließ die asträische Jungfrau die vom Blute triefenden Länder. Damit jedoch der Himmel nicht sicherer als die Länder wurde, strebten die Giganten auch die Herrschaft über den Himmel an!

Nachdem Purius und ich die Einzigen im Saal waren, die keine Augenmasken trugen, ging ich nochmals kurz hinaus, legte frisches Rouge von MAC auf und zog die Lidstriche nach. Als ich zurückkam, war das Gespräch bereits mächtig in Schwung gekommen. Eine Frau erkundigte sich gerade: »Lieber Abbé, wie war noch mal dein Lebensmotto?«

Der Hausherr, ohne lange nachzudenken: »Lieber nichts als die Hälfte!« – »Bravo! Bravo!«

Ein alter, sehr eleganter Herr versuchte immer wieder, sich ins für ihn viel zu flott verlaufende Gespräch einzumischen.

Doch es wollte ihm nicht so recht gelingen. Irgendwann machte dieser Mann auf mich den Eindruck eines Don Camillo, der mit dem Gekreuzigten Zwiesprache halten will, aber nicht zu Wort kommt. Er wandte sich für den Rest des Mittagessens dem Weine zu. Champagner schien er nicht sehr zu schätzen.

Vor den zum Gang geöffneten Flügeltüren hatten zwischenzeitlich drei Streicher Aufstellung genommen und kündigten zum Auftakt den *Mephisto-Walzer* von Franz Liszt an. Sie stammten aus der Musikwelthauptstadt Wien – einer Hauptstadt, die im Dezember 1791 nicht davor zurückgeschreckt war, Wolfgang Amadeus Mozart in einem Grab dritter Klasse zu bestatten.

Was damals nichts anderes bedeutete, als dass der Leichnam mit etlichen anderen Verstorbenen in eine gemeinsame Grube gelegt wurde.

Die Gäste waren unkompliziert und besaßen im Umgang miteinander, zumindest soweit dies auf den ersten Blick zu erkennen war, eine wohltuende Leichtigkeit. Irgendwann fragte ich Purius, so dass es die anderen nicht hören konnten: »Weshalb führen andere reiche Menschen nicht ein ähnlich opulentes Leben wie Sie?«

»Weil andere Menschen nicht so viel erlitten haben wie ich. Viele Menschen mit ähnlichen pekuniären Möglichkeiten wissen das Leben nicht zu schätzen. Der Mensch muss durch die Hölle gegangen sein, um das Leben wahrhaft leben zu können.« Die Hölle, aha!

Das Gespräch ging flott voran. Ein grau melierter Mann in dunklem Nadelstreif und mit einem roten Bändchen durchs Knopfloch gezogen – Fremdenlegion? – erhob das Wort. Er wusste zu berichten, dass in Syrien, diesem wunderschönen Land zwischen Mittelmeer und Euphrat, gerade mal sieben Monate Haft verhängt werden, sollte der Vater seine Tochter oder der Bruder seine Schwester wegen vorehelichen Geschlechtsverkehrs ermorden.

»Bis vor gar nicht langer Zeit«, ergänzte Purius, »stellten diese sieben Monate sogar das Strafhöchstmaß dar. Das Problem ist allerdings woanders zu suchen. Du kannst für diese Straftat in Syrien auch zwanzig Jahre Haft verhängen. Aber wann immer der Mörder in sein Heimatdorf zurückkommt, wird er nicht als Mörder, sondern als Held empfangen werden. Darin, meine Lieben, steckt das wahre Problem. Die im Westen ausgebildete Elite Syriens wäre längst bereit, das System unseren Vorstellungen anzupassen. Doch wie soll dies geschehen, ohne den Zorn des Volkes zu wecken?«

Der Graumelierte war sich sicher: »Die Zeit spielt für uns! Ähnlich wie sie in der Türkei für uns gespielt hat. Für ewige Zeiten ging ein Vergewaltiger dort straffrei aus, wenn er bereit war, das Opfer zu heiraten – und dieses nicht gerade aus der Oberschicht stammte.«

Alexa, eine hübsche Frau um die 35, mit den ersten Fältchen in ihren ein wenig harten, allerdings äußerst erotischen Gesichtszügen, rief: »Ach, Purius, müssen wir uns denn immer mit Mördern und all diesen Ungerechtigkeiten auseinander setzen?«

»Alexa, dein Wunsch möge uns Befehl sein. Sprechen wir über die Liebe!« Allgemeine Zustimmung.

Ich biss in ein kleines Blini Demidoff. Jene winzigen Kartoffelpfannkuchen, die zur Hälfte mit Crème fraîche und zur anderen Hälfte mit Kaviar bedeckt sind. Die einen mit rauchgrauem Beluga vom Stör, die anderen mit den orangefarbenen Eiern vom Lachs.

Der als Kardinal verkleidete Gastgeber erhob das Wort: »Die Ehe, *oho*, diese Wartehalle aufs illusorische Glück, ist eine wunderbare Einrichtung. Allerdings nur für Menschen mit reduzierten Ansprüchen und der Bereitschaft zur Lüge. Denkt nur: Ich werde dich *immer* lieben. *Immer* ist ein beachtlich …«, er verschluckte sich am hastig geschlürften Wein, »beachtlich großes Wort! Wie sollte es einem Menschen, welcher nicht unter dem Einfluss halluzinogener Drogen steht, jemals möglich sein, unter Eid ein solches Versprechen, in Wahrheit eine pralle Lüge, abzugeben?«

Der Kardinal wurde immer stürmischer: »Meine verehrten Damen, meine hoch geschätzten Herren, wir kennen die Gründe, nicht wahr, weshalb die Menschen zu einer Lüge dieser Art bereit sind. *Vive la difference!* Der Mann tritt vor den Traualtar, sobald er des ständigen und nur allzu oft vergeblichen Suchens nach Frischfleisch müde geworden ist. Die Frau aber, sobald sie sich nach Absicherung und Kindern sehnt. Erlaubt mir die Sache ein wenig anders auszudrücken: Frauen ab einem gewissen Alter und nach etlichen gescheiterten Beziehungen spüren unbewusst, sie brauchten ein Kind, um erstmals im Leben dem Geheimnis wahrer Liebe auf die Spur kommen zu können. Was mich ...«, wieder ein Schluck Wein, »was mich zur Schlussfolgerung verleitet: Die Frau liebt in Wahrheit niemals ihren Mann, sondern von vornherein ausschließlich das Kind, zu welchem sie durch den Mann zu gelangen hofft!«

»Pfui! Das ist nicht romantisch!«, warf Alexa ein.

Mein Gastgeber ließ sich nicht aus der Ruhe bringen: »Die Liebe ist niemals romantisch. Nur die Verliebtheit ist romantisch.«

»Liebe und Verliebtheit, siehst du da vielleicht einen Unterschied?«

»Meine geschätzte Alexa, mit der Liebe und der Verliebtheit verhält es sich wie mit der Frucht und der Blüte. Die Frucht – die Liebe – kann erst entstehen, wenn die Blüte – die Verliebtheit – bereits vorbei ist.«

»Aber ...«

»Liebe Alexa, lass mich die Sache noch kurz ausführen. Die Frucht, das Nährende, kann erst entstehen, wenn die Blüte, das Bezaubernde, bereits unwiederbringlich verwelkt ist. Oder wie die Surrealisten zu sagen pflegen: Das Leben und die Liebe beginnen am Höhepunkt ihrer Blüte bereits wieder zu verdorren.«

»Aber ich möchte ewig verliebt sein!«

»Madame möchten in Betrachtung einer Blüte verhungern?«

»Aber glaubst du wenigstens, der ... nun der Übergang von der Verliebtheit zur Liebe sei spürbar?«

»Diese Frage müsste ich eigentlich jemandem überlassen, der über mehr Farben auf seiner Palette verfügt. Als Geistlicher bin ich zudem nicht berufen, all die entscheidenden Übergänge zu kennen, doch lasse es mich so ausdrücken: Mit markanter Häufigkeit zerfallen Beziehungen, sobald die beiden Verliebten keinen Freund und keinen Angehörigen mehr finden, der durchdiskutiert und verrissen werden könnte. Der sich aus ihrer Sicht nicht der Naivität, Dummheit, Faulheit, Unseriosität, Introvertiertheit, Plumpheit oder Extrovertiertheit bezichtigen ließe.«

»*Sorry*, ich verstehe nicht!«

»Verliebte rühmen sich stets des gigantischen Gesprächsstoff-Reservoirs, welches sie angeblich zusammengeführt hat. *Wir können so gut miteinander reden!* Die Wahrheit ist: Dieses, aus der Sicht Verliebter, unerschöpfliche Reservoir würde rasch versiegen, wenn sie darauf verzichteten, all die Menschen, die ihnen einst nahe standen, in Grund und Boden mies zu machen. Die herzallerliebsten Menschen werden durchgekaut, nur um sich dem Genuss, ein wenig Gesprächsstoff zu besitzen, hingeben zu können. Beziehungen, die lediglich auf einer solch marginalisierten Gesprächsbasis aufgebaut sind, dürfen wir als von vornherein zum Scheitern verurteilt betrachten.« Huldvoll nahm Purius die Zustimmung von allen Seiten entgegen und setzte dann fort: »Die Schöpfung hat eine drei- bis allerlängstens siebenmonatige Phase der Verliebtheit vorgesehen, die völlig ausreicht, um die Fortpflanzung auf dem Planeten sicherzustellen. Wenn wir modernen und einsamen Menschen glauben, länger zusammenbleiben zu müssen, als es die Schöpfung vorgesehen hat, dürfen wir uns nicht wundern, dass ...«

Alexa unterbrach ihn mit besorgtem Blick: »Oh, du ehrwürdiger Kardinal, wer passt dann überhaupt noch zusammen?«

»Es gibt sicherlich gewisse Faktoren, die einer Beziehung gut tun: Abstammung aus ähnlicher sozialer Schicht, vergleichbares Bildungsniveau, eine gemeinsame Lebensaufgabe und astrologische Daten, die miteinander harmonieren.« Purius griff sich ans Kinn und ergänzte: »Die gegenseitige optische Anziehungskraft wollen wir nicht ganz außer Acht lassen, schläft ansonsten die Sexualität doch allzu rasch ein.«

Purius war sichtlich in seinem Element. Mit epikureischem Genuss nahm er einen weiteren Schluck Rotwein und setzte fort: »Hierbei handelt es sich zweifelsfrei um die entscheidenden Ingredienzien, die den Übergang von der Verliebtheit zur Liebe erleichtern. Die gemeinsame Lebensaufgabe scheint dabei eine besondere Magie und Wirkung zu besitzen. Unabhängig davon, ob die beiden ihre Aufgabe im regelmäßigen Umgestalten ihres Hauses oder im Sammeln monegassischer Ersttagsstempel sehen, die gemeinsame Leidenschaft agiert stets als eine Art Kleber und Kleister.«

Der Herr im Nadelstreif, dessen vielleicht fünfzigjährige Gattin in einer zerschlissenen Jeansjacke neben ihm saß und schon jetzt dem Champagner ein wenig zu sehr zugesprochen hatte, gab zu bedenken: »Aber, Eminenz, sagt man nicht, Gegensätze ziehen sich an?«

Der Hausherr winkte ab: »Der Pokal der *Champions League* ist nicht zu gewinnen, wenn du Ruderer, Boxer und Klavierspieler in einer Fußballmannschaft versammelst. Wer gewinnen will, muss sich mit Gleichgesinnten verbünden. Beim Sport ebenso wie in der Liebe. Die kraftvollsten und dauerhaftesten Beziehungen sind übrigens von alters her jene, in denen sich die Frau – nicht ganz uneigennützig – bemüht, aus dem Mann was zu machen. Ihm hilft, sich aus einer erdigbraunen Raupe in einen farbenfrohen Schmetterling zu verwandeln.« Nach den Blini Demidoff hatte Adele zwei knusprige Gänse auf riesigen silbernen Platten serviert, wobei die männlichen Gäste beim Hereintragen und die Frauen beim Tranchieren und Anrichten zur Hand gingen. Nur Purius verweigerte die Mithilfe: »Ich bin ja der Kardinal!«

Trotz ihrer allzu heftig funkelnden Brillanten nahm ich die brünette Jeansjackenträgerin, die ihre Augenmaske rasch abgelegt hatte, als äußerst sympathisch wahr. Irgendwann wandte sie sich mir zu. Erst vorsichtig und abtastend, dann mit juristischen Fragen den Paragrafen 1565 I BGB betreffend: Ehescheidung.

Ihr vorrangiges Interesse galt allerdings den Paragrafen 1363 ff BGB: Vermögensaufteilung. Ihr Gatte begann – wie ich sagen musste, aus gutem Grund – reflexartig nervös mit den Mundwinkeln zu zucken.

Nachdem die Gäste spürten, dass ich meine mir eigene Zurückhaltung abgelegt und mich am Gespräch zu beteiligen begonnen hatte, wurde ich mit immer weiteren Fragen bestürmt. Es dauerte auch nicht lange und wir waren bei meinem *anderen* Beruf angelangt.

Wieder war es die bereits an der Juristerei Interesse zeigende Frau, die mutig den Anfang machte: »Einen Sklaven hätte ich auch gerne.« Dabei schien sie als passendes Versuchsobjekt nicht an den neben ihr sitzenden künftigen Exgatten zu denken. Denn sie ließ uns wissen: »So einen jungen, dauerscharfen. Wie müsste der mich anreden?«

»Mit *Herrin*!«, antwortete ich und fügte an: »Beliebt sind aber auch *Hohe Dame*, *Lady*, *Mylady* oder *Mistress*.«

Nun besann sie sich doch noch des Gatten: »Du, nenn mich in Zukunft *Mylady*!«

Die Aufforderung hatte alle im Raum erheitert, mit Ausnahme des Angesprochenen, der lediglich ein weiteres Mal mit dem Mundwinkel zuckte.

Sogleich wollte sie mit aufgeregter Stimme wissen: »Und wie werde ich eine gute Domina?«

»Drei Dinge sind es, welche die erfolgreiche Domina ausmachen: Einfühlungsvermögen, ein eigener Stil und die Leidenschaft für Menschen.«

»Weil Leiden Leidenschaft schafft«, philosophierte Purius.

»So ist es! Häufig bekomme ich Anfragen von Frauen, die auch gerne als Dominas arbeiten möchten. Aber wenn ich sie zu einer Probesession mitnehme, fällt ihnen meist rasch auf, dass sie nicht in der Lage wären, eine dichte Atmosphäre zu schaffen. Eine Atmosphäre mit Präsenz und Aura. Menschen, die mich privat kennen und die ich zu einer Session mitnehme, schwören, sie hätten zwei verschiedene Frauen gesehen.«

Die Scheidungsmillionärin in spe ließ nicht locker: »Ich habe mal in irgendeinem Magazin gelesen, viele Männer gingen zur Domina, um im Endeffekt nur mit ihr zu plaudern und zu tratschen. Ist das wahr?«

»Solche Deppen gibt es nicht viele. Das habe ich nur zweimal erlebt. Der Erste hatte sich tatsächlich in mich verliebt und der Zweite befand sich in einer Lebenskrise. Man muss da wohl zwischen Studios und Bordellen unterscheiden. Als Domina ist es gar nicht gut, wenn der Gast sich in einen verliebt – den verliert man innerhalb kürzester Zeit wieder. In Bordellen hingegen, da allerdings auch nur in den schlecht geführten, legen es die Damen oftmals geradezu darauf an, sich einen Trottel gefügig zu machen, um ihn fortan finanziell ausnehmen zu können. Ganz nach dem altbewährten Trick: *Ich würde so gerne aussteigen, aber mir fehlen 50.000 Euro*. Solche Liebeskasper und Plauderer mögen sich in Bordellen schon mal einfinden, in S/M-Studios sind sie so gut wie nicht präsent.«

Ein bezaubernd schönes, beinahe feenhaftes Mädchen erkundigte sich schüchtern und während des Fragens gleich zweimal schluckend: »Haben Sie sich schon mal in einen Kunden verliebt?«

»Viele Gäste habe ich lieb und begrüße sie mit ehrlicher Freude. Gleichzeitig sind meine Ansprüche an Männer sehr hoch.

Während einer Session erfahre ich zu wenig über die Dinge, die mir für eine Beziehung wichtig wären. Verlieben ist für mich zudem ein Jahrhundertereignis und es geschieht gewiss nicht während der Arbeit!«

Ein junger Mann in kurzem Blouson aus durchsichtigem Nylon, zu dem die feengleiche Freundin gehörte, ließ wissen: »Schade, dann komme ich nicht!«

»Scherzkeks!«, blieb mir da nur zu sagen.

Eine stilvolle alte Dame, die ein blau schimmerndes Kleid trug, welches zu meiner Freude je nach dem Flackern der Kerzen auch Lila- und Rot-Töne hervorbrachte, erzählte mit wohltuend ruhiger Stimme: »Zu meinem Bekanntenkreis gehören zwei Frauen, die sich seit vielen Jahren gelegentlich von ihren Partnern übers Knie legen lassen. Die eine begründet ihre diesbezügliche Sehnsucht damit, dass sie auch im Klosterinternat häufig geschlagen worden war. Und die andere sagt, sie wolle es, weil sie in der Kindheit eben gerade nicht gezüchtigt worden ist. Wie sehen Sie das?«

Meine Erklärungen fielen vage aus: »Gefühlsmäßig würde ich sagen, es muss tatsächlich irgendwas mit der Kindheit zu tun haben. Allerdings wären mir bis zum heutigen Tag keine eindeutigen Parallelen aufgefallen. Als Kind verprügelte ich ein paar Mal in der Garage einen Jungen. Als Erwachsener gestand er mir, er hätte mich immer wieder geärgert, da ihn bereits damals meine Schläge sexuell erregten. Mut zu diesem Geständnis brachte er übrigens erst auf, nachdem ich ihm gestanden hatte, zwischenzeitlich nicht nur als Anwältin, sondern auch als Domina zu arbeiten.«

Die Dame ergänzte: »Bei Spielen dieser Art hätte ich Angst, der Partner könnte den Respekt vor mir verlieren.«

»Ja«, musste ich zugeben, »ich glaube schon auch, man sollte wohl ein wenig aufpassen, wem man sich ausliefert. Dies gilt allerdings für die Männer wahrlich nicht weniger als für die Frauen.«

Alexa, die Erotische mit den ersten Fältchen, erkundigte sich süffisant besorgt: »Abbé Purius, könntest du dir vorstellen, eine Frau zu erniedrigen und sie zu quälen?«

»Liebe Alexa, wie bei dir, so gibt es auch bei mir nur wenig auf diesem Erdball, das ich mir nicht vorstellen könnte! Hast du vielleicht gerade einen drängenden Wunsch auf den Lippen?«

Alexa, sich die Oberlippe befeuchtend: »Naja, mal einer ganzen Baseballmannschaft einen zu blasen ... nein, nein, das war nur ein Scherz, nur ein Scherz!«

»Wollen wir es dabei belassen, liebe Alexa«, schmunzelte Purius und wandte sich an mich: »Ich weiß, verehrte Mademoiselle, Sie schätzen den Genuss von Alkohol nicht sehr. Aber kann ein kleiner Schwips den Gast die Session nicht intensiver erleben lassen?«

»Sie gehen zur Massage doch auch nicht mit einem kleinen Schwips, um diese intensiver zu erleben, oder?« Purius gab sich mit einer Handbewegung geschlagen.

»Und wie leicht war der Einstieg in die Branche?«, warf sich das Jeansjäckchen wieder ins Rennen.

»Ganz leicht! Ich konnte es gar nicht erwarten, weil ich zum einen total neugierig auf den Studiobetrieb war und zum anderen zuvor alle mir wichtigen Menschen über mein Tun informiert hatte, ohne jegliche Heimlichtuerei.«

»Dürfen Sie ... ich habe das mal gehört, aber ... dürfen Sie die Männer auch verhören?«, wollte sie noch wissen.

»Ja, natürlich, die Domina darf alles. Männer lieben es, ihre intimsten Geheimnisse und Obsessionen zu beichten.«

»Und was beichten die Männer denn so?« Merklich hob sich die Stimmung im Raum und ein jeder griff nach dem Glas, um die durch die Frage entstandene Anspannung zu überbrücken.

»*Oh*, viele Männer träumen davon, einem anderen Mann einen zu blasen. Dabei betonen sie unaufhörlich und unnötigerweise, dass sie dies zwar möchten, sie aber ganz bestimmt nicht schwul seien. Männer würden auch gerne mal von einer Frau rücksichtslos benutzt und mit der Hand oder mit dem Dildo vergewaltigt werden. Vergewaltigungsfantasien sind in der Bevölkerung stark vertreten.«

Die kleine Fee immer mutiger werdend: »Kann es vorkommen, dass eine Session Sie auch selbst erregt?«

»Ich bin vollkommen kontrolliert. Mich erregt das sexuell nicht. Macht über einen anderen zu haben und meinen Sadismus ausleben zu können, bereitet mir Spaß und macht mich zufrieden. Aber nicht in sexueller Hinsicht. Nach einer guten Spankingnummer[7] sehne ich mich, wohl um mein inneres Gleichgewicht wieder herzustellen, nach intensivem und stundenlangem Kuscheln. Dies geschieht allerdings ausnahmslos im privaten Bereich, ich nenne es Zwangsbeschmusen, niemals mit einem Gast.«

»Haben Sie keine Angst vor ansteckenden Krankheiten?«, kam es aus Alexas Mund.

»Welche Krankheiten sollte ich mir Ihrer Ansicht nach holen? Außer Schnupfen und Erkältung ist da nichts möglich, da es zu keinerlei intimen Kontakten kommt.«

»Aha, ich hatte geglaubt ...«

»Nein, das, was Sie geglaubt hatten, ist bei einer Domina nicht zu bekommen.«

Eine weitere Champagner-Magnumflasche wurde geöffnet. »Sehnt sich der Mensch mehr nach Schmerz oder doch eher nach Unterwerfung?«

»Wenn wir von den klassischen drei Gruppen – Devote, Masochisten und Fetischisten – ausgehen, dann halten sich diese die Waage. Meist überschneiden sich die Interessen zudem. So ist der leidenschaftliche Diener generell auch der züchtigenden Gerte nicht abgeneigt. Ebenso wie sich die schmerzgeile Sklavin zu Beginn der Session vielleicht gerne fetischmäßig in Latex oder Lack präsentiert.«

---

7 *Verhauen, auspeitschen*

Das Gespräch kam immer mehr in Fahrt. »Und wer hält mehr aus? Sklavinnen oder Sklaven?«

»Das hängt natürlich von der Persönlichkeit an sich und nicht zuletzt der Tagesverfassung des Einzelnen ab. Aber die Frauen sind beim Ertragen von Schmerzen eindeutig stolzer und auch eher bereit, über ihre Grenzen hinaus zu gehen.«

Ich spürte die Blicke des jungen Mannes auf mir ruhen und mich überkam das Gefühl, ihm liege vielleicht eine delikate Frage auf den Lippen. Wie sich gleich zeigen sollte, hatte ich mich nicht getäuscht. »Was möchten Sie denn wissen?«, fragte ich ihn.

Nur für einen Augenblick schien er überrascht zu sein, dann plusterte er sich einem Puter gleich auf – wie es innerlich schwache Männer immer tun! – und fragte: »Wie groß ist in unserer Gesellschaft der Hang zu Natursekt[8]?«

Hatte im dämmrig beleuchteten Saal eben noch ausgelassene Heiterkeit geherrscht, so starrten nach dieser Frage die Gäste bewegungslos und mit gesenktem Haupt auf ihr sündteures Gäbelchen.

Um die kleine Fee von der Pein des scheinbaren Fauxpas ihres Herzallerliebsten zu erlösen, beantwortete ich die Frage denn doch rascher, als es meiner sadistischen Ader lieb war: »Das Angepisstwerden ist äußerst beliebt, es ist geradezu die große Leidenschaft der Deutschen.«

»Wohl nicht nur dieser!«, unterbrach Purius.

Der Schönling ließ entgegen meiner Erwartung nicht locker, wollte wissen, ob auch tüchtig geschluckt werde.

»Geschluckt wird auch, jedoch nicht allzu häufig. Und bitte tun Sie mir einen Gefallen: Ersparen Sie es vorerst Ihrer bezaubernden Freundin. Wir Frauen brauchen für solch Späßchen nämlich ein wenig mehr Anlaufzeit, als sich manch Heißsporn vorstellen kann.«

---

8 Urin

Niemand am Tisch war mutig genug, um die angesprochene Thematik eingehender zu erörtern. Alle waren froh, als Alexa ein wenig zu laut fragte: »Dürfte Ihr eigener Partner zu einer Domina gehen?«

»Nein! Die Domina bin ich, und er bekommt von mir, was er möchte. Zu einer ›normalen‹ Nutte ließe ich ihn allerdings ohne Probleme gehen. Solange er in ihr lediglich eine Spermaabladestelle sieht und sich nicht bei ihr zum Liebeskasper macht. Bei einer Professionellen sähe ich ihn unvergleichlich besser aufgehoben als in den üblichen Affären mit der Kollegin oder Nachbarin.«

»Aber Männer wollen doch ständig ficken. Ich kann doch den da hier ...«, Alexa zeigte schelmisch auf ihren schweigsamen Partner, »nicht fünfmal am Tag ins Bordell gehen lassen.«

Auf das schallende Gelächter der Anwesenden wusste die alte Dame mit Lebenserfahrung zu kontern: »Ach, die Welt besitzt ebenso viele unersättliche Frauen wie unersättliche Männer. Es ist lediglich wie meist im Leben, es tun sich die Falschen zusammen.«

»Ich glaube, ich möchte mich jetzt auch mal als Domina versuchen. Was bräuchte ich denn dazu?«

»Nicht viel, Alexa heißen Sie, nicht wahr? Die meisten der benötigten Utensilien lassen sich im Sexshop ebenso wie im Baumarkt finden.«

»Im Baumarkt?«

»Baumärkte sind das Paradies eines jeden Hobby-Sadomasochisten: Rohrstöcke mit verschiedensten Durchmessern und dadurch völlig unterschiedlicher Schlagwirkung. Alle erdenklichen Hanf-, Kunstfaser- und Gummiseile. Falls gewünscht sogar Ketten. Von all den Klämmerchen, Gewichten, Klebebändern und Kunststoffteilen gar nicht zu reden.

Schlendern Sie durch den Baumarkt und lassen Sie die Fantasie spielen. Sie werden überrascht sein, was sich alles für freudvolle Spiele zweckentfremden lässt. Mit den Schals und

Tüchern von zu Hause lassen sich hervorragend die Augen verbinden.«

»Schatz, heute gehen wir zwei noch in den Baumarkt!«, sagte Alexa, die – wie sich bei der Verabschiedung noch zeigen sollte – einen sensationellen Jeansarsch besaß.

Ich lächelte vor mich hin und setzte dann fort: »Was beinahe jeder mag, sind auch Spiele mit Hitze und Kälte. Wir Frauen lieben das sogar noch ein wenig mehr als die Männer. Lassen Sie einen Eiswürfel über den Körper des Partners gleiten oder beträufeln Sie ihn mit heißem Wachs. Aber achten Sie auf genügend Abstand zwischen der Kerze und dem Herzallerliebsten.«

»*Mmh*, Schatzi, du ahnst nicht, wohin ich dir heute noch Wachs träufeln werde.«

Das schweigsame Schatzi verdrehte glücklich die Augen und Purius griff in die Orgel: »Liebe Alexa, ich glaube, jeder hier am Tisch ahnt nur zu gut, welch Freuden du dem lieben François heute noch bescheren wirst. Mehr Wein für den Herrn Kardinal!«

Sogleich erhob sich der grau melierte Gast und schenkte dem Hausherrn in gespielter Ehrerbietung Wein nach. Die Stimmung erreichte einen neuen Höhepunkt. Heftige Reaktionen stellen für einen Großteil der Bevölkerung die einzige Möglichkeit dar, ihre verdrängten Gelüste und Sehnsüchte, ihr peinliches Berührtsein zu überspielen.

»Erinnern Sie sich«, setzte ich vergnügt fort, »bei Sadomaso-Spielen stets des Films *9 ½ Wochen*. Seien Sie bemüht, auf Ihren Partner geheimnisvoll, mysteriös und undurchschaubar zu wirken. Schlüpfen Sie in immer neue Rollen. Tragen Sie heute Overknee-Stiefel und Latexpants, morgen ein Dirndl ohne Unterwäsche und übermorgen die Klamotten Ihrer besten Freundin. Alles Dinge, die in der Lage sind, den Mann und auch Sie selbst in einen Ausnahmezustand zu versetzen.

Oder seien Sie heute die ungerechte und strafende Herrin mit streng zusammengebundenen Haaren, und morgen das schnurrende Kätzchen mit zwei schulmädchenhaften Zöpfen. Verändern Sie nicht nur die Optik, sondern auch Ihre Sprache und Gestik. Beginnen Sie das Spiel bereits Stunden vor der eigentlichen Session: Rufen Sie den Herzallerliebsten bei der Arbeit an und erteilen Sie ihm zur Einstimmung lustvolle oder auch strenge Befehle. Es versteht sich von selbst, dass ein andermal Sie es sein werden, die Befehle entgegenzunehmen hat.

Wenn es dann soweit ist, verbinden Sie dem knienden oder sitzenden Lover die Augen und füttern ihn mit allerlei Köstlichkeiten. Oder lassen Sie sich selbst mit Aprikosen, Honig, Orangen, Schokoeis, Bananen, Feigen, Vanillecreme und all den anderen Herrlichkeiten füttern. Oder mit Prosciutto, Austern, Oliven und Melonen. Essen und trinken Sie aus den Händen des Lieblings, schmatzen Sie, lecken Sie seine Finger sauber, genießen Sie in vollen Zügen.«

»Ja ... mal so ein richtiges Rollenspiel ...«, fantasierte Alexa vor sich hin.

»Rollenspiele erlauben es uns, die eigene Rollenverteilung im alltäglichen Sexleben zu durchbrechen. Arzt und Patientin, Chef und Angestellte, Hausfrau und Handwerker, Priester und Nonne, Lehrer und Schülerin, natürlich immer auch in umgekehrter Aufgabenverteilung. Nicht zu vergessen die hemmungslose Frau, die sich den potenten Callboy aufs Hotelzimmer bestellt. Oder das erste Kennenlernen, das sofort im Bett endet.«

»Und kann es bei aller Sadomaso-Erfahrung vorkommen, dass Sie etwas ekelt?«, wollte der Hausherr, genussvoll an seinem Glas nippend, wissen.

»Oh ja, Abbé Purius! Das Messer in der Vagina der goldenen Mädchenskulptur, die bei Ihnen in der Bibliothek steht, so was ekelt mich. Nicht zuletzt, weil ich mir ziemlich sicher bin, dass die Skulptur ein Abguss der schönen Violinspielerin von gestern Abend war. Wie alt ist dieses Mädchen überhaupt?«

Purius reagierte trotz meines Angriffs genießerisch: »*Elle n'a plus de vingt ou vingt-deux ans*. Mich ekeln solche Dinge nicht, ich muss zugeben, sie lösen sogar ein wohltuend prickelndes Gefühl in mir aus.« Purius machte eine Pause, dann schwenkte er mit harten Gesichtszügen das Thema gnadenlos um 180 Grad: »Was *mich* ekelt, das ist der sich seit einigen Jahren wie eine Seuche ausbreitende Neoliberalismus, in welchem in den Großkonzernen die lächerlichsten Menschen der Gesellschaft die höchsten Gagen einsacken. Einzig weil sie sich nicht mehr der Bevölkerung, sondern nur mehr den Aktionären verpflichtet fühlen. Baut ein Unternehmen tausende Stellen ab, steigt der Börsenkurs. Stellt es hingegen neue Leute ein, fällt der Kurs. Wir haben es hierbei mit einem der größten je auf Erden gesehenen Verbrechen zu tun. Das sind die Dinge, die bei *mir* Ekel hervorrufen.«

»Abbé! Wir sprachen über Melonen. Und Honig.« Purius schwieg.

Nach dem Dessert – winzigen Himbeertörtchen – sprang der Hausherr auf und begann zu meiner völligen Überraschung, die Gäste zu verabschieden.

Der anfänglich mit dem Gekreuzigten um Zwiesprache bemühte alte Mann war ob der paar Gläschen sichtlich betrunken, stieß seine Gattin von sich und lallte etwas, das für mich klang wie: »Die Rose, die Rose, sie blüht, alle sind verklemmt. Alle!«

Kaum hatten die *happy few* das Palais verlassen und waren in einige der exklusivsten Autos eingestiegen, die auf dem Erdball zu haben sind, plagte mich die Frage, weshalb sich Purius der Leute derart überstürzt entledigt hatte.

»Na, warum wohl?! Weil ich mit Ihnen, mit der Bezauberndsten von allen, allein sein wollte. Kommen Sie, wir gehen laufen!«

»Was? Nach so viel Essen?«

»Geht nicht?«

»Geht schon! Sie haben übrigens drei Gläser Alkohol getrunken!«

»Ich weiß. Vor Glück. Weil Sie hier sind!«

Lange sah ich ihn an. Dann zogen wir uns rasch um und liefen, kühl war es, gemeinsam mit den vier Hunden eine deutlich kürzere Strecke als am Vortag. Irgendwann nahmen wir auf zwei Baumstümpfen Platz, die auf ihren Wetterseiten buschig bemoost waren. Nachdem wir tief durchgeatmet und die Hunde getätschelt hatten, erzählte ich Purius vom Reiz einer Outdoor-Session. »Wunderbar sind Sessions in Wäldern, die über einen versteckten und möglichst seichten Fluss verfügen. Auch sumpfige Gebiete eignen sich hervorragend, schaffen diese doch eine geradezu unheimliche Atmosphäre.

Erst fordere ich den nackten oder in Gummi gehüllten Sklaven auf, mir minutenlang demütig die Schuhe zu küssen. Danach hat er sich in den Fluss zu knien. Hier wird er gefesselt; je nach seiner Neigung erfolgt die Fesselung von sanft bis extrem hart. Nach etlichen Ohrfeigen lasse ich ihn für einige Minuten allein. Gebe ihm die Möglichkeit, die Umgebung bewusst wahrzunehmen – das Rascheln der Blätter, das Singen der Vögel, das Rauschen des Flusses, das Spiel des Lichts und den intensiven Duft des feuchten Waldbodens.

Anschließend beginne ich damit, das devote Objekt zu züchtigen. All die hierzu nötigen Schlagwerkzeuge liefert der Wald: Stöcke, Äste, Brennnesseln, Dornenbüsche oder schneidendes Schilf.

Nach jeweils rund fünf Minuten der Züchtigung gewähre ich dem Gast eine Pause, in der ich ihn mit Wasser abkühle, sein Glied mit dem Stock trieze, ihm gut zurede und ihn für seine Belastbarkeit lobe. Der Sklave tut gut daran, wenn er in dieser Phase der Session seine Dankbarkeit mit einer mächtigen Erektion beweist. Sonst ...

Danach wird weiter gequält, geschlagen und wieder geschlagen. Seine Brustwarzen werden gezüchtigt, er wird gekitzelt, mit Schlamm oder Moor eingeschmiert – und anschließend mit hunderten Schlägen blitzblank sauber gepeitscht.

Sollte es ihm nach der zweistündigen Dressur noch immer an der nötigen Demut einer Dame gegenüber fehlen, so löse ich ihm die Fesseln und lasse ihn zu meiner Belustigung nackt einen Waldlauf über Stock und Stein absolvieren. Oder einen Pfad entlangrobben – erst vorwärts und dann, was äußerst schwierig ist, auch rückwärts. Er hat sich in die aus dem Turnunterricht bekannte ›Kerze‹ zu begeben und sich selbst in den weit geöffneten Mund zu pissen. Zum Abschluss hetze ich ihn einen Baum hinauf, auf welchem es ihm erlaubt ist, sich selbst zu befriedigen – abgespritzt wird auf Kommando.«

Unseren Rückweg legte ich mit Purius gemütlich spazierend und beinahe wortlos zurück. Als wir beim Palais ankamen, standen die fünf Garagentore offen und Adele war dabei, einen mit Laub gefüllten Stoffsack hineinzutragen. In den Garagen befand sich nicht nur der gelbe Lamborghini mit seinen Flügeltüren, sondern gleich auch noch ein Hummer – mit Gewehrhalterungen! – und ein Rolls Royce Cabriolet.

»Wer jemals arm war, kann gar nicht anders, als sich all diese *Capitalist Toys* zuzulegen.«

»Aber bei den beiden leeren Garagen ist Ihnen dann doch noch das Geld ausgegangen …«

Schallendes Gelächter machte klar, dass dem wohl nicht so war: »Nicht wirklich. Auf dem einen Platz steht normalerweise ein Cadillac Cabrio von 1955, in Pink, mit weißen Sitzen, weißem Verdeck und verchromtem Motor. Dieses befindet sich aktuell allerdings zur Wartung in der Werkstatt. Und hier …«, Purius zeigte auf den anderen leeren Platz, »wird in Kürze was ganz Besonderes stehen. Aber das verrate ich noch nicht; Sie werden es bei Ihrem nächsten Besuch sehen. Sie kommen doch wieder?«

Mit verächtlicher Stimme rief Adele: »So eine Geldverschwendung! Wie ein Kind ist der Hausherr, wie ein Kind!« Wir lachten und auch Adele stimmte aus einiger Entfernung herzhaft mit ein.

»Hat Adele Kinder?«, fragte ich leise.

»Ja, mich!«

Als ich wohl allzu laut lachte, kam Adele neugierig zurück: »Was sagt er?«

»Sie seien seine Mutter!«

»Gott behüte!«

Nach dem Duschen, meine Haare waren noch feucht, trafen wir uns bei einer Tasse Lindenblütentee vor dem stimmungsvoll beleuchteten, bunten Südsee-Aquarium mit dem aus mächtigen Felsen nachgebildeten Riff. Die orangefarbenen Anemonenfische waren rasch zu meinen Lieblingen geworden. Für Purius hatte ich was Pinkfarbenes angezogen: Ein Shirt von H&M mit geflochtenen Trägern und V-Ausschnitt vorne und am Rücken. Dazu an einer Kette um den Hals baumelnd meinen Kofferanhänger aus Silber und braunem Leder von Hermès, eine bequeme Jeans mit zerfledderten Stellen und die braunen geflochtenen Birkenstock.

»Wissen Sie, meine bezaubernde Hera, was ich liebe? Menschen wie Sie, die mir etwas erzählen können, was ich zuvor noch nicht gewusst habe. Die meisten Leute sprechen ohne Punkt und Komma, und doch entwickeln sie den ganzen Tag über keinen einzigen Gedanken, der stimulierend oder auch nur nachdenkenswert wäre. Ich glaube, Sie bleiben hier bei mir!«

Er hatte nun das erste Mal *meine* gesagt, und sogleich spürte ich dieses mir altbekannte Gefühl der Einengung. Die antike Standuhr mit dem goldenen Ziffernblatt und dem schweren Pendel schlug währenddessen viermal hell und dann sechsmal in einem tief-sonoren Ton.

Als Purius meinen Blick auf die Uhr gerichtet sah, erzählte er, es handle sich dabei lediglich um eine schlecht gemachte Kopie, das Original befände sich im Pariser Louvre. Auch eine schlechte Kopie kann bezaubern!

»Überrascht war ich, wie leicht es Ihnen heute fiel, über Ihren Beruf als Domina zu sprechen.«

»Och, das ist ein Beruf wie jeder andere. Oftmals macht er Spaß, manchmal ein bisschen weniger. Entscheidend im Leben ist, genau das zu tun, was der eigenen Neigung entspricht. Meinen Sadismus ausleben und gleichzeitig andere Menschen in eine für sie unbekannte Welt entführen zu können, das ist eine großartige Sache.«

»Wenn Sie einen Mann, sagen wir beim Brotkaufen, sehen, können Sie dann erahnen, in welche Richtung seine geheimsten Fantasien gehen?«

»Oh ja, sofort! Bei den Männern ebenso wie bei den Frauen. Das durchzudenken ist übrigens ein Tick, dem auch alle meine Kolleginnen anhängen. Furchtbar!«

»Sie glauben, meine wahren Gelüste und Sehnsüchte zu kennen?«

»Ich hoffe wohl!«

Purius räusperte sich: »Und gibt es den optimalen Gast?«

»Ja klar, der Genießer und Rollenspieler!«

Das Abendessen, es war leicht und lecker, servierte Adele an einem kleinen, runden Tisch, den sie zuvor nahe ans tropische Aquarium gerückt hatte: Weinbergschnecken in Kräuterbutter, serviert auf einem mächtigen silbernen Tablett, und dazu etwas grünen Salat und ein warmes Baguette.

Bei den Klängen von Mozart sprachen wir darüber, wie es für die hochintelligenten, vielseitig interessierten und gebildeten Menschen beinahe unmöglich ist, sich in die Gesellschaft zu integrieren. Purius war überzeugt: »Integration erfordert Eindimensionalität. Wer integriert werden will, muss in seiner Denkweise schlicht und in seinem Wissen minderbemittelt sein. Lediglich nach einem einzigen Interessengebiet – und sei es das Stanzen eines Loches in eine Metallplatte – darf einem solchen Menschen der Sinn stehen. Ansonsten fällt er durch den Rost des Systems. Wer zu viele Kenntnisse und Begabungen auf den verschiedensten Gebieten besitzt, den werden die anderen niemals verstehen können oder auch nur verstehen wollen. Ihm bleibt einzig die Möglichkeit, Künstler, welcher Art auch immer, zu werden. Ob mit dem Pinsel oder der Feder, ob als Domina oder Schauspieler. Dies war zu allen Zeiten so und stellt kein Phänomen der Gegenwart dar. Die großen Genies waren stets vieldimensional, passten in kein Schema und wurden vor ihrer Anerkennung belächelt und als Spinner abgetan. Einstein und Jesus, Jelinek und Freud erging es diesbezüglich nicht anders.«

Die Standuhr schlug ein einziges Mal. Eine Viertelstunde sollte bereits wieder vergangen sein? Ich blickte auf meine Armbanduhr; es waren erst drei Minuten vergangen.

»Mademoiselle, ich habe Ihnen doch gesagt, es ist eine billige Kopie. Sie hält nicht viel von unseren westlichen Zeitvorstellungen. Gelegentlich, so wie jetzt, schlägt sie alle drei oder fünf Minuten. Übrigens ist das eine schöne Rolex, die Sie da am Handgelenk tragen.«

»Von 1969. Ich wollte etwas bei mir haben, das älter ist als ich selbst. Diesen Gedanken fand ich reizvoll.«

»*Charmant! Charmant!*«

Wir kamen auf das Thema der Eindimensionalität zurück und diskutierten über die Million Möglichkeiten, die dem modernen Menschen angeblich offen stehen. Beruflich ebenso wie privat. Schnell kamen wir zum Schluss: Gar nichts steht dem Menschen unserer Zeit offen. Ganz im Gegenteil: Der Bürger wird im Sinne von Jean-Paul Sartre zur Freiheit geradezu verdammt.

Was Politik und Wirtschaft der Bevölkerung als Entfaltungsmöglichkeiten verkaufen, ist in Wahrheit nichts anderes als das Abschieben von Verantwortung und die völlige Überforderung des Einzelnen.

»Was nutzt es«, sagte Purius, »wenn tausende Berufsrichtungen angeboten werden, nach der Ausbildung jedoch keine Stellen vorhanden sind? Was nutzt es, wenn Lebensabschnittspartnerschaften legitim geworden sind, diese den Menschen jedoch keinerlei inneren Halt und Schutz bieten? Was nutzt es, wenn ich beinahe jeden Punkt dieser Erde innerhalb vierundzwanzig Stunden erreichen kann, mich die Fülle an Möglichkeiten jedoch das Blumenbeet vor dem Haus übersehen lässt? Das Beet, das so oder so nur für andere geschaffen und gepflegt wird.

Der moderne Mensch weiß nicht mehr, woher er kommt und schon gar nicht, wohin er streben soll. Wie ein Fähnchen weht er den ganzen Tag – und damit einhergehend sein gesamtes Leben – fremdbestimmt im Wind. Er lebt sein Leben, ohne sich jemals selbst zu finden oder gar zu lieben.

Den Menschen unserer Zeit unterscheidet nichts von seinem Nachbarn. Er bewohnt die gleiche standardisierte Wohnung wie sein Nachbar, fährt ein ähnliches Auto, trägt die Hosen desselben Herstellers, sieht die gleichen TV-Programme und legt morgens jenen Duft auf, den sich auch Millionen andere in illusorischer Zuversicht ins Gesicht sprühen. Der moderne Mensch lebt ohne jegliche Individualität. Ohne eine Spur zu hinterlassen. Bereits zwei, allerspätestens drei Generationen nach seinem Ableben wird sich niemand mehr seiner erinnern. Die Praxen der Psychotherapeuten platzen aus allen Nähten, weil ein jeder sich unterlegen, verwirrt, schwach, unbefriedigt, benachteiligt oder übersehen fühlt. Und zwar mit gutem Recht.«

Nach dem Essen, das Mozart-Requiem war zwischenzeitlich beim *Benedictus* angelangt, legte Purius, dieser moderne Prinz, die weiße Damastserviette zur Seite und fragte: »Wollen wir die Karpfen füttern?«

»Oh ja, zeigen Sie mir Ihre Karpfen!«

Beim Verlassen des Palais reichte mir Purius einen zeltgroßen Pullover aus dicker grauer Schafwolle. Von den Hunden flankiert spazierten wir wie zwei ausgerissene Schafe quer durch den Park. Drei der fünf auf dem Gelände lebenden Pfauen waren in einiger Entfernung zu sehen. Stolz richtete der eine seine mit Augenflecken geschmückten Oberschwanzfedern zu einem prächtigen Rad auf, während die beiden anderen gemächlich dahintrotteten.

Beim beachtlichen Teich angekommen, holte Purius aus einem kleinen, windschiefen Schuppen zwei dunkelblaue Schalen, die mit geruchlosem Fischkraftfutter und vor allem Getreide gefüllt waren. Vom Rand aus streuten wir dieses, eine Handvoll nach der anderen, einem Seitenregen gleich, ins Wasser. Tüchtig schnappten die golden schimmernden Fische zu, während die Hunde erst laut bellten und danach erfolglos bemüht waren, ihren allzu kargen Speiseplan mit dem einen oder anderen Karpfen aufzufetten. Die leeren Schalen füllte Purius ein weiteres Mal.

»Was ist das da drüben?«

»Eine Fütterungskanone!«

»Eine was?«

»Eine Fütterungskanone. Nach dem Zufallsprinzip schießt sie mehrmals am Tag kleine Mengen Futter in alle nur erdenklichen Richtungen. Wollen die Karpfen satt werden und nach vier Jahren rund drei Kilo wiegen, sind sie gezwungen, permanent dem Futter in alle Teile des Sees zu folgen. Dies hält sie fit und sorgt schlussendlich auf dem Teller für deren exzellenten Geschmack.«

»Und wozu füttern wir jetzt gerade?«

»Zum Vergnügen, zum puren Vergnügen! Möchten Sie die Violinspielerin wiedersehen?«

»Nein!«

»Weshalb nicht, hat sie Ihnen nicht gefallen?«

»Doch, sie ist wunderschön und hat, soweit ich das als musikalischer Laie abschätzen kann, großartig gespielt. Aber ich will das nicht!«

»Sie liebt das Geld und ist auch den ausgefallenen Spielarten nicht abgeneigt. Sie braucht die Peitsche, aktiv wie passiv.«

»Hören Sie, ich will das nicht!«

Ein wenig verlegen hauchte Purius auf den großen Rubin, den er am linken Ringfinger zu tragen pflegte. Selbst nahm ich missgestimmt auf einer der grünen Parkbänke Platz, wie sie überall auf dem riesigen Grundstück herumstanden. Während ich gedankenverloren mit einem Laubblatt spielte, hörte ich plötzlich den Gastgeber etwas murmeln. Ohne es eigentlich zu wollen, drehte ich mich nach ihm um – und da kniete er auch schon und rief theatralisch mit zu mir gestreckten Armen:

»*When you shall these unlucky deeds relate,*
Speak of me as I am; nothing extenuate,
Nor set down aught in malice. Then must you speak
Of one that lov'd not wisely, but too well!«

Und ergänzte nach kurzer Pause: »Othello, 5. Akt, 2. Szene.« Während ich ob dieses doch mächtig dilettantischen Auftritts lachen musste, erhob sich der Barde, trat auf mich zu und küsste mir die Hand. Selbstverständlich ohne dabei mit seinem Mund dieselbige zu berühren. »Verehrte Mademoiselle, verzeihen Sie meine lächerliche Aufdringlichkeit, es war dumm.«

»Nein es war nicht dumm. Ich muss nur erst begreifen, dass Sie ein Mensch sind, der anderen gerne eine Freude bereiten möchte.«

Bis spät in die Nacht waren wir am Teich geblieben. Purius hatte neben mir auf der verwitterten Holzbank Platz genommen. Adele brachte uns Decken, heißen Pfefferminztee und eine Kerze, die allerdings rasch verlosch. Ich lehnte mich an Purius' Schulter und stundenlang berauschten wir uns an den Lauten der Natur. Dem erst auf- und alsbald wieder abziehenden sanften Wind. Dem gelegentlichen Schnappen der Fische an der Wasseroberfläche. Dem eigenen Atem und all den unbekannten Klängen, die der Mensch nur in der Dunkelheit wahrzunehmen in der Lage ist.

Der sechste Tag

Er legte sie über den Fickbock
und fickte sie! Henry Miller

Die Dämmerung hatte bereits eingesetzt, als Purius und ich auf der Parkbank erwachten. Die Finger waren klamm. Das Gras feucht. Wir mussten eingeschlafen sein.

Purius versuchte, seine erfrorene Stimme sanft und ruhig klingen zu lassen: »Guten Morgen, gnädiges Fräulein! Haben Sie gut geschlafen?«

»Herrlich habe ich geschlafen«, sagte ich, mich in alle Richtungen streckend. »Aber noch eine Stunde länger und ich wäre erfroren. Jetzt brauche ich ein heißes Bad. Erst mal aufstehen, *aua*, mir tun die Knie weh …«

Schlotternd zog ich mich auf mein Zimmer zurück, nahm im viel zu großen Whirlpool ein Ingwer-Orangen-Bad, seit Jahren meine Lieblingsmischung, legte mich aufs Bett und schlief sogleich ein. Kurz nach acht Uhr klopfte es sachte an der Tür. Es war Adele, die Haushälterin. Sie hatte wie jeden Tag um diese Zeit den Dienst angetreten und war wohl vom Hausherrn über unsere Nacht in der freien Natur informiert worden. Mit sorgenvollem Blick und einem Tablett, auf dem sich verschiedenste Hausmittel befanden, stand sie in der Tür.

Widerstand war zwecklos. Bach-Blüten wurden mir ebenso eingeflößt wie Propolis-Tropfen. Heißes Zitronenwasser – man mag nicht daran denken, welch Kräutchen diesem beigefügt waren. Ein Espresso – aus Sicht der Haushälterin ebenfalls ein bewährtes Hausmittel. Dazu eine Kapsel Gelée Royale. Und Essigsocken. Während sie mir Stirn und Schläfen mit einem herrlich duftenden Öl massierte, meinte sie vorwurfsvoll: »Sie hätten doch wissen müssen, dass der Hausherr völlig weltfern ist. Sie hätten erfrieren können.«

»Ach was, ich fand es schön und ich habe mich auch ganz bestimmt nicht erkältet.«

»Erfrieren hätten Sie können! Mit dem Hausherrn müssen Sie umgehen wie mit einem kleinen Kind. Er ist ein großartiger Mensch, aber er ist nicht von dieser Welt.«

Nachdem die Haushälterin mit noch immer sorgenvollem Blick gegangen war, zog ich mich fertig an, setzte mich an den Laptop, tippte seitenweise Gedanken ins Reisetagebuch, fragte mich, wie es wohl meinen beiden Hunden, Helena und Paris, zu Hause ging, ob sie brav fraßen und lieb miteinander waren. Dabei blickte ich immer wieder durch die französischen Fenster in den sonnig herbstlichen Park. Herrlich war es hier! Unverschämt herrlich!

Um zehn ging ich ins Palais hinüber. Kaum hatte ich eine der beiden schweren königsblauen Flügeltüren der Eingangshalle geöffnet, kam mir Adele, sich nach meiner Erkältung erkundigend, entgegengelaufen. Purius erschien zerknirscht, murmelte etwas von er werde den Arzt rufen.

»Was? Wozu? Ich fühle mich pudelwohl! Die Nacht war herrlich!«

Wie mir Purius beim Frühstück gestand, hatte auch er sich der medizinischen Betreuung durch die Haushälterin nicht entziehen können und zudem eine Standpauke ob seiner Sorglosigkeit erhalten. An diesem Tag sollte Adele im Halbstundentakt erscheinen und sich nach unserem Befinden erkundigen. Bei dieser Gelegenheit wurden wir unaufhörlich mit heißem Kamillen- und Salbeitee versorgt.

»Ist das nicht ein bisschen zu viel der Betreuung?«, wollte ich von Purius wissen.

»*Oh nein*, sie sorgt dafür, dass mein Paradies tatsächlich ein Paradies bleibt. Sie kümmert sich um alles – manchmal vielleicht ein wenig zu viel, aber das genieße ich sehr. Sehen Sie nur hier.« Purius zeigte auf einen mächtigen Stapel Tages- und Wochenzeitungen. »Regelmäßig macht sie morgens einen beachtlichen Umweg, um mir den geliebten Lesestoff zu beschaffen, der hier in der Region nicht zu bekommen wäre. Sie fährt dafür bis in die Stadt.«

»Dann könnten wir heute einen Lesetag machen!«

»Gerne, wenn Sie möchten. Zuvor sollte ich allerdings noch ein paar Dinge verkaufen.«

»Was verkaufen Sie denn so?«

»Heute Erdöl, West Texas Intermediate, nicht Brent.«

»Ich verstehe nur Baustelle.«

»Ich werde heute an der Börse Erdöl für den amerikanischen Markt verkaufen. Dieses Öl wird West Texas Intermediate genannt und ist aufgrund der größeren Transportwege – über den Atlantik – generell zwei bis fünf Dollar pro Barrel teurer als das Erdöl der Marke Brent, das für den europäischen Markt bestimmt ist.«

»Und jetzt sagen Sie mir, was *ist* ein Barrel?«

»Ein Barrel ist die international übliche Maßeinheit, mit der Erdöl gehandelt wird. Ein Barrel entspricht 159 Litern, einem Fass.«

»Und so ein Barrel verkaufen Sie heute?«

»Ein wenig mehr!«

»*Hhmm*, das finde ich spannend. Weshalb verkaufen Sie?«

»Weil der Preis eines Fasses in den vergangenen vierundzwanzig Stunden um 60 US-Cent gestiegen ist.«

»Wegen 60 Cent verkaufen Sie?« Ich verstand noch immer nicht, doch meine Neugier war geweckt.

»*Mon Dieu*, ich bin ein bescheidener Mann und nachdem ich gestern Morgen, bevor es mir gestattet war, für Sie, bezaubernde Mademoiselle, das Frühstück zu bereiten, eine halbe Million Barrel auf Termin erworben habe, werde ich diese in den nächsten Minuten wieder abstoßen.«

Jetzt begann ich zu begreifen und ich rechnete laut vor mich hin: »Eine halbe Million Barrel multipliziert mit 60 Cent macht 300.000 Dollar. Aber was bedeutet *auf Termin*?«

»Interessiert Sie das wirklich?«

Wir beschlossen, gemeinsam in sein Arbeitszimmer zu gehen, wo er mir die Sache des Terminhandels genauer auseinander setzen wollte. Besagtes Arbeitszimmer lag auf der ersten Etage, die ich bisher noch nicht gesehen hatte.

Am oberen Ende der Treppe angelangt, riss ich denn doch überrascht die Augen auf: Statt der goldenen und barocken Pracht des Erdgeschosses, an die ich mich gerade so wundervoll gewöhnt hatte, war das Obergeschoss im Stil eines ultramodernen Penthouses gestaltet, welches auch in New York oder Shanghai hätte stehen können.

Das Arbeitszimmer mit seinen raumhohen französischen Fenstern war Weiß in Weiß gehalten. Auf dem hochflorigen weißen Teppich gruppierten sich um einen tropfenförmigen Glasschreibtisch fünf weiße Verner-Panton-Sessel aus den späten Sechzigerjahren. Daneben fand sich eine weiße Couch, die der Hausherr einst im Palast eines jungen Scheichs gesehen hatte. Und eine mannshohe abstrakte Glasskulptur mit einem Hauch Violett. Ein Dutzend Fernseh- und Börsenkursmonitore standen auf dem Tisch und hingen von der Decke.

»Brauchen Sie so viele Bildschirme?«

»Nicht wirklich, die dienen mehr der Kulisse!«

Kulisse war das richtige Wort, denn alles auf dieser Etage erinnerte mich an die *Vogue*, den Salon Internazionale del Mobile[9] und an eine Fotostrecke, die Madonna einst für Versace gemacht hatte. Durchgestylt bis zur am Boden liegenden Aktentasche aus weißem Leder und den weißen französischen Bleistiften.

Nebst den Monitoren fanden sich auf dem Schreibtisch *Das Kapital* von Karl Marx, die Erstausgabe von 1867, und ein Zettelchen, auf dem stand: »Der Schöpfer gewährt jedem Menschen zweihundert gesegnete Tage!« Daneben drei Bündel bun-

---

9 *Möbelmesse in Mailand*

ter großformatiger Banknoten. Als ich fragend darauf blickte, meinte der Hausherr: »Russisches, indisches und chinesisches Geld; kein Schein jünger als 150 Jahre, wertlos, vollkommen wertlos, allerdings hübsch anzusehen!«

Während Purius am Schreibtisch Platz nahm, schlenderte ich ein wenig in Richtung des angeschlossenen Schlafzimmers: ein mit weißem Leder bespanntes Bett, weiße rohseidene Bettwäsche, den Boden berührende Vorhänge aus dem gleichen Stoff, ein schmaler weißer Stuhl mit etlichen Reiseführern aus dem 19. Jahrhundert und einer weißen Gerte darauf, der gleiche hochflorige Teppich wie im Arbeitszimmer, eine beachtliche Palme – der einzige Farbtupfer, immerhin.

»Gehen Sie ruhig weiter!«, rief der Hausherr.

Ich gelangte in ein Ankleidezimmer, das mit seinen Spiegelwänden und der Spiegeldecke eher einer Boutique als einem privaten Raum glich. Zwei weiße Ledercouchs standen sich gegenüber, dazu ovale Ablagen aus Glas. Auf einer der Ablagen das Foto einer bildschönen Frau – ich musste nicht fragen, ich war mir absolut sicher, dass es sich dabei um seine Mutter handelte. Als ich die verspiegelten Schränke öffnete – als Domina darf man das –, zeigten sich edelste Anzüge, Hemden, Pullover und Mäntel in einer schier unerschöpflichen Fülle. Überwiegend in konservativen Farben und ausschließlich von den exklusivsten Designern. Dazwischen aber auch grobe Mönchskutten, Hawaiihemden, barocke Kostüme und himbeer- und lilafarbene Cashmere-Sakkos. Kleidungsstücke, mit denen es dem Hausherrn ein Leichtes gewesen wäre, dem Papst während einer Seligsprechung die Show zu stehlen. Am meisten irritierten mich allerdings – nebst etlichen arglos am Boden herumliegenden Rubinringen – elf völlig identische graue Anzüge.

»Sind das gleiche Anzüge?«, rief ich verwundert.

»Jaja«, antwortete der Hausherr nachlässig.

Während er ruhig und entspannt in englischer Sprache zu telefonieren begann, besah ich mir das nicht weniger beeindruckende Badezimmer. Auch hier alles Weiß in Weiß; vom runden Whirlpool über die beiden mit weißem Leder bespannten Ruheliegen bis zu den rund fünf Dutzend Bade- und Handtüchern. Einzig wiederum eine mannshohe Palme, die bereits zwei Babys hatte, und eine Menge Parfümflakons setzten sich über das Farbembargo hinweg.

Nach drei oder vier Minuten rief der Hausherr: »*Salve lucrum!* Gepriesen sei der Gewinn! Mademoiselle, jetzt haben wir wieder Geld in der Kasse!«

»Habe ich das schon recht verstanden, Sie haben mit dem Anruf soeben innerhalb eines einzigen Tages 300.000 Dollar gemacht?«

»Wie wohl! Der Anruf wäre nicht nötig gewesen, ich hätte den Verkauf auch über den Bildschirm tätigen können. Aber …«, der Hausherr machte eine Pause, »ich glaube, ich wollte Sie ein bisschen beeindrucken!«

»Sie sind lieb! Ehrlichkeiten dieser Art tun einer Frau gut!«

Nachdem der *Maître de Plaisir* gerade noch gelächelt hatte, wurde er ein wenig nachdenklich, blickte auf einen der Bildschirme und sprach mit ernster Stimme: »Bis zum heutigen Tage fehlt die völkerrechtliche Legitimation, um auf diese Weise Geld zu verdienen. Sozusagen aus Kapital noch mehr Kapital zu machen. Sein eigenes Geld zu schwängern. Aber nachdem auch Voltaire, Rossini und Balzac bedeutende Spekulanten waren, möge mir der Himmel mein Tun verzeihen. Übrigens, da drüben …«, Purius zeigte zur offenen Bürotüre hinaus, »befindet sich der Trakt der Hausherrin.« Ohne es zu wollen, zuckte ich zusammen.

»Kommen Sie, kommen Sie!« Er geriet in Euphorie und führte mich in besagten Trakt: Überall unverputzte Wände und roher Estrich, Bauschutt in den Ecken. Der noch fertig zu stellende *Damentrakt* bestand aus einer Vielzahl eher kleiner Räume: Schlaf-, Ankleide-, Wohn-, Arbeits- und Badezimmer. Dazu zwei Räume, die sich laut Aussage des Hausherrn für eine Schuh- und Handtaschensammlung anböten – anscheinend war es ihm möglich, in die unschuldige Seele einer Frau zu blicken.

»Und von hier, sehen Sie, teuerste Mademoiselle, führt die Treppe in den kleinen Turm. Was auch immer Sie wünschen, alles kann nach Ihren Vorstellungen umgebaut und eingerichtet werden.«

»Wir sind doch zwei viel zu sensible Menschen, als dass wir unter einem Dach zusammenleben könnten.«

»Dann bauen wir eben ein zweites Dach dran.«

Aus Selbstschutz beschloss ich, ihn nicht allzu ernst zu nehmen.

Gemeinsam setzten wir uns an seinen Schreibtisch und Purius erläuterte mir in seiner feinen, klaren Sprache bis zum Mittagessen, was es mit Börsenindizes, Termingeschäften, *Futures, Funds, Futures Funds*, *Margins*, *Margin Calls* und all diesen Dingen auf sich hatte.

An der Wand des Ankleidezimmers war mir ein blinkendes Display in der Größe einer Visitenkarte aufgefallen. Die achtstellige Zahlenkolonne, die es in roten Lettern anzeigte, ergab für mich keinen Sinn. So fragte ich Purius nach dessen Bedeutung.

»Es ist der Betrag, den ich bis zum heutigen Tag mit Erdöl- und Zuckerspekulationen verdient habe.«

»In Euro? Das glaube ich nicht!«

»Madame, *Sie* haben mich danach gefragt!«

»Vielleicht sollten wir doch heiraten!«

»Spielen Sie nicht mit meinen Gefühlen!«

Adele fragte im Rahmen ihrer Erkundungstour bezüglich unseres Gesundheitszustandes, ob wir das Essen im nebenan befindlichen runden Speisezimmer einzunehmen wünschten. Auch dieses völlig in Weiß gehalten und mich an ein Ufo erinnernd. Mit weißen Lackwänden, weißem Boden, einem weißen runden Tisch und acht durchdesignten Kunststoffsesseln.

Nebst fünf Schaufensterpuppen, die über den gesamten Raum verteilt waren und edle rote Slips, Corsagen und Hemdchen trugen. Eine von ihnen gar eine Pelzstola. Purius überließ die Antwort mir.

So sehr ich in all den Jahren schlichte Formen und Stile bevorzugt hatte, es zog mich dennoch wieder ins Erdgeschoss mit all seinen blassblauen und champagnerfarbenen Brokatstoffen. Den antiken Vitrinen mit den Elfenbein-Einlegearbeiten. Den grandios schönen Perserteppichen. All dem Gold an Möbeln, Wänden und nicht zuletzt im Kaffeeschäumchen. Der Hausherr zeigte sich ob meiner Entscheidung äußerst vergnügt und zufrieden.

Beim Mittagessen gab es zur Vorspeise eine ungewöhnliche Roulade aus Kartoffelteig und Blattspinat. Ein Rezept noch von Adeles Großmutter. Als Hauptspeise Kaninchen mit schwarzen Oliven und Semmelknödeln, sehr lecker. Zum Nachtisch bekam einzig ich ein Stück Streuselkuchen. Adele stichelte: »Der Hausherr hat nichts Süßes verdient. Das Fräulein erfrieren hätte er beinahe lassen.« Und schon war sie wieder entwischt. Adeles in Herzlichkeit gesprochene und doch stets an den Klagegesang der Psalmisten erinnernde Worte fühlten sich gut an. Purius lächelte und ich teilte mit Freuden meinen Kuchen mit ihm.

Übernächtig legten wir uns nach dem Essen auf die in der Bibliothek am Boden liegenden warmen Felle. Lesen wollten wir, doch ehe ich mich versah, war ich auch schon wieder eingeschlafen. Als ich zwei Stunden später erwachte, hatte es sich der Hausherr zwischenzeitlich mit einer Menge Kissen und seinem Stapel Zeitungen bequem gemacht. Das Kaminfeuer prasselte und ich war mit einem großen Wolfsfell zugedeckt. Adele war der Engel gewesen: »Er hätte Sie schon wieder erfrieren lassen!« Schallendes Gelächter.

Wir beschlossen, den Lesenachmittag vorzeitig zu beenden und schlenderten von der Bibliothek in den Großen Salon. Der

Hausherr begann, von seiner liebsten aller Leidenschaften zu erzählen: Dem Lesen von Tages- und Wochenzeitungen. Zu einer jeden hatte er eine Anekdote auf den Lippen. Bei der Erwähnung von *El País, Die Zeit, Le Figaro, L'Express, Frankfurter Allgemeine, Le Monde, Libération, Guardian, Washington Post,* aber auch *Sun, Bild, Kronen Zeitung* und *Blick* geriet er ins Schwärmen.

»Die *Bild* und die *Sun*, wirklich?«, musste ich fragen.

»Ja, selbstverständlich! Zeigen Sie mir andere Zeitungen, die in ihrer überzeichneten Darstellungsweise einem Spekulanten wie mir derart rasch vermitteln, was der Volksmund in einem jeden Lande spricht! Ich weiß schon, niemand liest die *Bild*, niemand kauft bei Aldi ein und niemand besucht ein S/M-Studio – und doch spielt sich genau dort das ungeschminkte Leben ab.«

Ich musste lachen. Nicht wegen Purius' Worten, sondern weil ich mich gerade der großen Schatzkiste erinnert hatte, in der ich als Kind aus Zeitungen und Zeitschriften ausgeschnittene Bilder und Artikel aufbewahrt hielt.

»Abbé, die Zeitungsartikel klebte ich auf Leinwände und bemalte sie dann. Beinahe ein jeder in meinem damaligen Freundeskreis dürfte irgendwann ein solches Bild als Geschenk empfangen haben. Vielleicht sollte ich mal nachfragen, wer die Kunstwerke in Ehren gehalten hat …«

»Eine Collage von Ihnen! Nichts Schöneres könnte ich mir vorstellen! Sie waren gewiss ein hübsches Kind.«

»Ich war vor allem dünn und meine Haare waren kurz. Noch als Zwölfjährige wurde ich im Schwimmbad in die Sammelumkleide der Jungen geschickt. Vielleicht liebe ich es deswegen heute, die Menschen in meinem Umfeld zu stylen und mehr aus ihrem Aussehen zu machen.«

Purius erzählte noch alle möglichen Dinge, die er während meines verdienten Schlummers gelesen hatte – was ich als vielseitig interessierte Frau und Schlafmütze sehr zu schätzen wusste. Als er von der Story eines koksenden Models berichtete, wusste auch ich dazu eine Geschichte zu berichten, die es noch immer schaffte, mich zu erheitern:

»Zu Beginn meiner Laufbahn als Domina war ich gemeinsam mit einer Kollegin dabei, einen Gast durch das Fesseln mittels schwarzer Seile und dem gleichzeitigen Peinigen in einen Zustand großer Erregung zu versetzen. Plötzlich fragte er nach ›etwas Weißem zum Ziehen‹.

Wir, beide gleichermaßen unbedarft in Sachen Drogen und den entsprechenden Synonymen, glaubten, der in unseren schwarzen Seilen Hängende sehne sich, aus welchen Gründen auch immer, nach einer weißen Schnur. An kuriose Fantasien der Gäste gewöhnt und gerne bereit, diesen eine Freude zu bereiten, liefen wir in den weiß ausgestatteten Klinikraum und holten von dort ein weißes Seil.

Nun hielten wir ihm das eine Ende ›zum Ziehen‹ hin. Genau in diesem Augenblick dämmerte es uns Plüschohren! Er wollte nicht an einem Seil, sondern sich eine Line Kokain in die Nase ziehen. Vor Lachen haute es uns beinahe um, minutenlang kriegten wir uns nicht mehr ein.«

»Somit sind Drogen denn doch fixer Bestandteil der Branche?«, fragte Purius.

»Nein!«, unterbrach ich ihn, »Drogen sind fixer Bestandteil unserer Gesellschaft! Doch sie werden von S/M-lern gewiss nicht häufiger konsumiert als von Linkshändern oder Barcelona-Urlaubern. Bei den Mädchen hingegen sieht die Sache tatsächlich ein wenig anders aus. Wenn der emotionale Rückhalt fehlt und ihnen die Branche nicht bekommt, dann besteht sehr wohl die Gefahr, dass sie beim Kokain landen. Oder wenn die Gäste und somit die Einnahmen ausbleiben, sogar beim Speed. Die einen fangen sich nach einiger Zeit wieder, die anderen stürzen ab und sind fortan als Dreilochstuten in billigen Pornofilmen zu sehen.«

»Speed?«

»Speed ist reine Chemie, wird geschnupft und *Kokain für Arme* genannt.«

»Man muss Männer wohl sehr mögen, um mit all ihren ausgefallenen Gelüsten zurechtzukommen, nicht?«

»Man muss Menschen mögen! Einer verbitterten Domina oder einer, der die sadistische Veranlagung fehlt, laufen augenblicklich die Gäste davon. Und sie wird ohnedies nicht in der Lage sein, eine gute, von Atmosphäre durchströmte Session zu inszenieren.«

»Angst haben Sie nie? Ist die Branche nicht gefährlich?«

»Die Sadomasobranche besitzt keinerlei Milieucharakter und unterscheidet sich vollkommen von der üblichen Prostitution. Die Sicherheitsmaßnahmen sind exzellent und dennoch rein prophylaktisch.«

»Zu den Sicherheitsmaßnahmen gehört wohl auch der wöchentliche Bluttest beim Arzt, oder?«

»Nein! Da es bei Dominas zu keinerlei sexuellen Kontakten kommt, gelten diese Gesundheitskontrollen für uns nicht.«

»Erlauben Sie mir zu fragen, bezahlt der Gast einen Einheitspreis oder hängt der Preis von seinen Vorlieben ab?«

»Der Preis pro Stunde liegt im Branchenschnitt bei zweihundertzwanzig Euro. Nur Klinik-, Gummi- und Transvestitenspiele sind aufgrund des größeren Aufwandes teurer: etwa zweihundertfünfzig Euro.«

»Und eine Stunde ist von der Dauer her ideal?«

»Eine Stunde wird meist gebucht. Als ideal würde ich alles ab einer Stunde bezeichnen. Drei- und vierstündige Sessions entwickeln eine für beide Seiten großartige Dynamik.«

Im Saal erklang die Musik von *Tori Amos*. »Abbé, Sie verwundern mich! Hören Sie Tori Amos?«

»Wohlwohl! Wegen der Coverfotografie, auf der sie ein Schwein im Arm hält und es säugt.«

»Ein Ferkel war es! Bei einem Teil der Gäste sind Spiele im Schweinestall übrigens recht beliebt.«

»S/M-Studios besitzen einen Schweinestall? Sensationell! Und wie läuft so was ab?«

»Das menschliche Schwein wird im mit Stroh ausgelegten Stall gehalten. Dann bekommt es den Befehl, Trüffeln zu suchen. Das heißt, es hat im Stall, auf der Wiese oder im Wald mit der Nase im Dreck zu wühlen. Dies geschieht selbstverständlich niemals zur völligen Zufriedenheit der Domina, was konsequenterweise eine Strafe nach sich zieht. Zur Vorbereitung auf die Kastration werden den Ebern generell die Hoden abgebunden. Durch das Anbringen der Leine direkt an den Hoden lässt sich der Gehorsam *unserer* Schweine übrigens beachtlich steigern. Sie haben tüchtig zu grunzen, sich der Hautpflege wegen im Dreck zu suhlen und aus einem Trog zu fressen. Gerne kaue ich das Essen auch vor und spucke es meinem Schwein ins Mäulchen.«

»Ich bekomme langsam wieder Hunger. Wie steht es mit Ihnen?«

Im Laufe des Tages ließ sich Adele von unserer völligen Genesung überzeugen. Mit angemessenem Stolz nahm sie die Lorbeeren entgegen, die wir ihr für die Heldentat, uns mit ihrem umfangreichen medizinischen Erfahrungsschatz vor schwerwiegenden Stirn- und Nebenhöhlenentzündungen bewahrt zu haben, voller Dankbarkeit überreichten.

»Mademoiselle, worauf legen Sie als erfahrene Frau privat in der Partnerschaft wert?«

»Es sind vor allem drei Dinge, die ich erwarte: inspirierende Gespräche, Humor und das Gefühl eines echten Zuhauses. Wer mir das nicht bieten kann, hat keine Chance.«

»Das sollte ich doch zusammenbekommen.«

»Mein Liebster bekommt von mir mehr Zuneigung, als ich mir selbst entgegenbringen lasse. Wenn ich vom Studio auf dem Nachhauseweg bin, singe ich bereits ein Lied für ihn.«

»Die Prinzessin singt für den ihrer harrenden Prinzen ...!«

»Still jetzt und zuhören! Bin ich richtig verliebt, dann gelten all meine Kräfte nur mehr ihm. Dann erfinde ich uns jeden Tag aufs Neue.« Ich hielt kurz inne und ergänzte dann: »Kommt allerdings in Form von Anerkennung, Respekt und auch Aufmerksamkeiten wenig zurück, dann verblasst mein Bemühen. Beginnt der Partner mit seinen Liebesbeweisen erst, wenn ihn die Verlustangst überkommen hat, dann gibt es eine Abschlussszene und ich bin weg ...«

»Nur schwer kann ich Sie mir streitend vorstellen. Wie streiten Sie denn?«

»Ein wenig ungerecht, ein bisschen laut und ich fürchte, sogar verletzend! Nachtragend bin ich allerdings nicht und ich komme auch gut mit überschäumenden Emotionen zurecht.«

»Kommt es gelegentlich zu Streit, weil Sie gerne flirten?«, orakelte Purius.

»Nein! Ich flirte kaum mit anderen Männern; schon gar nicht, wenn ich mit dem Partner unterwegs bin. Ganz im Gegenteil, meist ist er es, der mich darauf hinweist, wenn ein anderer den Augenkontakt sucht oder mir hinterherblickt. Selbst kriege ich das nicht mit, im Ziehen von Grenzen bin ich ganz prima.«

»Und wenn der Partner mit einer Dame flirtet ...«

»... dann hetze ich meine Hunde auf die Kontrahentin und kratze dem Liebsten eigenhändig die Augen aus, Herzchen!«

»*Mais oui*, mit einer Amazone sollte man sich eben nicht anlegen«, lachte Purius.

»Ich denke, meine Umwelt erlebt mich als stark, feinfühlig, verlässlich und unkompliziert. Aber auch als verschlossen. Meine Zuneigungsbekundungen werden wie Geschenke in Empfang genommen – damit kann ich Menschen glücklich machen. Soll ich Ihnen einen großen Traum von mir verraten?«

»Madame, ich bitte darum!«

»Ich hätte gerne einen Liebespavillon! Ein von einem Mohnblumenfeld umgebenes Gebäude, geschaffen nur für die Sexualität in ihrer reinsten und schönsten Form. Weich, sanft, klar, mit Wasser, Liebesinseln, vielen Blumen und wohltuender Musik. Statt Fenstern sollte der Pavillon eine Glaskuppel besitzen, um während des Liebens und des gegenseitigen Streichelns und Massierens den Sternenhimmel, die Vögel, den Regen und die Wolken betrachten zu können.«

»Gnädiges Fräulein, Sie sind bezaubernd, wir sollten bauen!«

»Ich hätte wissen sollen, dass Sie meine Träume sogleich als Bauplan sehen.«

»Lassen Sie mich all Ihre Wünsche erfüllen!« Als keine Antwort kam, setzte er nach einer kleinen Pause fort: »Übrigens, haben Sie gewusst, jede Wolke ist zuerst nichts anderes als Schnee. Erst wenn die Schneeflocken die Nullgradgrenze durchfallen, werden sie zu Regen.« Eine solch elegante Kurve verdiente Anerkennung.

Purius ging in die Bibliothek und kam mit einem schweren und etwas abgegriffenen Bildband über Hieronymus Bosch zurück. Er glaubte, sich daran zu erinnern, dieser habe einst einen Liebespavillon gemalt. In den vergangenen Monaten hatte ich mich per E-Mail beinahe täglich mit dem Hausherrn über Kunst ausgetauscht. Der Diskurs über Malerei und Fotografie gehörte zu unseren bevorzugten Leidenschaften.

»Abbé Purius, ich vermute, Bosch wird sich gehütet haben, einen Liebespavillon auf der Leinwand darzustellen. Die Inquisition jagte ihn doch bereits wegen seiner Höllendarstellungen. Und seine Schwester Herberta, die seine Lehrerin und die Begabtere von den beiden war, wurde immerhin als Hexe ermordet. Nein, der hat keinen Lustpavillon gemalt.«

Purius, sein in Gedanken versunkenes Blättern beendend: »*Jaaa*, ich muss Ihnen Recht geben, ich habe mich geirrt. Wie war das mit der Schwester? Sie war seine Lehrmeisterin?«

»Ja, sie hat ihm beigebracht, das darzustellen, was ihr als Frau darzustellen verboten war.«

»*Hmm*, eine spannende Information. Hieronymus Bosch schätze ich aufs Höchste. War es ihm doch bereits im Jahre 1450, von der Inquisition gejagt, wie Sie so richtig anmerken, möglich zu malen, als würde er weit in der Zukunft, vielleicht im Jahre 2450, leben. Der alte Flame war fähig, Geschehnisse und Details in jener Präzision abzubilden, wie es erst Jahrhunderte später wieder mittels der Fotografie möglich wurde. Ein Gigant des Pinselstrichs.«

Mir war aufgefallen, Purius hatte aus der Bibliothek noch ein zweites Buch mitgebracht. Ein vergilbtes und abgegriffenes Liebeslexikon. Aus diesem war unter anderem zu erfahren, was die Männer in den einzelnen Ländern keuchen, wenn es ihnen kommt.

»Abbé, hier steht, ein frankophiler Mann wie Sie hat beim Abspritzen *Mon Dieu!* zu rufen!«

»Das tue ich!«, schmunzelte Purius.

»*Oh*, und als Türke *Bosaliyorum*!«

»*Bosa* was?«

»*Bosaliyorum* – ich entleere mich!«

Wir amüsierten uns köstlich, als Purius anscheinend mitten in dieser leckeren Plauderei eine Idee kam: »Schätzen Sie lange gelagerten Käse?«

»Ja, schon! Ich mag diese kleinen Läden. Da lasse ich mich gerne beraten. Und dann trage ich die feinen Käse zusammen mit einem frischen Brot wie einen Schatz nach Hause. Aber nur jene ohne Schimmel.«

»Sie sind eine Genießerin, Mademoiselle!«

»*Jaaa*, das bin ich, auf jedem Gebiet!«

Purius erhob sich, machte wie stets seine angedeutete Verbeugung und bot mir den Arm an: »Darf ich bitten?« Weniger schüchtern als es ansonsten seine Art war, fügte er hinzu: »Wenn Sie erlauben, möchte ich Sie in den Keller entführen!«

»Heute sind Sie aber ganz ein Mutiger!« Bei ihm eingehakt, ging es vom Großen Salon in die Eingangshalle.

Dort angelangt nahm er aus einer teilvergoldeten Kommode eine Fackel und zündete sie behutsam mit einem goldenen Gasfeuerzeug, das mit zwei Rubinen besetzt war, an. Danach erst öffnete er eine Tür, die ich bisher übersehen hatte, obwohl ich tagtäglich an ihr vorbeigegangen war. Sie war klein und aus näherer Betrachtung reich beschnitzt, ein wenig indisch anmutend. Und sie befand sich versteckt hinter dem von der gelbweißen Albinopythonschlange umschlungenen Apfelbaum. Ich glaubte den Hausherrn zwischenzeitlich gut genug zu kennen, um zu erahnen, dass es ihm bei der Kombination aus Schlange und Apfelbaum wohl um die Darstellung der biblischen Versuchung Evas und der daraus resultierenden Vertreibung aus dem Paradies gegangen war.

Hinter der Tür führten schmale und sehr steile Stufen in den Keller hinab. Treppe und Wände waren aus rohem, an manchen Stellen äußerst scharfkantigem Bruchstein gehauen.

»Abbé Purius, ich hatte nichts anderes erwartet. Sie enttäuschen mich ein wenig!«

»Lassen Sie sich überraschen! Wie wirken Keller auf Sie, Mademoiselle?«

»Och, spannend, aber mehr auch nicht. Die Treppe hört ja überhaupt nicht mehr auf.«

»Wir sind gleich da. Das, was ich Ihnen zeigen möchte, befindet sich siebzehn Meter unter der Erdoberfläche.«

»Was wollen Sie mir denn zeigen, die Briefmarkensammlung?«

»Die Briefmarkensammlung befindet sich oben. Aber eine Sammlung wird es sein …«

Endlich in der Tiefe angelangt, fiel mein Blick in diesem nicht sonderlich großen, kühlen Gewölbe auf einen pinkfarbenen Sarg. »Ist er nicht schön? Aus Zuckerguss! Habe ich aus Mexiko mitgebracht, Mademoiselle.«

»Nett. Ist er für Sie?«

»Bringen Sie von Reisen auch Souvenirs mit?«

»Nein, niemals, außer solche, die man essen kann.«

»Der Sarg ist auch essbar!«

»Ich hätte ihn dennoch in Mexiko gelassen.«

Vom kleinen Gewölbe aus schritten wir einen langen, schmalen Gang entlang. Er war von zahlreichen aus rohen Brettern gezimmerten Seitentüren flankiert.

Während auf einer der Türen ein rotes Kreuz zu erkennen war, trugen zwei andere die Aufschriften *1199* und *22 12 2012*. Als ich später den Hausherrn nach der Bedeutung dieser Zeichen fragte, berichtete er von einem dänischen Historiker, der diese folgendermaßen zu deuten gewusst hatte: Das rote Kreuz war ein im Mittelalter gebräuchliches Warnzeichen. Es signalisierte den Ausbruch der Pest im Haus. Bei der Zahl 1199 handelte es sich um das Todesjahr von Richard Löwenherz. Und die lange Zahlenkolonne bezog sich auf den 22. Dezember 2012, an welchem der Kalender der Maya endet und ab welchem die Welt, wie wir sie heute kennen, enden soll.

Purius blieb stehen. Die Fackel warf kuriose Schatten an die Wand – Elektrizität war bis in diese Tiefen anscheinend noch nicht vorgedrungen. Der Hausherr drehte sich nach mir um und öffnete theatralisch und wie in Zeitlupe eine weitere niedere Tür mit den Worten: »Wunderbare Hera, treten Sie ein in meine herrliche Schatzkammer!«

Das Erste, was mir entgegenkam, war ein bestialischer Geruch. Dann sah ich sie in all den massiven Holzregalen liegen. Die einen noch blassrosa, die anderen bereits grün und manch einer gar bräunlich und schwarz: hunderte von Käselaiben in verschiedensten Formen. Von zylinderförmig und in der Größe eines Handballs bis zu Laiben in der Dimension von Wagenrädern. *Gruyère, Emmentaler, Brillat-Savarin, Parmigiano, Tilsiter, Appenzeller, Pecorino, Tête de Moine* und wie sie alle heißen mochten.

Einen gewissen Stolz konnte der hedonistische Käsebesitzer nicht verhehlen: »Die meisten von ihnen sind zwischen fünfzehn und zwanzig Jahre alt. Kaum einer ist für unter zweitausend Euro zu bekommen. Hier verbringe ich ganz im Sinne des benediktinischen Grundsatzes *ora et labora* eine Menge Zeit, einmal wöchentlich schrubbe ich jeden Laib mit Salzlauge. Ein herrliches Tun!« Nach einer kleinen Pause fügte er an: »Niemand außer Ihnen und Adele weiß von diesem Schatz!«

Purius griff nach dem Messer, das in einem roh zugehauenen Holzbalken steckte, schnitt gekonnt einen der Laibe an und öffnete etliche der Walnüsse, die er aus einem am Boden liegenden Stoffsack holte. Ich lehnte mich an den am Ende des Raumes stehenden kupfernen Sennkessel und ließ die Szenerie auf mich wirken. Adele tauchte missmutigen Blickes auf, brachte etwas Brot und eine Karaffe mit Wasser, zwei warme Kamelhaardecken, zündete die drei auf dem Boden und in den Regalen stehenden Kerzenleuchter an und verabschiedete sich ungehalten mit den Worten: »Unheimlich ist es hier, unheimlich! Käse sammeln! In der Kälte! Solch ein Unsinn!«

Was mich hingegen anging, so war ich zur sichtlichen Freude des Gastgebers begeistert vom geheimen Schlaraffenland fünf Etagen unter der Erde. Eine Schatzkammer voller Käse, das hatte nicht jeder! Ein herrliches Abendessen würde das abgeben!

Purius nannte sich selbst einen *fromager* und erzählte mit leuchtenden Augen von seinen ausgedehnten Fahrten quer durch Europa. Reisen, die er einerseits unternahm, um vor Ort mit Sennern Fachgespräche zu führen. Andererseits, um bei Auktionen, vor allem in Frankreich, an alte Raritäten zu gelangen. Ein exklusives und äußerst leckeres Hobby! Ganz nach meinem Geschmack!

Entgegen meiner Erwartung war nicht der größte, beinahe hundert Kilogramm schwere Laib das Prunkstück im Verlies, sondern eine braungraue Kugel in der Größe und Form eines Rugby-Balles. Stolz wog der Hausherr die Kugel in der Hand, ließ mich die Oberfläche ertasten und sprach in Gedanken versunken: »Siebzehn Jahre ist dieses Prachtexemplar alt. Je nach Sorte verliert Käse pro Jahrzehnt, in dem er gelagert wird, rund 25 bis 30% seines Gewichts. Dieser hier war somit vor siebzehn Jahren ziemlich genau doppelt so groß wie heute.«

Purius wusste über seinen Wohnsitz eine Menge historischer und auch skurriler Geschichten zu berichten, die er in mehrjähriger Kleinarbeit aus Büchern und Archiven zusammengetragen hatte. Der Keller, in dem wir uns befanden, war beispielsweise in keiner einzigen Urkunde erwähnt. Dies hatte Purius zu der Überzeugung kommen lassen, dass dieser weniger als Vorratskeller denn als Versteck in Kriegs- und Krisenzeiten gedient haben musste. »Nicht zuletzt, da es einen weiteren Keller gibt. Einen weniger tief gelegenen. Wollen Sie ihn sehen?«

Ich wollte ihn sehen, allerdings erst nachdem mir mächtig kalt geworden war und wir beinahe die Hälfte des Käselaibs genüsslich verschlungen hatten – wobei uns ein vorzüglicher Pariser Kanaldeckel als Tisch gedient hatte.

Wir kehrten über den schmalen Gang mit seinen vielen Türen, das kleine Gewölbe und die steile Treppe zurück in die Eingangshalle. Dort löschte der Hausherr gekonnt mit seinem rechten Fuß die Fackel aus und legte sie behutsam – für meinen Geschmack ein wenig zu behutsam – auf die Kommode.

Von der Eingangshalle aus führten breite Marmorstufen, die mit einem roten Teppich belegt waren, in den eigentlichen Keller hinab. Dieser zeigte sich in seiner Gesamterscheinung edel und pompös wie das Erdgeschoss. In teilvergoldeten Glasvitrinen befanden sich Mönchs- und Kardinalsgewänder ebenso wie antike Barockroben und Kostüme aus aktuellen Opernproduktionen. Auf niederen Marmorsockeln standen vergoldete Götterskulpturen – eine von ihnen trug ein Korsett aus pinkfarbenem Satin. Etliche Elefantenstoßzähne lagen arglos verteilt am Boden herum. Auf eine Wand waren mit einer Spraydose in Pink die Silben *Lo!Li!Ta!* gesprüht worden.

»Ist es nicht verboten, Elfenbein zu erwerben?«, glaubte ich mich als Anwältin des einen oder anderen Paragrafen zu erinnern.

»Der Besitz von Elfenbein ist erlaubt. Sie brauchen allerdings Dokumente, die die Herkunft der Ware bestätigen.«

»Sie haben solche Dokumente?«

»Im Schnitt zweimal im Jahr werde ich von irgendjemandem angezeigt, weil ich angeblich Beutekunst aus dem Irak besitze, unter das Artenschutzgesetz fallende Fische aus der Südsee, Hautplatten von Panzernashörnern oder weiße Tigerfelle aus was weiß ich woher. Wegen dieser Stoßzähne hier bekam ich bereits dreimal Besuch. Ich bin ein vorsichtiger Mensch geworden, deshalb werden Sie nichts in diesem bescheidenen Hause finden, zu dem ich nicht innerhalb fünf Minuten die Herkunft mit Unterschrift und Siegel nachweisen könnte. Die Stoßzähne sind knapp siebzig Jahre alt, stammen aus einem englischen Adelssitz und wurden mir von einem alteingesessenen Antiquitätenhändler zusammen mit der Boulle-Kommode, die Ihre werte Aufmerksamkeit gefunden hat, angedient.«

»Na, da bin ich aber beruhigt! Allerdings glaube ich, dass es sich reiche Menschen immer irgendwie richten ...«

»*C'est vrai! C'est vrai aussi!*«, lachte der Hohepriester der Dekadenz.

Wir standen nunmehr in einem Kellergewölbe, das zu einem respektablen S/M-Paradies ausgebaut worden war. Hier fehlte es an nichts: Fesselsäulen, Pranger, Thron, Schandstuhl, Streckbank, Andreaskreuz, Drehkreuz, Fickbock, etliche Flaschenzüge. In Ergänzung zu dem auf dem Boden stehenden Käfig auch noch ein kugelförmiger, der von der Decke hing. Sogar ein Nagelbrett war da. Schwarze Lackböden und -wände. Orange Ledercouch. Mannshohe verrostete Kerzenleuchter mit ellenlangen orangefarbenen Kerzen. Das Sortiment an Seilen, Rohrstöcken, Gerten, Paddeln und Peitschen war reich. Selbst die Bullenpeitsche und ein verchromter Keuschheitsgürtel mit einem ebenso verchromten Vorhängeschloss fehlten nicht.

Ein weiß gefliester Nebenraum diente als Klinikraum mit Gynostuhl, Patientenliege, Paravent und Spiegeldecke. Auf einem Rollwagen befanden sich ein Elektrostimulanzgerät, Nadeln, Katheter, Klistierpumpen, Dildos, Vibratoren, Klammern, Spritzen, Messbecher, Mundspateln, hauchdünne Wegwerfhandschuhe aus Gummi, durchsichtige und auch solche in schwarz.

Zusätzlich fanden sich etliche kaum mehr als fünf Quadratmeter große Kammern mit unterschiedlichsten Einrichtungen zur Realisierung der ausgefallensten Gelüste:

Die erste Tür führte in ein Achtzigerjahre-Klassenzimmer mit einer Schulbank, zwei Stühlen, Tafel, Landkarte, Globus, Schulheften, Filzstiften, Rohrstock, Lineal, Hausordnung, Notenbuch, Biologie-, Gynäkologie- und Aufklärungsbüchern.

Eine weitere Kammer war eingerichtet wie ein modernes Bahnabteil. Vollständig mit Originalteilen ausgestattet. Von den blauen Sitzen bis zur gläsernen Schiebetür und den Vorhängen. Auf einer der beiden Gepäckablagen stapelten sich ein Louis Vuitton-Reisekoffer, eine Reisetasche, eine Wollmütze und drei Lesben-Pornomagazine; überwiegend mit *Fisting*-Szenen, bei denen sich die außergewöhnlich hübschen Mädchen gegenseitig die Fäuste in die Vagina schoben.

Hinter der dritten Tür befand sich ein düsterer Verhörraum mit Wänden aus Bruchstein und rohem Holz. Der Raum war ausgestattet mit einem einzigen Sessel, etlichen Fackelhaltern, einer Art Hängematte aus rotbraunem Leder und etlichen von der Decke baumelnden verrosteten Ketten. Zahlreiche Dildos, Schlagwerkzeug und ein Spekulum[10] lagen bereit.

Dem Verhörraum direkt angeschlossen war der mit dickem Stroh ausgelegte Kerker. Am Boden fanden sich etliche Hand- und Fußfesseln, eine blaue Perücke, zwei Zinkeimer, Tampons, Damenbinden und Wattestäbchen. Aber auch der Zeitungsausschnitt einer bekannten Schauspielerin, auf den in weiblicher Schrift gekritzelt worden war: »*Auch ich werde regelmäßig in den Arsch gefickt!*«

---

10 *Medizinisches Instrument zur Einführung in Körperöffnungen*

Nebenan lag ein in Rosa gehaltenes Jungmädchenzimmer mit Hochbetten. Auf dem Schminktisch mit Hocker lagen diverse Kosmetikartikel, etwas Modeschmuck, ein kaum fingergroßer pinkfarbener Vibrator und drei Bananen aus Plastik. In den beiden Schubladen fanden sich etliche Bogen knallroten Briefpapiers. Zeitschriften für Jugendliche, aktuelle ebenso wie solche aus den Siebzigern. Und ein Tagebuch mit obszönen Eintragungen, das sehr wohl in der Lage gewesen wäre, den Nachfahren, falls sie es denn jemals in die Hände bekommen sollten, die Schamesröte ins Gesicht zu treiben.

Die sechste Kammer enthielt einen engen, sieben Schritte langen Fummeltunnel mit Wänden aus Plüsch. Er sollte wohl als eine Art *heavy petting room* dienen und es Paaren oder Gruppen ermöglichen, sich stehend aneinander zu pressen und sich gegenseitig auszugreifen. Des Weiteren fand sich eine mittelalterliche Beichtkammer. Sie enthielt einen von Würmern zernagten Beichtstuhl mit rotsamtenen Vorhängen. Aus der Sitzfläche auf Seiten des Büßers ragte ein nicht sehr langer, doch erfreulich dicker schwarzer Dildo.

Auf dem Boden der Kammer lag ein roh zugehauener Balken, der sich wohl hervorragend dazu eignete, einem Sklaven das demütige Knien darauf zur Hölle zu machen. Während des Kniens hatte er Sicht auf drei kleine Glaskästchen, die Reliquienschreinen gleich an der Wand angebracht waren.

Im ersten Schrein, der mit granatrotem Samt ausgelegt war, befanden sich Schamhaare. Neben diesen lagen zwei Fotos einer lachenden Frau: Erst mit, dann ohne Schambehaarung.

Der zweite Schrein enthielt einen weiß-hellblau gestreiften Damenslip mit eindeutigen Spuren. Spuren aller Art. Daneben das wohl etliche Jahre alte Foto von Alexa, sich an einem karibisch weißen Strand sonnend. *Alexa hatte einst solch billige Dessous getragen?*

Im dritten Schrein war eine Art Nest aus schilffarbenem Stroh zu sehen, ohne Foto. Welche Assoziationen Stroh in meinem Gastgeber auszulösen in der Lage war, entzog sich meiner Vorstellungskraft – und ich wollte es auch gar nicht wissen.

Dem Kellerverlies angeschlossen war ein recht großes Ankleidezimmer. In dessen mit orangefarbenem Leder bespannten Schränken fanden sich Dutzende Lack-, Leder- und Latexkostüme in den unterschiedlichsten Größen und Farben, nebst einer unübersehbaren Anzahl an Strafschuhen, Highheels, Stiefeln, Slips, Büstenheben, Strumpfbändern und Korsagen. Die Kuriosität des Raumes war ein seine gesamte Mitte einnehmender Boxring. Anscheinend sollte auch das Damenboxen in diesem dekadenten Haushalt nicht zu kurz kommen.

Alles hier war perfekt verarbeitet und stammte von den exklusivsten Herstellern. Am meisten beeindruckte mich allerdings ein kleiner Peugeot, der in der Ecke des Hauptraumes stand. »Vor einiger Zeit, es war Hochsommer, sitze ich in einem Pariser Straßencafé, in der Nähe des Boulevard Edgar Quinet, als direkt vor mir dieses Auto anhält«, begann Purius zu erzählen. »Die Fahrerin, um die Dreißig, mit dem typischen Flair der Pariserinnen, steigt aus und lächelt mich an. Ohne lange nachzudenken, frage ich, ob es erlaubt sei, sie einzuladen. Doch statt mir eine Antwort zu geben, intensiviert sie ihr charmant umwerfendes Lächeln – und geht weiter. Augenblicke später kehrt sie zurück und fragt, ob die Einladung noch gelte. Es ergab sich ein wunderbares Gespräch.

Nach drei Stunden des Plauderns, Lachens und gemeinsamen Speisens – ich hatte mir gerade überlegt, auf welche Art es mir am schnellsten gelingen könnte, sie in mein Hotelzimmer zu schaffen – sprang sie plötzlich auf und meinte, es sei spät geworden, jetzt müsse sie aber rasch zu ihrem Freund nach Hause. Was?

Die Verlustangst übermannte mich. Ein ewiges Andenken an diese Frau wollte ich besitzen. Und ehe ich mich versah, hatte ich sie gefragt, ob sie mir nicht ihr altersschwaches Auto verkaufen wolle.

Vier Tage später übergab sie mir die Schlüssel und die Papiere. Nicht ohne mich zuvor wissen zu lassen, dass es ihr allererstes Auto gewesen war, es zwischenzeitlich ständig zur Reparatur musste und sie es im Laufe der Jahre doch mit etlichen Männern darin getrieben hätte.«

Purius hatte das Auto zerlegen und in seinem S/M-Keller neu zusammenbauen lassen, der Motor war noch in Paris entsorgt worden. Bezüglich der Flecken in den Sitzen meinte er: »Die waren schon drin, was der Sache den besonderen Reiz gibt! Ebenso wie die angebrauchte und schon damals abgelaufene Schachtel mit Kondomen, die sie im Handschuhfach zurückgelassen hat. Hier sehen Sie!« Purius zog eine Kondomschachtel mit französischen Schriftzügen hervor – von den ursprünglich zehn bunten und genoppten Kondomen mit Fruchtgeschmack waren noch sechs da. Wenn ich mich nicht täusche, fehlten Erdbeere und Kirsche.

Der altersschwache Peugeot veranlasste mich, dem stolzen Besitzer von einer Auto-Session zu berichten, die üblich, allerdings nicht nach jedermanns Geschmack ist:

»Der Sklave, ganz in Gummi gekleidet und geknebelt, fährt den Wagen durch die Nacht. Seine Aufgabe besteht darin, jeden Befehl von seiner neben ihm oder im Fond sitzenden Herrin augenblicklich und korrekt auszuführen. Zuerst lasse ich den Sklaven eine Tankstelle ansteuern. Dort hat er in voller Montur das Auto zu tanken, die Scheiben zu putzen und, falls gewünscht, den Ölstand zu messen.«

»Sagen Sie mal, wird da nie einer verhaftet oder wenigstens verprügelt?«, fragte Purius sichtlich irritiert.

»Nein, nein, alles halb so schlimm. Danach werde ich hungrig und es zieht mich zum Drive-In von McDonald's, wo ich dem Sklaven erlaube, die Bestellung aufzugeben. Erfahrungsgemäß bedarf es aufgrund seines ihn ein wenig drückenden Knebels dreier Versuche, bis die Bedienung versteht, was der Gute wünscht. Dies stellt Anlass genug dar, ihn einer konsequenten

Bestrafung zuzuführen. Wir fahren in den Wald, wo er sich zu entkleiden hat und ich ihn durchpeitsche, bis ihm Hören und Sehen vergeht. Sobald er nur mehr ein winselndes Nichts ist, erlaube ich ihm, wieder in den Gummianzug zu schlüpfen.

Wir steuern im Wagen die nächste Brücke an. Dort erhält er den Befehl auszusteigen und mit ganz langsamen Bewegungen an sich rumzuspielen. Sollten seine Bewegungen zu schnell werden, setzt es Prügel.

Zum Abschluss wird ihm erlaubt, im hohen Bogen von der Brücke zu spritzen – was Männer übrigens sehr lieben. Das lieben Sie doch, Abbé, oder?«

Purius machte große Augen, und ich setzte mich probehalber mal ans Steuer des blaumetallicfarbenen Peugeots. Sogar der Zündschlüssel steckte. Purius lehnte sich an die Fahrertür und fragte mit schüchterner Stimme über seine Schulter: »Und? Bei aller Offenheit für ausgefallene Spielchen, haben Sie das Gefühl, es gibt Praktiken, die in einer glücklichen Partnerschaft nichts verloren haben?«

»Grundsätzlich geht alles, wenn beide damit klarkommen. Dennoch denke ich, sinnlose Gewalt gehört nicht in eine Partnerschaft. Auch nicht unter dem Deckmantel S/M. Mir persönlich wären zudem Kaviar-Sessions[11] oder Baby-Erziehungen unmöglich. Ich möchte keinen Partner, der mit Schnuller und Puppe herumrennt ...«

»... und in die Windeln macht. Das kann ich verstehen. So wie ich vermute, dass wohl nicht jeder Partner als sadomasochistischer Spielgefährte in Frage kommen wird ...«

»Ganz richtig! Er kommt erst dann in Frage, wenn ich mit ihm auch eine Expedition durch den Dschungel wagen würde. Einen anderen ließe ich gewiss nicht unsachgemäß mit meinem Körper spielen und in meine Psyche eindringen.«

---

11 *Kot*

Purius drehte sich mir zu und blickte zum Wagenfenster herein. »Darf ich fragen, wie sehr hat eine Session Auswirkungen auf Ihre Psyche? Oder wie schützen Sie sich vor allzu viel negativer Schwingung?«

»Och, ich empfinde weder während privater noch während beruflicher Sessions irgendwelche negativen Schwingungen. Eine Session kann vielleicht mal ein wenig ›zäh‹ sein. Doch meist fühle ich mich pudelwohl, blicke auf die Uhr und sage mir, verdammt, du wolltest doch noch dies und jenes tun, aber die Zeit ist schon wieder vorbei. Abgesehen davon, es ist ein großartiges Gefühl, eine oder mehrere Stunden lang für einen Mann die unerreichbare und unantastbare Göttin zu sein. So was tut jeder Prinzessinnen- und Amazonenseele gut. Ebenso wie es beglückend ist, die Dankbarkeit der Menschen wahrzunehmen, wenn man ihre Neigungen akzeptiert und ernst nimmt. Ganz abgesehen davon, dass ich selbst während einer Session ja auch nichts anderes tue, als meine ureigenste Neigung auszuleben.«

»Sie persönlich sind aus Neigung Domina geworden – ist das bei anderen Damen auch so?«

»Nein, ganz klares Nein. Viele lockt das Geld, doch die meisten sind zu doof, um jemals eine exzellente Instrukteurin zu werden. Wer lässt sich schon von einem Pantoffeltierchen dominieren? Diese Mädels sind meist schnell wieder weg und später in Bordellen und Clubs zu finden. Manch eine macht aber auch so lange weiter, bis die Männer in den weißen Kitteln kommen.«

»Waren Sie, nicht zuletzt wegen des erwähnten Geldes, jemals mit Anfeindungen konfrontiert?«

»Niemals direkt; um Ecken herum schon eher.« Als wir unseren Rundgang durch die mir vertrauten Gerätschaften fortsetzten, wurde ich ein wenig müde und mein Blick fiel auf einen Totenschädel, der am Boden stand und aus dessen Augenhöhlen spärlich Efeu rankte. »Den habe ich noch gar nicht gesehen …!«

»Darf ich vorstellen: Pater Vedastus Andronikus, ehemaliger Bibliothekar zu Rom und gern gesehener Gast in diesem Hause. Es ist bereits spät, Mademoiselle, aber eine Frage hätte ich denn doch noch, wenn Sie erlauben …«

»Nur zu!«

»Bevorzugen Frauen während einer Session andere Schlagwerkzeuge als Männer?«

»Nein! Peitschen, Gerten, Ruten, Gürtel, Rohrstöcke, alles wird gleichermaßen geschätzt. Nicht zu vergessen – der altbewährte Teppichklopfer oder Kochlöffel. Wobei ich gestehen muss, die Rohrstöcke pfeifen schon besonders nett …«

»Aber vielleicht gibt es bezüglich der Körperhaltung irgendwelche Präferenzen?«

»Nein, auch das ist von Mensch zu Mensch verschieden. Genießen die einen die Züchtigung stehend, ziehen andere die liegende, kniende oder über einen Bock geneigte Stellung vor. Überhaupt ist die physische und psychische Belastbarkeit der Menschen extrem unterschiedlich.« Als Purius mich ein wenig geistesabwesend anblickte, ergänzte ich: »Herr Abbé, mir scheint, Sie haben eine Frage auf den Lippen. Raus damit!«

»Die Frage ist ein wenig delikat, wenn Sie erlauben: Wer lässt sich denn lieber einem anonymen Publikum vorführen, sind es die Damen oder denn doch eher die Herren?

»*Oooh*, das lieben besonders die Männer. Hengste schätzen es sehr, sich nackt und ausgeliefert vor bekleideten Stuten präsentieren zu dürfen. Die Frauen langen dann auch meist schnell mal hin und erfreuen sich an ihrem devoten Spielzeug. Auch Sätze wie *Was kann er denn alles? Er soll doch mal was vorführen!* lassen selten lange auf sich warten.«

»Und was hat der Arme dann vorzuführen?«

»Na alles, wonach den Frauen der Sinn steht. Er hat auf einem Bein zu stehen, *Hänschen klein* zu pfeifen oder auf allen Vieren zu krabbeln. Sich einen runterzuholen, ist obligatorisch, fast schon olympisch – das lässt sich keine Frau entgehen.«

Den Rest des Abends verbrachte ich mit Purius im bisher wenig genutzten Blauen Salon, der eine schlichtere Atmosphäre besaß als der vor Gold strotzende Große Salon mit seinem herrlich bunten Südsee-Aquarium. Die vier Hunde, denen Adele der Gesundheit wegen täglich je einen Löffel Weizenkeimöl ins Futter gab, waren zu unseren Füßen eingeschlafen, während wir weiter über die frivolen Genüsse eines sadomasochistischen Lebens plauderten.

»Mademoiselle, Sie haben heute mein bescheidenes Verlies gesehen. Worauf würden Sie persönlich bei der Einrichtung eines solchen achten?«, fragte Purius, sich eine mit einer Haselnuss verzierte Marzipanpraline zum Munde führend.

»Darauf, dass nichts angeschafft wird, was nicht den eigenen Neigungen entspricht. Wenn die Frau ihren Liebsten nicht mit gespreizten Schenkeln auf dem Gynostuhl, der von Dominas gerne als *Pflaumenbaum* bezeichnet wird, sehen möchte, dann hat ein solcher in der Kammer nichts verloren.«

»Wohingegen *entre nous* ein jeder Mann mit großer Freude seine Partnerin in besagter Position zu Gesicht bekäme …«

»Klar, klar! Zudem ist die Frage von Bedeutung, ob das Paar alleine bleiben oder im Laufe der Zeit Mitspieler dazu nehmen möchte. Sind solche erwünscht, so kann es reizvoll sein, wenn das eine oder andere Möbelstück zweifach angeschafft wird. Nicht wenige Menschen erregt es, während des eigenen Gequältwerdens zu sehen und zu hören, wie mit jemand anderem simultan das Gleiche gemacht wird. Oder während der Züchtigung mit dieser Person gar Händchen halten zu müssen.«

»Händchenhalten während der Dressur? Delikat, das will ich mir merken!«

Spät war es geworden. Der Hausherr ließ nun Gnade walten, es sich aber auch an diesem Abend nicht nehmen, mich bis vor mein Zimmer im Gästehaus zu geleiten. Dort kam eine unerwartete Frage: »Mademoiselle Hera, wollen Sie Kinder?«

Verdutzt antwortete ich mit einer Gegenfrage: »Und selber?«

»*Insch'Allah*!«

»Wie?«

»*Insch'Allah*! So Gott will!«, sagte Purius, um nach einer kleinen Pause einen weiteren Vorstoß zu wagen: »Also, Mademoiselle, wollen Sie Kinder?«

»*Insch'Allah*!«

Der siebente Tag

Du sei dein eigner
Kaiser und dein Papst!
Dante Alighieri

Auch der Kirschkuchen mit Quarkfüllung war beinahe so lecker wie jener, den ich ansonsten bei Mutti bekomme. Nach dem Frühstück zog ich mit Purius und den Hunden in den Wald. In meinem braunen, grob gestrickten Pullover von Patrizia Pepe mit den überlangen Ärmeln und Manschetten – der aussah, als hätte ich noch nie arbeiten müssen –, einer braunen Cordhose, meinem grünen Parker mit Fellkapuze und den beige Wildlederstiefeln von Tommy Hilfiger, einer Art Försterstiefeln, war ich für die morgendliche Kälte gut gerüstet.

Wenn ich eines am Zusammensein mit Purius besonders liebte, dann war es die Art, wie er den Alltag strukturiert hatte. Täglich gab es in seinem Hause drei Zeremonien – Frühstück, Mittagessen, Abendbrot – und das Dazwischen bestand aus nichts anderem als Gesprächen oder Dingen, die einem halfen, die Seele zu entspannen.

»Gnädiges Fräulein, brauchen Sie für den Spaziergang die Tasche wirklich?«, fragte Purius in der Eingangshalle.

»Eine Frau ohne Handtasche? Sie machen mir Spaß! Das ist übrigens meine Lieblingshandtasche und sie hat von mir den schönen Namen Buffy bekommen.«

»Ist das …?« – Purius strich mit dem Zeigefinger vorsichtig darüber.

»Beigefarbenes Ponyfell!«, unterbrach ich ihn und zog schmal geschnittene Lederhandschuhe daraus hervor. »Sehen Sie, Abbé, ohne Tasche hätte ich die Handschuhe vergessen.«

»Ich verstehe!«

»Und jetzt muss ich die Kapuze zumachen.«

»Darf ich behilflich sein? Mütze haben Sie keine mit?«

»Kapuzen mag ich lieber als Mützen. Eine Kapuze sieht nämlich nach Zarenprinzessin aus, während die Mütze kratzt.«

»Ah, eine Zarenprinzessin, jetzt verstehe ich. Seit Tagen frage ich mich, ob entweder französisches oder ein wenig russisches Blut in Ihren Adern fließt. Hatte Ihre werte Frau Mutter vielleicht ein kleines *tête-à-tête* mit einem Prinzen aus dem Land der Babuschkas?«

»Wer weiß, wer weiß!«

Die Hunde tollten wild im nahe gelegenen Wald umher und Purius zeigte mir seine Speisepilzzucht. Nach dem Erwerb des Palais hatte er sie auf Baumstümpfen selbst angelegt. »So viele Pilze für einen allein lebenden Mann?«

»Für einen Mann, der Pilze auf dem Teller zudem nicht sonderlich zu schätzen weiß. Dennoch komme ich regelmäßig hierher. Meist nur, um mich an ihrem Anblick zu erfreuen. Gelegentlich ernte ich, und Adele verschenkt sie dann im weiten Umkreis. Mögen Sie Pilze?«

»In Adeles Risotto waren sie herrlich, ansonsten ... eher nicht.«

Schon bald kehrten wir ins großbürgerliche Genießerpalais zurück. Am Boden sitzend, auf den dicken Fellen in der Bibliothek, blätterten wir in allen möglichen ledergebundenen Büchern. In einem fand ich den Satz »*Die obere Hemisphäre entspricht der männlichen zeugenden Natur*« und ich diskutierte mit Purius darüber, was der Autor wohl damit gemeint haben mochte.

In der *Aurora Consurgens*, einer Schrift aus dem 15. Jahrhundert, in der vorliegenden Fassung aus dem 18. Jahrhundert, las ich: »*Die tote Materie wird in der Retorte mit Aqua permanens wiederbelebt und bis zu zwölfmal destilliert.*« Was sollte gemeint sein mit toter Materie und Aquapermanens? Wir steigerten uns in allerlei amüsante Mutmaßungen.

Während ich ein weiteres Buch aus den Regalen zog, fiel mein Blick auf ein Dame-Spiel. Purius erzählte in ruhiger und doch von Begeisterung durchdrungener Manier die Details zu dem Spiel: »Tudor-Stil, 1485 bis 1550. Das Stück hier stammt aus dem Jahre 1511. Aufgrund seiner außerordentlichen Detailgenauigkeit möchte ich es doch zu den Prunkstücken in diesem bescheidenen Raume zählen. Die mit einem Lebemann verzierten Steine, sehen Sie hier!, entbehren im Detail nicht einer herausragenden Verspieltheit und Kunstfertigkeit. Spielen Sie Dame, Mademoiselle?«

»Leider nein!«

»Na, dann habe ich mal wieder Glück gehabt. Auch ich bin dieses Spiels nicht mächtig. Wollen wir uns was Herrliches anhören?«

»Gerne, immer!«

Entspannt in die Felle gekuschelt hörten wir uns Jean Sibelius' *Siebente Symphonie* an, wie mich der Hausherr wissen ließ. Eine Live-Aufnahme vom 1. Mai 1933. Mitgeschnitten in der Londoner Queen's Hall, Dirigent Serge Koussevitzky. Tatsächlich, es war schön, verschwenderisch schön. Dann rief aber auch schon Adele zum Mittagessen – Frittatensuppe, Pfeffersteak, Früchte auf Topfencreme.

Purius schwärmte mit leuchtenden Augen: »Pfeffersteaks lösen augenblicklich ein gutes Gefühl in mir aus. Sie erinnern mich an meine behütete Kindheit. Als noch alles gut war in meinem Leben. Ich stamme aus einer Mittelstandsfamilie, alle paar Wochen ging es sonntags mit den Eltern zum Essen und voller Stolz bestellte ich ein jedes Mal ein Pfeffersteak mit Pommes.«

Wir kamen auf die moderne Kunst zu sprechen und das Leuchten in seinen Augen erlosch. Der Begriff Kunst bezog sich bei Purius auf Skulpturen und Gemälde, die vor einem halben Jahrtausend geschaffen worden waren. Moderne Malerei hingegen betrachtete er als Unfug. Dies hatte er mir in einer Menge E-Mails im Laufe unseres siebenmonatigen Schriftverkehrs auseinander gesetzt.

»Zeitgenössische Kunst? *Mon Dieu*, die gefällt Ihnen wirklich?«

»Ja, die gefällt mir. Und zwar supergut!«

»Es kann ganz nett sein, mit diesen Leuten ein paar Flaschen *Château Lynch-Bages* zu trinken und zu philosophieren. Doch sich deren Werke, wenn wir diese denn überhaupt als solche zu bezeichnen wagen, an die Wand zu hängen, das ist denn doch was völlig anderes.«

»Aber geschätzter Abbé, seien Sie doch nicht so streng. Abgesehen davon, hängt nicht in Ihrem Obergeschoss versteckt ein Werk, und zwar kein unbedeutendes, von Hermann Nitsch?«

»*Oh*, ich gebe mich geschlagen, teuerste Mademoiselle, ich gebe mich geschlagen. Es stammt von Nitsch, es ist *contemporary* und es ist Kunst, große Kunst! Aktionismus – und gerade der Wiener Aktionismus – ist Kunst. Gut pariert, Mademoiselle, gut pariert!«

Nach dem Mittagessen, welches somit dem Thema moderne Kunst gewidmet gewesen war, hatte Purius sich umgezogen. Den groben Wollpullover und die kurze Lederjacke gegen einen schmal geschnittenen, dunkelblauen Anzug mit Weste getauscht. Dazu trug er ein sanft schimmerndes weißes Hemd mit Perlen-Manschettenknöpfen, eine rosa Krawatte, ein blasslila Einstecktuch und zu den schwarzen Schuhen dunkelblaue Kniestrümpfe.

Wir nahmen im Großen Salon vor dem bunten Südsee-Aquarium Platz. Bei einem doppelten Espresso mit Milch, dazu einem Glas Wasser, erfreuten wir uns an den sich mit den Mischlingen balgenden Greyhounds.

Der große Rubin am Finger des Hausherrn erinnerte mich immer wieder an jenen Stein, welchen Alexander der Große auf diversen Gemälden zu tragen pflegte. *Haute décadence!* Purius hatte meinen Blick aufgefangen und ohne gefragt worden zu sein geantwortet: »Gnädige Frau, der Rubin verleiht dem Menschen ein Übermaß an Kraft. Die Geheimlehren dieser Welt sind sich einig: So wie der Brillant den Menschen klarer sehen lässt, so steigert der Rubin unsere Schaffenskraft.« Nach einer Pause fügte er an: »Wann immer Sie mangelnde Schaffenskraft, Erschöpfung oder gar Resignation in Ihrem Innersten aufsteigen spüren, nehmen Sie einen Rubin zur Hand!«

»Sie sind doch nicht der Mann, der resigniert!«

»*Oh*, das könnte aber täuschen. Es gibt Menschen, die versuchen, ihre Niederlagen und seelischen Erschütterungen geheim zu halten und mit in ihr Grab zu nehmen. Ach, wie bezaubernd Sie sind! Lassen Sie es mich so ausdrücken: Es gibt in unserem Universum Dinge, die sich vollständig unserer Einflussnahme entziehen.«

»Aber was nutzt dann der Rubinring?«

»Der Rubin ist nicht in der Lage, vom Universum vorgesehene Erschütterungen zu verhindern. Doch er ist sehr wohl in der Lage, Belastungen, die auf den Menschen einstürzen, massiv abzuschwächen und zu mildern.«

»Aber nicht jeder Mensch wird mit solchen Belastungen konfrontiert ...«

»Doch! Gewisse Erfahrungen macht jeder irgendwann. Denken Sie nur an die Einsamkeit. Die Einsamkeit ist eine Erfahrung, die jeder Mensch irgendwann in seinem Leben macht. Das haben Sie übrigens selbst gesagt, erinnern Sie sich? Mit dem Nicht-mehr-weiter-können verhält es sich nicht anders. Jeder resigniert irgendwann und glaubt, es gehe nicht mehr weiter. Beim einen kommt dieser Moment früher, beim anderen später. Beim einen nur einmal im Leben, beim anderen immer wieder. Mit Gewissheit lässt sich nur eines sagen: Das Nicht-mehr-weiter-können lernt ein jeder irgendwann mit aller Brutalität am eigenen Leibe kennen.«

Damit hatte mir Purius ein Stichwort gegeben. Als an Fakten interessierte Anwältin – und in der Praxis des Verhörs geschulte Domina – wollte ich endlich erfahren, was diesen Mann zu dem gemacht hatte, was er heute war. Nämlich ein charmanter, gebildeter und doch vom Leben enttäuscht wirkender Schöngeist.

»Abbé, Sie haben vorhin erwähnt, Sie stammen aus einer Mittelstandsfamilie …«

»Korrekt!«

»Und irgendwann ist diese Mittelstandsfamilie dann steinreich geworden?«

»Ganz und gar nicht. Die ist heute noch eine Mittelstandsfamilie. Nur ich bin reich geworden – und damit einhergehend meine Mutter.«

»Den anderen Angehörigen haben Sie nichts von Ihrem Reichtum abgegeben?«

»Ich kann es beschwören: Bis zum heutigen Tage keinen einzigen Cent!«

»Das passt nicht zu Ihnen. Sie nehmen mich auf den Arm …«

»Ganz und gar nicht, Mademoiselle, nichts läge mir ferner.«

»Und wie ertragen Sie das, selbst in solch Prunk zu leben … und dabei die anderen zu vergessen?«

»Gar nichts habe ich vergessen, gar nichts!«

»Was haben Sie nicht vergessen?«

»Dass nie wer für mich da war! Dass sie mich alleine gelassen haben!«

Seine ansonsten markant-edlen Gesichtszüge hatten sich von einem Augenblick zum anderen in eine erschreckende, eiskalte Fratze verwandelt. Wie zu allem entschlossen, blickte er mit starrem Blick ins Nichts. Wenige Atemzüge später senkte er sein Haupt und begann bitterlich zu weinen. Was war jetzt los? Ich rückte näher, nahm ihn in den Arm, versuchte zu trösten und spürte, wie sein Körper zitterte. Ehe ich mich versah, richtete er sich wieder auf und setzte das Gespräch, ohne sich die Tränen abzuwischen, fort, als sei nichts gewesen. »Mademoiselle, ich war noch sehr jung, als sich mir eine beachtliche unternehmerische Chance auftat – eine, mit der andere später Millionen machen sollten. Ein jedes Familienmitglied und all meine Freunde bat ich in meiner überschäumenden Euphorie, sich mit ihrem Know-how in das Projekt einzubringen. Doch ich erntete nichts als Spott und Hohn. Verachtung gar.

So begann ich, was im Nachhinein betrachtet vielleicht dumm und naiv gewesen sein mag, auf eigene Faust mit der Realisierung der Idee. Erneut bat ich Familie und Freunde um Unterstützung – diesmal gegen Bares. Und siehe da, Geld schien eine magische Wirkung auf meine Liebsten zu haben. Gegen Cash auf die Hand war manch einer bereit, sein Wissen und seine Kontakte einzubringen.

Bereits nach elf Monaten war der Break-even, die Gewinnschwelle, erreicht, es ging unaufhaltsam nach oben. In meiner Unerfahrenheit war ich dankbar und bereit, meinen Leuten für jede noch so kleine Dienstleistung das Geforderte zu bezahlen. Viel zu viel zu bezahlen. Die Forderungen wurden immer unverschämter und unangemessener.

Vier Jahre später war mein Unternehmen zahlungsunfähig und ich selbst verschuldet bis über beide Ohren. Erneut überschütteten mich Freunde und Familie mit Spott und Hohn. Es zeigte sich, dass die meisten Menschen zwar eine Wirbelsäule, doch kein Rückgrat besitzen.

Nun flüchtete ich vor den Gläubigern in den arabischen Raum, hielt es dort allerdings nicht aus, kehrte krank an Seele und Körper in die Heimat zurück, schuftete mich über Jahre hinweg als kleiner Angestellter beinahe zu Tode, nur um ein wenig Kapital für einen privaten und geschäftlichen Neubeginn zur Seite zu bringen. Teller habe ich zwar keine gewaschen, doch ansonsten gab es wenig, was ich nicht getan habe – und ich schwor mir eines: Wenn ich es noch einmal schaffen sollte, dann bekommt nie wieder wer einen Cent von mir. Ich habe es noch einmal geschafft – diesmal mit Zucker- und Rohölspekulationen.«

»Und wie Sie es geschafft haben!«

»Naja, ich gehöre hier in der Gegend zu den eher Ärmeren. Allerdings zeige ich meinen Wohlstand vielleicht ein wenig offensiver als die anderen – meine Nachbarn haben Verständnis dafür, die wissen, dass ich ein Neureicher bin.«

Purius schien wieder in sich gefestigt, und ich sagte: »Was Ihnen passiert ist, erleben doch auch tausende andere Unternehmer Tag für Tag in allen Teilen der Welt: nämlich den Mangel an uneigennütziger Unterstützung, der zur unvermeidlichen Pleite führt.«

»Kann schon sein – nur, ich habe dieses Alleingelassen- und Ausgenutztwerden eben bis heute nicht verkraftet.«

»Sie sind ein wunderbarer Mensch, ganz wunderbar!«

Purius blickte mich nachdenklich und mit einem sanften Lächeln auf den Lippen an. »Es ist viele Jahre her, dass mir zuletzt wer gesagt hat, ich sei wunderbar.«

Nun war ich es, der eine Träne über die Wange kullerte. Adele betrat den Raum und reichte Purius ein kleines Holzkistchen, und während er es öffnete, wusste ich bereits, es waren meine Lieblingspralinen aus Paris.

»Woher konnten Sie das wissen? Ist das Zufall?«

»*Oh* Mademoiselle, nirgendwo im Universum werden Sie Zufall finden. Der verhängnisvolle Glaube an den Zufall ist lediglich auf die beschränkte Sichtweise des Menschen zurückzuführen. Glauben Sie vielleicht, es sei Zufall, wenn der Planet Erde sich seit Jahrmillionen mit mehr als 100.000 km/h um die Sonne bewegt? Oder wenn auf den Tag die Nacht folgt? Oder die Ebbe auf die Flut? Der Tod auf die Geburt? Glauben Sie, es sei Zufall, wenn wir beide hier beisammen sitzen? Das, was die Nichteingeweihten Zufall nennen, ist eine Illusion. Diese Pralinen können nicht Zufall sein, sind auch keine Illusion.«

Die Greyhounds waren unruhig geworden. Statt sich im Saal nach der Ursache umzusehen, rief Purius: »*Ta-Hai!*« Augenblicklich legten sich die beiden nieder und begannen zu dösen.

»War das Mandarin?«

»Oh nein, meine Hunde hören auf Fantasiebegriffe, die nur Adele und mir bekannt sind.« Mein interessierter Blick ließ ihn das etwas näher erläutern: »Der Sinn und Zweck liegt darin, es einem Fremden so schwer als möglich zu machen, mit den Tieren zu kommunizieren. Die vier nehmen auch von niemandem außer Adele und mir Nahrung oder Wasser an.«

»Das glaube ich nicht!«

Mit einer Praline bewaffnet trat ich auf die zu einem Knäuel aneinander gekuschelten vier Hunde. Der erste Greyhound, jener, der mir in den wenigen Tagen besonders ans Herz gewachsen war, sprang auf, beschnupperte mich und als er die Praline in der Hand entdeckte, war sie auch schon weg.

Purius zeigte sich irritiert, rief gar nach Adele. Schuldbewusst und einem *pentiti*, einem reuigen Kronzeugen gleich, zog sich der Hund in eine von einem Fauteuil verdeckte Ecke zurück. Die Haushälterin konnte an die Verführbarkeit des Tieres nicht glauben und so wollten wir den Versuch wiederholen. Doch trotz allen guten Zuredens, der Hund verschmähte eine jede weitere Praline.

Mit Mutmaßungen war der Hausherr ebenso fix zur Stelle wie mit Anekdoten: »Tier wie Mensch sehnt sich insgeheim ein Leben lang nach einem lustvolleren und pralleren Leben. Denken Sie nur an all die in ihren Ehebetten verdorrenden Frauen, denen die Medien Tag für Tag muskulöse Beachboys vorsetzen. Braun gebrannte Kerle mit knallharten Waschbrettbäuchen, die schwungvoll das Surfbrett auf den Rücksitz ihres Cabrios bugsieren. Die mit wehenden Haaren und sonnenverwöhntem Lächeln durch Miami Beach brausen und jede Frau feucht werden lassen.«

»Herr Abbé, aus Ihrem Munde?!«

»Je nach Statistik und Art der Fragestellung sind zwischen sechzig und siebzig Prozent der Frauen beim Sex mit dem Partner in Gedanken bei einem anderen Mann. Diese in der emotionalen Taiga lebenden Frauen warten insgeheim doch ein Leben lang auf Godot oder eben auf den Tag der großen Chance – so wie mein Hund heute.«

»Und die Männer sind vielleicht besser?«, musste ich misstrauisch fragen.

»Oh nein! Für einen Mann ist der Schwanz die Achse, um die sich ein Leben lang alles bei ihm dreht! Egal, welche Dame uns über den Weg läuft, wir wären auf jede scharf. Eine Tatsache, die wir bereits in jungen Jahren lernen, vor unseren Partnerinnen geheim zu halten und bei Bedarf zu leugnen.«

»Ist das nicht anstrengend?«

»Anstrengend vielleicht schon, vor allem aber ist es die einzige Möglichkeit, regelmäßig in den Genuss gespreizter Schenkel zu kommen. Schon der römische Dichter Ovid wusste vor zweitausend Jahren zu berichten, dem Menschengeschlechte sei Besserung unmöglich, es werde gar stets dem Blute und dem Morde nahe sein.«

Ohne Vorwarnung begann Purius diesen zu zitieren: »*Obruta mole sua cum corpora dira iacerent, perfusam multo natorum sanguine Terram immaduisse ferunt calidumque animasse cruorem et, ne nulla suae stirpis monimenta manerent, in faciem vertisse hominum; sed et illa propago contemptrix superum saevaeque avidissima caedis et violenta fuit: scires e sanguine natos.*«

»Nicht schlecht! Wie wäre es mit einer Übersetzung?«

Darauf hatte der stolze Rezitator nur gewartet: »Als die schrecklichen Leiber am Boden lagen, verschüttet von ihrer eigenen Last, soll Mutter Erde vom vielen Blute ihrer Söhne nass gewesen sein. Sie wiederbelebte das noch warme Blut und verwandelte es in Menschengestalt. Doch auch jene Nachkommenschaft war eine Verächterin der Götter. Voll Begierde nach wildem Mord und gewalttätig: Man hätte wissen müssen, dass sie aus Blut geboren sind – Mademoiselle, stört es Sie, wenn ich ein Glas Wein trinke?«

»Wie? Ganz und gar nicht, solange ich nicht mittrinken muss.«

Purius verließ für einige Minuten den einer Orgie aus Gold, Brokat und Luxus aller Art gleichenden Saal. Nach seiner Rückkehr reichte er mir in einem goldenen Kelch frisch gepressten Granatapfelsaft. Zusammen mit einem Schälchen schwarzer Oliven und einer weißen Damastserviette.

Als er mein misstrauisches Schnuppern am blutroten Getränk wahrnahm, bot er mir sein herrlichstes Lachen dar. Verführerisch sah er jetzt aus! Mit sachten Bewegungen, wie sie ihm eigen waren, begann er die mitgebrachte Flasche zu öffnen und schon bald ein wenig ratlos über den Tisch zu blicken: Wo hatte sich denn nur sein Glas versteckt? Da erschien aber auch schon Adele mit einem solchen: »In diesem Haus wird der Wein aus dem Glas getrunken, das gehört sich so, auch für den Hausherrn.«

Auf dem Flaschenetikett waren ein Wappen in Gold und Pink und der Text *Bordeaux 1998 Für die Freunde des Abbé Purius* in schwarzer Schrift zu erkennen. Aus seiner Innentasche holte der Hausherr mit vielversprechendem Blick eine Metallskulptur in der Größe eines Handschmeichlers hervor: Ein Satyr – halb Mensch, halb Pferd – mit aufgerichtetem Riesenglied und vergoldeter Eichel. Meine Begeisterung hielt sich in Grenzen und so ließ er das edle Stück rasch unter einem mit champagnerfarbener Brokatseide bezogenen Kissen verschwinden.

»Jetzt, wo ich doch noch an ein Glas gekommen bin, hätte ich eine Frage, die mich seit Monaten beschäftigt: Hat der Beruf als Domina irgendwelche Auswirkungen auf Ihre Tätigkeit als Anwältin?«

»Selbstverständlich! Bezüglich meiner beiden Tätigkeiten spiele ich gegenüber den Klienten mit offenen Karten. Und so kann es schon mal vorkommen, dass wir ein Mandat nicht bekommen, weil jemand nicht von einer Domina verteidigt werden möchte. Das ist völlig in Ordnung. Denn eine optimale

Verteidigung setzt ein Mindestmaß an gegenseitigem Vertrauen und auch an Sympathie voraus. Selbst überlege ich mir ja auch, zu welchem Zahnarzt ich gehe oder bei wem ich meine Schuhe und das Brot kaufe.«

»Und was tun Sie, wenn ein Drogenhändler von Ihnen verteidigt werden will? Ihre Abneigung den halluzinogenen Substanzen gegenüber ist mir wahrhaft nicht verborgen geblieben ...«

»Ich verteidige ihn! Da bin ich ganz Profi. Einen Drogenhändler aus dem Knast zu holen, ist fachlich gesehen eine ziemlich anspruchsvolle Aufgabe und es geht um eine Menge Geld. Auch zur Zeit berate ich einen inhaftierten Drogenhändler.«

Purius nahm bereits den zweiten Schluck von seinem Wein und sagte dann: »Die Juristerei mag gewiss eine hohe Disziplin sein, doch jetzt muss ich der Zarenprinzessin etwas zeigen.« Der Hausherr erhob sich und bot mir mit der üblichen angedeuteten Verneigung seinen Arm an. In der Eingangshalle half er mir in den Parker. Selbst schlüpfte er in einen mit Fuchsfell gefütterten Fischgrät-Mantel, allerdings ohne diesen zuzuknöpfen. Es ging hinaus in den Park und ich rätselte, was er mir wohl zu zeigen gedachte.

Auf Höhe des Teichs überkam mich der Wunsch, die Karpfen zu füttern. Sogleich eilte der Hausherr nach Kraftfutter und Getreide. Augenblicke später reichte er mir dieses in der bereits bekannten blauen Schale. Selbst verzichtete er aufs Füttern und fragte stattdessen: »Welcher Paragrafenverstöße macht sich ein Drogenhändler üblicherweise schuldig?«

Wenn Purius eine Frage dieser Art stellte, war ich mir nie ganz sicher, ob sie ihn wirklich interessierte – oder ob ihm lediglich daran gelegen war, mich auf meine fachliche Kompetenz abzuklopfen. Denn dass sich dieser Mann, aus welchen Gründen auch immer, selbst vorzüglich in juristischen Fragen auskannte, dessen war ich mir sicher. Dennoch ließ ich mir nichts anmerken und antwortete innerlich lächelnd: »Drogenhändler kommen generell mit den Paragrafen 29 und 29 a des Betäubungsmittelgesetzes, BtmG, in Konflikt: Handel, nicht geringe Menge, Freiheitsstrafe nicht unter einem Jahr, also ein Verbrechen. Kein Vergehen mehr, sondern ein Verbrechen.«

»Der Unterschied zwischen einem Vergehen und einem Verbrechen liegt worin, wenn ich fragen darf?«

»Vergehen sind jene Taten, die vom Gesetzgeber mit Geldstrafe oder weniger als einem Jahr Freiheitsentzug geahndet werden. Verbrechen jene, die mit mehr als einem Jahr bestraft werden. Alles ab einem Jahr ist ein Verbrechen, und damit kein Spaß mehr.«

»In den genannten Paragrafen steht …«

»… dass wer mit Drogen in nicht geringer Menge böse Sachen anstellt, in den Knast kommt. Dazu gehören: handeln, besitzen, ins Land schaffen und all diese Dinge.«

»Das fällt unters Strafrecht?« Wie bitte?

»Fällt vorrangig unter das BtmG. Mein Mandant beispielsweise hat sich nicht nur als Kurier versucht, sondern auch als Händler. Jeder Junkie im Umkreis von fünfzig Kilometern hatte innerhalb von zwei Wochen seine Handynummer. So dumm darf man einfach nicht sein.«

»Klingt nicht sehr milde!« Ein heftiger Windstoß brachte uns beinahe ins Schwanken.

»Ich habe es Ihnen gesagt: Meine Freundin Livia ist an den Drogen zugrunde gegangen – das werde ich den Dealern niemals verzeihen. Die Drogenhändler wissen sehr genau, was sie tun. Wer das schnelle Geld machen will, muss auch das Risiko dafür tragen. Meine Aufgabe besteht darin, die Leute nach allen Regeln der Kunst so rasch als möglich aus dem Knast zu holen. Fürs Mitleid sind andere zuständig.«

Purius griff eine Hand voll Futter aus meiner Schale und schleuderte es in weitem Bogen in den Teich. »Immer so streng?«

»Ganz und gar nicht! Meist habe ich zu viel Mitleid, lediglich bei den Drogendelikten scheint sich mein Herz zu verhärten.«

»Nervt Sie gelegentlich ein Mandant?«

»Nerven tun nur jene, die einem erzählen wollen, wie man sie zu verteidigen habe, und die nicht begreifen wollen, dass jeder juristische Fehler sie ein Jahr mehr Haft kosten wird.«

»Wenn ein Schmuggler verhaftet ist, wie lange bleibt er dann in Untersuchungshaft? Darf er seine Freunde sehen?«

»Die Untersuchungshaft ist zeitlich erst mal auf sechs Monate begrenzt. Bis dahin müssen die Ermittlungen so weit abgeschlossen sein, dass die Hauptverhandlung eröffnet werden kann. Besuch darf empfangen werden. Allerdings nur eingeschränkt: Familie und Anwälte. Andere Personen können eine Besuchserlaubnis beantragen, wird von Fall zu Fall entschieden. Partner werden zugelassen.«

»Auf sechs Monate ist die Untersuchungshaft also begrenzt?«

Oh, eine Fangfrage! Ich zwinkerte Purius zu und ergänzte: »Ist wie gesagt erst mal auf sechs Monate beschränkt, kann allerdings gegebenenfalls verlängert werden, wenn die Ermittlungen es verlangen.«

»Ich verstehe, ich verstehe, sehr interessant. Und Sie selbst besuchen die Mandanten auch im Gefängnis?«

»Klar, da findet ja unser erstes Kennenlernen statt. Um von Beginn an einen zielführenden Kontakt aufzubauen, verzichte ich generell darauf, mich in die typische Anwältinnen-Uniform zu zwängen.«

»Anwältinnen-Uniform?«

»Na, das Chanel-Jäckchen mit der Perlenkette vom künftigen Exgatten.«

»Stattdessen ...«

»... schlüpfe ich in eine zerschlissene Jeans und einen schlichten Pullover, zeige meine Unterarm-Tätowierung.«

»Welchen Eindruck macht ein Mandant, wenn Sie ihn das erste Mal im Gefängnis besuchen?«

»Immer den gleichen: Die sind alle fertig, vollkommen fertig. Der Knast ist voller Aggressionen und Bösartigkeiten. Einen jeden plagt die Frage, was draußen passiert, was auf ihn zukommt. Die Inhaftierten sind kaum in der Lage, den ihnen völlig fremden und aufgezwungenen Tagesablauf zu ertragen – geschweige denn die Spiele, Gemeinheiten und Brutalitäten ihrer Zellengenossen. Viele bereuen die Vergangenheit, wollen alles ungeschehen machen, und junge Mädels haben oftmals entsetzliche Angst vor der Mutter …«

»Vor der Mutter! … Und wer übernimmt eigentlich die Kosten für die Verteidigung?«

»Generell die Angehörigen, Mami, Papi oder der Staat, der gegebenenfalls die Pflichtverteidiger stellt. Im Drogenmilieu hingegen bezahlen meist irgendwelche Fremde.«

»Fremde?«, blickte Purius mich fragend an.

»Leute, die Angst davor haben, dass Informationen über sie ans Tageslicht kommen könnten. Manchmal sind das superelegante und eloquente Managertypen, andere kommen unauffällig im Opel Corsa angefahren.«

»Aha, und wo lagert der typische Händler seine Drogen?«

»Meist werden kleine oder mittelständische Betriebe aufgekauft – und innerhalb kurzer Zeit zu Lagern umfunktioniert. Über diese Unternehmen läuft dann auch die klassische Geldwäsche oder Geldwäscherei, wie sie in der Schweiz genannt wird, die sogleich wieder einen weiteren Straftatbestand mit all seinen Konsequenzen darstellt.«

»Und was wird Ihrer Ansicht nach aus einem Drogenkurier, nachdem er die Haft verbüßt hat?«

»Ganz ehrlich gesagt: nichts mehr. Die sind in kurzer Zeit schon so abgewichst worden und glauben genau zu wissen, wo das Geld zu holen ist – die wollen es alle noch mal probieren. Egal wie fertig die sind, wenn sie rauskommen, geht alles von vorne los. Nicht zuletzt weil sie häufig selbst zu den Konsumenten zählen, genau wie all ihre Freunde und Mithäftlinge.«

Wieder griff Purius in meine Getreideschale. Doch als er bemerkte, dass diese gleich leer sein würde, ließ er die Körner galant zurück in die Schale gleiten. »Betreuen Sie überwiegend Drogenhändler oder haben Sie auch andere Mandanten?«

Ich musste lachen. »Guter Abbé, nichts Menschliches ist mir fremd. Die Kanzlei ist generell aufs Strafrecht und Patentrecht spezialisiert. Wobei jeder in der Kollegenschaft seine absolute Spezialdisziplin hegt, pflegt und für die wichtigste hält – meine ist das Vertragsrecht, der wissenschaftliche Teil der Vertragsgestaltung. Da bin ich echt spitze, weshalb mich die Kollegen schon mal Laserhirn rufen.

Ich liebe es, konstruktiv zu arbeiten. Mir ist daran gelegen, mit meinen Verträgen eine Art Bauplan zu schaffen, der es zwei oder mehreren Personen oder Firmen ermöglicht, nach klaren Regeln zusammenzuarbeiten. Interessen zu vereinen eben. Stammt das Wort Vertrag aus etymologischer Sicht nicht vielleicht sogar von *vertrag-en* ab?«

»Ziemlich sicher sogar. Gibt es eine Disziplin, die Sie nicht interessiert?«

»Da gibt es gleich mehrere. Nichts am Hut habe ich mit dem im BGB geregelten Familienrecht oder auch dem Öffentlichen Recht, welches sich mit Verwaltungskram, dem Baurecht, dem Straßenverkehr und diesen Dingen beschäftigt.«

»Habe ich das korrekt verstanden: Wenn ich einem Anwalt gegenübersitze, dann sollte ich ihn erst mal nach seinem Spezialgebiet fragen?«

»Na klar, Sie gehen mit einer Lungenentzündung ja auch nicht zum Pathologen! Der Pathologe wird Ihnen zwar einiges zum Thema Lungenentzündung erzählen können, doch wenn er seinen Beruf mit Respekt ausübt, dann wird er Sie vertrauensvoll an seinen auf Bronchopneumonien spezialisierten Kollegen weiterreichen. Bei uns Anwälten ist das nicht anders.«

Ich drückte Purius die leere Schale in die Hand. Doch statt sie zurück in den Schuppen zu bringen, von wo er sie geholt hatte, schleuderte er sie einer Tontaube gleich in den Teich. Ein Verrückter!

»Mademoiselle, der Beruf der Anwältin mag gewiss ein spannender sein. Wobei ich gestehen muss, Ihr anderer Beruf weckt deutlich freudvollere Emotionen in mir ...«

»Jaja, das will ich Ihnen gerne glauben. Die Tätigkeit als Domina ist ein fantastischer Zeitvertreib – vorausgesetzt natürlich, man besitzt eine sadistische Ader. Noch immer belustigt es mich, wenn ich im Fernsehen irgendwelche Wichtigtuer sehe und sie am nächsten Tag bei mir darum betteln, sich vor meinen Augen im Schlamm wälzen zu dürfen.«

Mit einem gehauchten Kuss verabschiedete ich mich von den Fischen. Dann schlenderten wir auch schon gemäßigten Schrittes weiter. Purius wollte mir ja noch was zeigen ...

»Angst vor Indiskretionen haben diese Leute nicht?«

»Doch, doch, der Wunsch nach Unterwerfung siegt allerdings.«

»Nehmen berühmte Menschen auch an S/M-Partys teil?«

»Ja, mit Masken. Wobei ich persönlich den Sadomaso-Partys eher fernbleibe. Verlaufen mir diese doch meist zu angestrengt und unnatürlich. Was sich allerdings nicht vermeiden lässt und in der Natur der Sache liegt. Denn Sadomasochismus hat viel mit Vertrauen zu tun, und dieses ist innerhalb einer Gruppe nur schwer aufzubauen. Abgesehen davon, viele Dominas neigen dazu, bei Veranstaltungen dieser Art lediglich ihr neues Outfit auszuführen, statt mit der Peitsche Schwung in die Fete bringen zu wollen.«

»Erlauben Sie noch eine Frage – werden die Gäste im Laufe einer klassischen Session unter vier Augen sympathischer oder doch eher unsympathischer? Bleibt der erste Eindruck? Und hat die ...«

»Sie werden eher sympathischer!«

»Und hat die Optik des Gastes eine Auswirkung auf die Session?«

»Keine, absolut keine. Entscheidend ist absolute Gepflegtheit, und dass er brav mitspielt.«

»Aber glauben Sie, der Sklave verrät im Vorgespräch oder während der Session tatsächlich seine tiefsten Gelüste?«

»Teils teils! Die erfahrene Domina lernt, zwischen den Zeilen zu lesen und Fragen zu stellen, die klar mit Ja oder Nein zu beantworten sind.«

»Und wie reagieren die Leute, wenn Sie ihnen Tage später in der Disco oder beim Shoppen begegnen?«

»Mir spaziert selten wer über den Weg. Wenn doch, dann läuft das immer sehr freundlich ab. In die Disco gehe ich übrigens nie, das war mir schon immer zu oberflächlich.«

Ein kurzes Nachdenken. Und schon ging es weiter mit den Fragen. Hatte er die vorbereitet, aufgeschrieben, irgendwo?

»Wovon hängt eine gute Session ab? Von der eigenen Stimmung, vom Gast, dem Umfeld?«

»Von alledem! Eine Session muss eine Inszenierung sein, ein Schauspiel für beide Seiten, bei dem alles passt.«

»Lässt sich vielleicht das Gefühl beschreiben, in welchem sich die Domina befinden muss, damit eine Session gelingt?«

»Im Idealfall ist sie ausgeglichen und zufrieden. Aber auch erwartungsfroh und verantwortungsbewusst. Selbst ein Quäntchen Humor schadet nicht. Denn S/M soll nicht eine todernste Angelegenheit sein, sondern ein Spiel, das zwei Menschen in vollen Zügen miteinander genießen.«

Plötzlich ergriff mich Purius allzu heftig am Oberarm. *He he! Was ist los? Das mag ich aber gar nicht!* Schon ließ er mich wieder aus und zeigte auf einen grünlich schimmernden Käfer, den ich beinahe zertreten hätte. Auf meinen Protest war Purius nicht eingegangen, stattdessen setzte er seine Befragung fort: »Was mich auch interessieren würde: Erzählen die Gäste aus ihrem Privatleben? Ist die attraktive Gattin von nebenan eine talentierte Domina oder Liebhaberin?«

»Die Gäste lieben es, aus der Schule zu plaudern, sind alles kleine Plappermäulchen. Die Frau von nebenan dürfte beim Sex ebenso wie bei Sadomaso-Spielen ein wenig einfallslos sein.

Den meisten steht die Scham im Wege, um den Sprung von der willigen zur unvergesslichen Liebhaberin zu schaffen. Man denke nur an die von den Männern geliebten Overknee-Stiefel und Highheels – vier von fünf Gästen berichten, die Partnerin vergesse diese Nacht für Nacht. Die Männer sind allerdings nicht weniger vergesslich: Aus purer Bequemlichkeit verzichten sie darauf, regelmäßig und ausdauernd ihrer Pflicht zur oralen Befriedigung der Frau nachzukommen.«

»Vielleicht sollte die Frau ihren Liebsten öfter zu dieser gottgegebenen Pflicht auffordern«, schmunzelte Purius.

»Ja, das sollte sie, aber manch einem scheuen Täubchen steht eben die Scham im Weg, um ihm zu erklären, wo und wie und vor allem wie lange sie geleckt werden und ob sie dabei einen oder mehrere Finger in einer ihrer Körperöffnungen spüren möchte.« Längst waren wir am Ende des Parks angelangt und standen vor einem verwitterten Häuschen mit gelb-weiß gestreiften Wänden – den Farben des Vatikans.

Als Purius die schweren und knarzenden Flügeltüren öffnete, flatterte eine Fledermaus durchs Gebälk. Angesichts des dekadenten Lebensstils des Hausherrn konnte man nie sicher sein, ob Dinge dieser Art arrangiert oder purer Zufall waren. Sicherheitshalber blickte ich ins Gebälk; und nichts hätte mich weniger verwundert, als dort Adele mit einem Fledermauskäfig unterm Arm zu erblicken.

Der Augenblick war skurril und pittoresk. Vor mir stand die Replik einer Kutsche aus dem 18. Jahrhundert. Die Reisekutsche mit all ihren Verzierungen und Vergoldungen war prachtvoller als jede, die ich je zuvor gesehen hatte – und sie gehörte *ihm*. Wie offensichtlich vieles ihm gehörte.

Der Grandseigneur, mit schüchterner Stimme: »Es finden sich nur mehr wenige Manufakturen auf Erden, die in der Lage sind, Meisterwerke dieser Art zu schaffen.«

Galant öffnete er den Wagenschlag und half mir in die Kutsche mit ihrer blassblauen samtenen Innenausstattung. Die gepolsterten Sitze fühlten sich überraschend weich an, in die Fensterscheiben waren elegante Ranken geschliffen und es duftete nach Holz. Einem kleinen Jungen gleich und mit herzerfrischender Freude erklärte er mir den Mechanismus dreier unterschiedlich großer Geheimfächer, die sich im Boden und unter den Sitzen verbargen.

Im ersten fand sich ein mit rotem Samt ausgeschlagener schwarzer Lederkoffer, der zwei antike Duellpistolen enthielt. Aus dem nächsten Fach zog ich ein ledergebundenes Buch aus dem Jahre 1796, welches äußerst freizügige Sodomieszenen zeigte: Mägde, Nonnen und Mönche, die es auf unaussprechlichste Weise mit Eseln, Schlangen und Fischen trieben. Im dritten Fach befand sich eine wunderschöne uralte Reiseapotheke, die Pülverchen in mit lateinischen Namen verzierten und längst matt gewordenen Miniaturfläschchen enthielt.

»Verehrtes Fräulein, sind Sie mutig?«

»Ich bin mutig!«

»Wollen Sie ein Spiel mit mir wagen?«, fragte der *Godfather der Dekadenz* verschwörerisch. »Ein Spielchen, bei dem es kein Zurück gibt?«

»Ohne zuvor die Spielregeln zu erfahren?«

»Ohne zuvor die Spielregeln zu erfahren!«

»*Avec le plus grand plaisir, Monsieur le Abbé!*«

»*Tout le plaisir est pour moi, ma très chère Mademoiselle!*«, parierte Purius.

Nun griff er in seine Hosentasche und holte ohne jede Theatralik einen Spielwürfel hervor. Dieser war aus purem Gold und auf jeder der sechs Seiten stand ein Wort: Lesen, Kochen, Spazieren, Sport, Sex, Reden.

Genau besah ich mir das kleine Goldstück, wog es in der Hand, blickte Purius in die Augen, er rückte ein wenig zur Seite und ich würfelte auf den samtenen Sitzen. Kochen.

Lachend liefen wir über die Kieswege und das unter unseren Füßen raschelnde bunte Laub zurück in Richtung des Palais.

Wir waren kurz vor dem Karpfenteich angelangt, als Purius, bereits leicht außer Atem geraten, fragte: »Mademoiselle, was essen Sie besonders gerne?«

»Filet, egal wovon, dazu Kartoffeln und Gemüse!«

»Filet! Auch Fischfilet?«

»Ja, Fisch ist lecker. Meine Fischstäbchenburger sind weltberühmt, zumindest bei mir daheim.«

Purius lachte und machte einen nur wenig verführerischen Vorschlag: »Wollen wir angeln?«

»Oh nein, Angeln ist nichts für mich! Das ist ein typischer Männersport!«

Völlig außer Atem kamen wir ins Palais zurück. In der mit allen Raffinessen, viel Weiß und Chromstahl ausgestatteten Küche rief Purius jungenhaft: »Adele, heute kochen wir selbst!«

Ein Hauch gespielten Entsetzens machte sich im Gesicht der älteren Dame breit, und nach der ersten Schocksekunde ließ sie kein gutes Haar mehr am Hausherrn. Dieser wisse doch selbst von seinen linken Händen. Abgesehen davon sei er ein miserabler Gastgeber, kümmere sich viel zu wenig um das Fräulein und überhaupt möchte sie die Küche als ihr Reich betrachtet sehen. Nach all der Kritik, mit der sie den Einsicht heuchelnden Mann überschüttet hatte, zog sie sich mit einer resignierenden Handbewegung und einem Lächeln zurück.

»Kennen Sie sich in einer Küche aus, Fräulein?«, wollte Purius wissen.

»Ja, schon!«

»Na dann, sagen Sie dem Küchenjungen, was er zu tun hat.«

Wir einigten uns auf die klassische Arbeitsteilung, wie sie sich in vielen Haushalten bewährt hat: Der Mann übernimmt die niederen Aufgaben wie Fleischwaschen, Gemüseschälen, Kartoffelschneiden und Hilfsdienste aller Art, während sich die Frau um die für das starke Geschlecht nur schwer zu durchschauenden Königsleistungen wie punktgenaues Anbraten und Würzen kümmert.

Während der Zubereitung der Rindsfilets hörten wir Puccini: Von *Tosca* und *Madame Butterfly* bis zu *Manon Lescaut*, diesem Luder, das beinahe noch ein Kind war. Das volle Programm eben. Der Küchenjunge nippte ohne jede Erlaubnis an seinem nachmittags begonnenen tintenschwarzen Bordeaux und machte Scherze. Die Atmosphäre war heiter und fern jeglichen Alltags.

Purius äußerte Überlegungen, die erst drei Jahre alte Küche gegen eine knallrote zu ersetzen. Erst nachdem ich ihm von meiner eigenen weißen Küche erzählt hatte, nahm er davon spontan wieder Abstand und rief hinaus in den weitläufigen Flur: »Adele, die Küche behalten wir!«

Die Neugier des Hausherrn war geweckt und so musste ich ihm mehr von meinem eigenen Wohnstil verraten: »Bei mir ist alles weiß. Ihr Obergeschoss erinnert mich ein wenig an zu Hause. Ich liebe weiße Wäsche, weiße Bettwäsche, Handtücher, Geschirr, Fliesen, Wände, einfach alles.«

»Alles weiß?«

»Jawoll, fast! Gelegentlich verwende ich die Geschirrserie von Versace zum Thema ›Meer‹. Aber sonst ist alles weiß. Ich liebe übrigens tiefe Teller.«

»Tiefe Teller kann ich nicht ausstehen, und viereckige noch weniger! Achteckige liebe ich hingegen sehr. Neigen Sie dazu, Geschirr zu sammeln?«

»Nein, umso weniger bei mir herumsteht, desto lieber ist es mir. Naja, wenn ich es mir genau überlege, für Geschirr oder Porzellangegenstände aller Art könnte ich vielleicht schon eine gewisse Leidenschaft entwickeln. Ein knallroter Korallenleuchter oder gar ein weißer Totenschädel aus Porzellan, das wäre schon eine feine Sache.«

»Mademoiselle, kaufen Sie, was Sie wollen und schicken Sie mir die Rechnung – und nehmen Sie auch den Bibliothekar mit!«

»Das wäre nicht mein Stil, das wissen Sie ganz genau.«

»Entschuldigen Sie! Ich habe nur gedacht …«

»Die Champignons sind nicht zum Naschen da, die brauchen wir für die Sauce!«

»*Aye aye, Madam!*«, und doch verschwanden zwei weitere Champignons in seinem Mund.

»Haben Sie eigentlich die Hände gewaschen?«

»Nicht wirklich! Hätte ich sollen, Madam?«

»Natürlich hätten Sie sollen, aber jetzt ist es zu spät. Wenn Sie so weitermachen, muss ich Sie heute noch übers Knie legen!«

»Herrlich!«

Während Purius motiviert vor sich hinschnippelte, kümmerte ich mich ums Dressing für den Salat.

»Madam, Sie haben soeben die Hygiene des Küchenjungen bemängelt. Gehören Sie zu jener sich immer mehr verbreitenden Spezies, die sich permanent die Hände wäscht?«

»Um mit Ihren Worten zu antworten: nicht wirklich! Mit Türgriffen oder öffentlichen Toiletten habe ich kein Problem. Was ich allerdings nicht ausstehen kann, sind Unordnung oder Staub. Übrigens macht es mir Spaß, meine Wohnung zu putzen – allerdings brauche ich dazu gute Musik und ich muss alleine und völlig ungestört sein.«

»Besitzen Dominas denn nicht einen Putzsklaven?«

»Doch, doch, gelegentlich lasse ich mir die Wohnung auch putzen. Dabei trägt der Sklave einen Knebel und eine Hose aus schwarzem Latex, was einen besonders knackigen Po macht. Motiviert, angetrieben und belohnt wird er mit Schlägen.«

»Ein zweifelhaftes Vergnügen!«, heuchelte Purius.

»Och, den meisten Männern könnte es nicht schaden, sämtliche Hausarbeiten kennen zu lernen. Abgesehen davon lieben es die meisten, unter strenger weiblicher Aufsicht zu putzen und zu bügeln, die Schuhe der Herrin zu pflegen und ihr das Bett frisch überziehen zu dürfen.«

»Haben Putzsklaven gewisse Vorlieben? Tätigkeiten, um die sie sich geradezu reißen?«

»Jeder Sklave träumt davon, mal seine Herrin massieren oder bei einer ihrer Sessions im Studio assistieren zu dürfen.«

»Wie gibt sich der Sklave zu erkennen, wenn er eine Arbeit erledigt hat?«

»Er klopft an der Tür – und zwar auf Knien. Sobald ich geöffnet habe – was gelegentlich dauern kann –, hat er in Position, nämlich mit den Händen auf dem Rücken und geneigtem Haupt, die Mitteilung zu machen: *Herrin, ich bin fertig!* Was bei einem geknebelten Sklaven ein wenig suspekt klingen mag ...«

»... und deshalb gewiss eine Abreibung nach sich zieht.«

»Ganz richtig! Nach der Abreibung mit dem Rohrstock oder der Peitsche inspiziere ich die von ihm erledigte Arbeit. Für jeden entdeckten oder vermuteten Fehler setzt es weitere Schläge. Danach erteile ich ihm einen neuen Auftrag. Oder lasse ihn, falls ich im Moment keinen solchen für ihn habe, demütigst auf dem ihm zugeteilten Plätzchen, beispielsweise im Flur, warten.«

»Mademoiselle, ist der typische Putzsklave einer, der sich die Hausarbeit mit seiner Gattin teilt, oder einer, der zu Hause keinen Finger rührt?«

»Das sind alles ganz normale Männer – also faule Säcke daheim!«

»Aha! Darf ich fragen, beginnt eine Putzsession ähnlich wie eine normale Session?«

»Beginnt ähnlich. Zuerst schlüpft der Spermasöldner in die von der Herrin gewünschte Kleidung. Danach begrüßt er sie, indem er ihr die Schuhe küsst. Anschließend erhält er etliche Schläge mit der Gerte oder dem Rohrstock und es wird ihm erklärt, welche Arbeit als Erstes auszuführen ist. Dem Sklaven ist es nicht erlaubt, während der Session ohne Erlaubnis zu essen, zu trinken oder zur Toilette zu gehen.«

»Und wenn er es dennoch tut?«

»Er tut es nicht, aus Angst, nach Hause geschickt zu werden! Werden Arbeiten fehlerhaft oder zu langsam ausgeführt, hat er diese zu wiederholen, allerdings unter verschärften Bedingungen. Es werden ihm Brustklammern angelegt oder er hat einen Slip zu tragen, der auf der Innenseite mit kleinen Spikes, wie wir sie von Sportschuhen her kennen, gespickt ist. Einer Domina bereitet es auch keine Mühe, den Sklaven die Badewanne fünfmal hintereinander polieren oder ihn den Boden mit der Zahnbürste schrubben zu lassen. Was auch immer sie ihm befiehlt, er hat es auszuführen.«

»Und was geschieht, wenn er eine Aufgabe falsch ausführt, weil er sie falsch verstanden hat oder mit dem Knebel im Mund nicht in der Lage war, genauer nachzufragen?«

»Das ist nicht das Problem der Domina! Aus welchen Gründen ein Befehl falsch ausgeführt worden ist, interessiert mich nicht. Es gibt keine Ausreden – nur Strafen! Rohrstockhiebe, Peitschenschläge, Ohrfeigen, Fußtritte!«

»Die härteste Strafe?«

»Wenn er am Schluss nicht an sich rumspielen darf, sondern unbefriedigt nach Hause gehen muss.«

Beflissen war Purius zwischenzeitlich daran gegangen, sich für jede einzelne Gemüsesorte ein eigenes Messer zu suchen – mit Schneidwerkzeugen kannte der Mann sich aus.

»Gibt es einen Unterschied zwischen Putzsklaven und Hausdienern?«

»Putzen müssen beide! Der Putzsklave verabschiedet sich nach getaner Arbeit. Wohingegen das Aufgabengebiet des Hausdieners breiter gefächert ist. Während er der Herrin im Bad das Handtuch reicht, die Nägel lackiert oder den Rücken massiert, verwendet ihn der Hausherr eine Stunde später als lebenden Fußschemel, lässt sich von ihm das Auto putzen oder die Skier wachsen.

Beliebt ist der Hausdiener auch, wenn er während des Liebesspiels der Herrschaft wortlos und in tadelloser Haltung Getränke reicht, einen Imbiss bereitet oder jeden anderen nur erdenklichen Wunsch erfüllt. Manch einem glücklichen Diener soll es schon erlaubt gewesen sein, die Frau sauber zu lecken, nachdem der Partner in ihr gekommen ist.«

Purius süffisant: »Und wenn er seinen Leckpflichten nur schlecht nachkommt ...«

»Dann wird er vom Hausdiener zum Strafgefangenen degradiert; was bedeutet, er wird gnadenlos verhört, hart ausgepeitscht und zu zwei Stunden Dunkelhaft im Keller oder im Schrank verdonnert. Wer will, fesselt ihn dabei mit Ketten oder Seilen. Nach den zwei Stunden wird er neuerlich ausgepeitscht, hat zur Freude oder Belustigung der Anwesenden Liegestützen zu machen und anschließend wieder zu lecken. Wer dann noch immer sinnloserweise mit der Zunge irgendwas Unbekanntes zwischen den Schamlippen der Frau sucht und herumschlabbert, statt sich sanft um deren edle Klitoris zu kümmern, wandert eben erneut für zwei Stunden in den Keller.«

»*Charmant! Charmant!* Sind Hausdiener ähnlich gekleidet wie die Putzsklaven?«

»Kommt drauf an. Viele Paare stecken den Diener in ein Zofen- oder Kellnerinnenkostüm aus Stoff oder Latex, mit weißem Schürzchen. Was aber nicht heißen soll, dass man einen besonders gut Gebauten nicht auch mal in engen schwarzen Pants oder einer gut sitzenden Jeans servieren ließe.«

»Das heißt, die meisten Paare wollen eine männliche Zofe?«

»Och, die Menschen lieben auch weibliche Zofen, eine männliche ist lediglich leichter zu finden. Männer schätzen es, für einen Abend oder ein Wochenende zur Frau zu mutieren, sich weiblich bewegen, Make-up und Highheels tragen zu dürfen.«

»Glauben Sie, ein Hausdiener kann sich positiv aufs Leben und Liebesleben eines Ehepaares auswirken?«

»Nein, das glaube ich nicht. Ein gelegentliches Treffen mit einem oder einer Fremden verschafft allen Menschen Freude. Doch sich auf Dauer einen Sklaven zu halten, führt über kurz oder lang zu Druck und Eifersüchteleien. Das ist ja gerade auch der Grund, weshalb ambitionierte Sklaven die S/M-Studios überlaufen – weil keine Herrschaft bereit ist, sie langfristig zu behalten.«

»Aber Sie selbst halten sich doch sehr wohl einen Putzsklaven ...«

»Einen, den ich über zwei Jahre hinweg im Studio testen und dem ich verinnerlichen konnte, worum es mir ging: Er sollte putzen und nichts als putzen. Ist er mit der Arbeit fertig, nehme ich ihm den Knebel ab und er geht nach Hause. Ihm kommt nicht die Aufgabe zu, sich positiv auf mein Leben oder Liebesleben auswirken zu müssen. Ihm macht es Spaß, in einer fremden Wohnung die Türen polieren zu dürfen – und ich finde es nett, wenn ich die Arbeit nicht immer selbst tun muss.«

Zu sehen, mit welch Ruhe und Fingerfertigkeit sich der Küchenjunge während meines Erzählens am Karfiol zu schaffen gemacht hatte, weckte dann doch meine Neugier: »Sie wirken stets entspannt; meditieren Sie gelegentlich?«

»Über viele Jahre hinweg habe ich mich täglich in der Transzendentalen Meditation geübt. Doch die Meditation ist lediglich ein Mosaikstein auf dem Weg zu sich selbst, und wer sich erst mal gefunden hat, benötigt Krücken dieser Art nicht mehr. Haben Sie selbst jemals meditiert, *Madame*?« Vom angelsächsischen Madam war er zur frankophilen Ausdrucksweise zurückgekehrt. Vielleicht lag es am Karfiol, wer weiß?

»Nein, meine Meditation ist der Sport. Wenn ich auf einen Baum klettere, fühle ich mich pudelwohl.«

»Sie tun was?«

»Och, manchmal klettere ich auf einen Baum, um meine Hunde, Paris und Helena, zu ärgern.«

»Sie sind wohl nicht der Typ Frau, der mit Plüschtieren ins Bett geht.«

»Nein, aber mit einer Menge Kissen. Übrigens, Paris würde sich hier wohl fühlen, er liebt Küchengerüche, zerrt mich in jede McDonald's-Filiale. Er ist ein wunderbarer Junge und ich liebe ihn sehr.«

Die Küche besaß, wie schon erwähnt, eine mit weißem Leder gepolsterte Liegefläche für mehrere Personen. Wie überall im Palais war auch hier alles bereit für eine Orgie, die wohl niemals stattfand. Purius holte aus einem Schrank zwei Dutzend arsengrüne, türkisblaue, pudergelbe und violettfarbene lederne Kissen und Nackenrollen. Während er diese zu einer äußerst bequemen Landschaft aufhäufte, machte ich mich daran, die Rindsfilets ebenso wie die gekochten Kartoffeln scharf anzubraten, die leckere Sauce aus Zwiebeln und Champignons abzuschmecken, und die Erbsen, Karotten, den Karfiol und Brokkoli auf *polnische Art*, mit in Butter gerösteten Bröseln, anzurichten.

Wie im alten Rom lagen wir sodann in den Kissen. Puccini flutete noch immer durch den Raum, über die Teller und das Leder. Das Fleisch duftete großartig. Wir tranken frisch gepressten Bananen-Apfel-Kiwi-Saft und genossen das gelungene Werk. Adele hatte es abgelehnt, an unserem Gelage teilzunehmen: »Liegend? Ich habe schon was vor heute!«

Während des Essens fiel der Hausherr aus allen Wolken. »Was? Eine Filmproduktionsfirma haben Sie auch noch?«

»Ja, wir drehen ziemlich erfolgreich S/M-Filme für den internationalen Markt.«

»Erzählen Sie! Erzählen Sie! Ist es leicht, Darstellerinnen zu finden?«

»Oh ja, klar! Die einen sprechen wir an, doch die meisten haben einen Film von uns gesehen und melden sich von selbst. Manch eine aus purer Neugierde oder aufgrund ihres Exhibitionismus. Die meisten jedoch reizt es, Teil der *community* zu werden und dadurch auf die Partys der Reichen und Schönen zu gelangen. Bei uns gedreht zu haben, verleiht den Menschen etwas Verruchtes, ohne gleich als schmuddelig oder pervers zu gelten.«

»Aber das ist doch Pornografie, die Sie da drehen, nicht?«

»Es ist eine Mischung aus Kunst und Pornografie. Der Filmdreh muss Spaß bereiten, großen Spaß, ansonsten ist das Produkt zu vergessen. Bei uns wird jeder Darsteller wie ein Superstar behandelt, das ist unsere Spezialität. Niemand soll seinen Entschluss auch nur eine einzige Sekunde bedauern. Die Stimmung ist professionell, exzellent, und wenn alles fertig gedreht ist, kullern beim Abschiednehmen schon mal die Tränchen.«

»Gibt es mit den Darstellern denn nie Probleme?«

»Kaum, es sei denn, es ist mal wer unzuverlässig oder über die Maßen zickig. Doch das haben wir meist schnell im Griff. Wir arbeiten ausschließlich mit ambitionierten S/M-lern, führen Vorgespräche, passen das Drehbuch generell den Neigungen der Schauspieler an ...«

»Aber es kommt doch auch zu Geschlechtsverkehr?«

»Der Markt erwartet die Beimischung von Sexszenen. Sperma muss vorkommen, leider. Aus diesem Grund lasse ich Geschlechtsverkehr überwiegend mit verliebten Pärchen drehen – dann ist die Sache wenigstens echt. Etliche Firmen haben im Laufe der Jahre versucht, Filme ohne Penetrationsdarstellungen zu produzieren, doch Werke dieser Art lassen sich meist nur in bescheidenen Stückzahlen an den Mann bringen. Der Vertrieb, dem wir das fertige Produkt liefern, erwartet von uns zumindest den einen oder anderen Geschlechtsakt.«

»Was wird in einem solchen Film beispielsweise gezeigt?«

»Naja, alles Mögliche, vom sanften Spanking[12] bis zum Sklaven, der vor einer Damengruppe masturbiert. Bei den Zusehern immer wieder beliebt ist die Szene, in der ein gut gebauter Sklave minutenlang von seiner Herrin mit dem Umschnalldildo[13] gefickt wird.«

Purius schien ein Kartöffelchen im Hals stecken geblieben zu sein. Nach einem großen Schluck vom leckeren Fruchtsaft befand er sich allerdings bereits wieder auf dem Weg der Bes-

---

12 *Verhauen, auspeitschen*

13 *Eine Art Gürtel, der um die Hüften getragen wird und an welchem ein Dildo befestigt ist*

serung. »Sehen Sie sich die Filme auch selbst an, Mademoiselle?«

»Aus beruflichen Gründen, im Büro! Zu Hause verzichte ich bewusst auf einen DVD-Player.«

»Anwältin, Domina, Filmproduzentin! Sehen Sie sich auch als Künstlerin – hat das Filmen mit Kunst zu tun?«

»Klar! Wobei die Kunst da aufhört, wo der Orgasmus anfängt.«

»Das heißt?«

»Bei allem Sinn für die Kunst hat sich die erfolgreiche Produzentin an zwei Regeln zu halten. Regel Nummer eins, der Orgasmus der Frau muss echt sein. Soll heißen, wir verwöhnen und filmen die Frau so lange, bis sie tatsächlich kommt. Ein erfahrenes Filmteam und damit der erfahrene Zuseher – und glauben Sie mir, es gibt eine Menge erfahrener Zuseher – spürt augenblicklich, ob ein Orgasmus echt oder gespielt ist. Regel Nummer zwei, das Kommen des Mannes hat in Großaufnahme zu erfolgen. Der Konsument erwartet dies und wir sind bemüht, seine Wünsche zu erfüllen.«

»*Pretty Hera*, ich stelle fest, Sie bringen mich ins Schwitzen!«

»*Prince Charming*, das dürfte an der Messerspitze Chili liegen, die ich Ihnen aufs Filet gegeben habe.« Vergnügt strich ich über das zarte, silberne Krokodil, das ich an einer feinen Kette um den Hals trug. Seit Jahren mein allerliebstes Schmuckstück.

»*Mais non, Madame*. Die Messerspitze Chili ist an der Hitze hier auf der Lederliege mit Gewissheit am unschuldigsten.«

Nach dem Essen räumten wir das Geschirr weg und ich besah mir die unzähligen neuen und alten Kochbücher, die sich ebenso in einem Regal befanden wie Speisekarten aus allen Teilen der Welt. Danach schmiegten wir uns auf der Liege aneinander und diskutierten bei winzigen Zitronentörtchen und einem doppelten Espresso mit Milch, ob die einstigen und längst verstorbenen Komponistengrößen wie Franz Liszt oder Richard Wagner heute als Rockmusiker oder gar als Hardrockmusiker arbeiten würden. Purius griff nach der Fernsteuerung.

»*Ma très chère Mademoiselle*, jetzt werde ich Ihnen ein Meisterwerk zeigen. Den Live-Mitschnitt jenes Konzerts, welches das Melbourne Symphony Orchestra vor einigen Jahren gemeinsam mit den Hardrockern von KISS gegeben hat. Eines der grandiosesten Konzerte, welches der Planet jemals gesehen hat.«

Auf dem großen, von der Decke hängenden Monitor genossen wir das Konzert vom ersten Takt an in vollen Zügen. Die enorme Lautstärke vertrieb die Hunde, die zuvor mit beachtlichem Erfolg um das eine oder andere Stück Filet gebettelt hatten. Rasch verlor ich in meiner Hülle aus tagelangem Glück und ungewöhnlichen Eindrücken das Zeitgefühl.

Umso überraschter war ich, als gut zwei Stunden später der Nachspann am Bildschirm erschien. »Was, schon fertig?«

»Ja, Mademoiselle. Sie müssen jetzt entscheiden, ob Sie müde sind oder ob Sie mir erlauben wollen, Ihnen noch etwas zu zeigen.«

»Zeigen Sie! Zeigen Sie! Kann ich hier liegen bleiben?«

»*Je regrette, Mademoiselle*, Sie müssten mir in den Keller folgen.«

»Wieder siebzehn Meter in die Tiefe …«

»Nein, in den anderen Keller, in jenen, der hier direkt darunter liegt.«

»Um diese Zeit mit einem reizvollen Mann in den Keller, na, ich weiß nicht.«

»So erlauben Sie mir, Sie auf Ihr Zimmer zu geleiten.«

»Nein, nein, ich will in den Keller, will sehen, was Sie dort versteckt halten. Ein Ungeheuer vielleicht?«

»Oh nein, liebes Fräulein, das einzige Ungeheuer in diesem Hause bin ich«, schmunzelte er und spielte damit auf ein Ereignis an, das unseren E-Mail-Kontakt einst beinahe zum Erliegen gebracht hätte. Wir hatten damals bereits einige Wochen des täglichen und sehnsüchtigen Schreibens hinter uns, als ich ihm eines Tages gestand, nicht nur, wie er bereits wusste, als Domina, sondern auch als Anwältin zu arbeiten. Ohne jegliche Milde schrieb er mir zurück, bei dieser Behauptung müsse es sich wohl um eine Lüge handeln und Lügen könne er nicht ausstehen. Wie eine Bombe schlug diese Nachricht bei mir ein, ich fühlte mich enttäuscht und zutiefst verletzt. Ohne lange nachzudenken, kabelte ich ihm die Nummer meiner Anwaltszulassung und nannte ihn bei dieser Gelegenheit ein »Ungeheuer mit Terrierqualitäten«.

Im Keller, an der Tür des S/M-Paradieses vorbei, öffnete Purius eine Luke in der Wand, die sich zwei Hand breit über dem Boden befand und kaum größer als eine aufgeschlagene Tageszeitung war.

»Ich werde vorangehen!« Mit den Beinen voraus hievte er sich kraftvoll durch die Wandöffnung und ich war bemüht, es ihm nicht weniger gekonnt gleichzutun. Die Erwartung war keine geringe, doch was ich hier zu sehen bekam, überstieg meine Vorstellungskraft denn doch bei weitem.

Wir standen in einem im arabischen Stil angelegten unterirdischen Haremspalast, einem unwirklich erscheinenden Serail. Die Wände, an denen ein plüschiger und schwülstiger Diwan entlanglief, waren mit arabischen Mosaiken und Stuckarabesken verziert. Ein Wandelgang aus reich verzierten Säulen führte uns zu einem plätschernden Marmorbrunnen, in dessen Becken nach orientalischer Tradition ein Smaragd eingelassen war. An einigen der Säulen lehnten Ölgemälde, prallste Männerfantasien widerspiegelnd: Die Inspektion nackter Mädchen auf dem Sklavenmarkt ebenso wie badende und sich liebkosende und Wasserpfeife rauchende blonde Germaninnen und gazellenhafte Nubierinnen. Um den Brunnen herum lagen auf honigfarbenen Marmorböden feinst geknotete Perserteppiche. In die Wand eingelassen war eine *Mihrab*, eine nach Mekka ausgerichtete Gebetsnische. Sanftes lila Licht drang dämmrig und wohltuend aus arabischen Laternen. Grandiose arabische Musik war zu hören. Der Duft von Moschus, durchzogen von Veilchenblüten und gesponnenem Zucker lag in der Luft, wohl nicht ganz zufällig. Edle arabische Gewänder, bunte Berbertrachten, spitze Pantoffeln, weinrote Feze und goldene Dolche lagen auf einem wirren Haufen, ebenso wie Bildbände und Fotografien aus dem Iran, dem Jemen, Eritrea und Ägypten. Unter alledem auch das Buch *Die Stimmen von Marrakesch* von Elias Canetti. *Shishas*, Wasserpfeifen, fanden sich in reicher Zahl und riesige Räuchergefäße hingen von den kunstvoll verzierten Kuppeldecken.

Purius schöpfte mit einer Kupferkelle Wasser aus dem Brunnen, entzündete auf einem runden, reich ziselierten Messingtablett ein kleines Kohlefeuer und begann lautlos, uns nach arabischer Sitte Kaffee zu bereiten. Die Bohnen mahlte er andächtig von Hand, in einer mit Silber beschlagenen Mühle. »Den Kaffee habe ich im Jemen selbst gepflückt.«

»Alles andere hätte mich verwundert«, gab ich in meiner Sprachlosigkeit zurück.

Hinter einem mit Weiß- und Rotgold belegten Paravent befand sich ein antikes Opiumbett. Das Bett mit seinem hölzernen und geschnitzten Baldachin war mit goldenen Kissen, Decken und Tüchern überhäuft. Einstmals hatte es in einer vietnamesischen Opiumhöhle gestanden. In einem jener Lokale, in welchen den Gästen über Jahrzehnte und Jahrhunderte hinweg gegen Bezahlung die gleichnamige Droge gereicht worden war.

Drei arabische Türen, reich mit Schnitzereien und Eisenbeschlägen verziert, führten in winzige Kammern. Deren Wände und Gewölbedecken waren nach alter arabischer Tradition mit dunkelgrünem und rotem Tadelakt, einer Mischung aus Pigmenten und Olivenseife, bemalt. Unter Bergen mit bunter Seide bezogener Kissen verbargen sich antike Doppelbetten. Auf dem Boden standen mit Halbedelsteinen verzierte Schatztruhen, die mit alten arabischen Eisenmünzen angefüllt waren. Auf jeder der Truhen befand sich ein Glas jemenitischen Honigs. Während jeweils an der Stirnseite einer Kammer die blaue Hand Fatimas angebracht war – gedacht als Schutz vor dem bösen Blick.

Die arabische Musik wurde immer wieder von den fesselnden und doch beängstigenden Rufen eines Muezzins unterbrochen.

»Wie, großer geheimnisvoller Mann, ist es möglich, dass in einem unterirdischen Palast solch beachtliche Bananenpalmen gedeihen?«

»Sehen Sie nur genau hin!« – Purius lachte. »Über jeder Palme befindet sich plan in die Saaldecke eingelassen ein Scheinwerfer, der mittels Zeitschalter zwölf Stunden am Tag Tropenlicht simuliert.«

»Und im Schatten der Palmen erholt sich der Mann von Welt und feiert seine Orgien?«

»So ist es! Eine freudvolle Art, um meinen verwerflich hedonistischen Orientalismus auszuleben.«

Ich schwieg dazu, denn immer mehr glaubte ich, seine *relative* Einsamkeit erkennen zu können. Die Überzeugung machte sich in mir breit, dass dieser eloquente Mann nicht lebte. Nicht mehr lebte. Sondern nur mehr Bühnen baute – und auf das niemals stattfindende Eintreffen von Schauspielern wartete.

Der Kaffee war fertig. Rabenschwarz, dickflüssig wie Sirup und viel zu stark für die späte Stunde. Purius war zwischenzeitlich in ein grob gewobenes arabisches Gewand geschlüpft und hatte auch mir eines aus golddurchwirktem Stoff, mit zarten Pelzverbrämungen an Hals und Ärmeln, umgelegt. Adele hatte Recht gehabt: Der Hausherr war nicht von dieser Welt.

Mir waren im Laufe der Jahre berufsbedingt eine Menge reicher Menschen über den Weg gelaufen. Doch keiner von ihnen besaß auch nur annähernd das alchimistische Talent dieses Mannes, um aus farbenfrohen Fantasien und wehenden Träumen handfeste – wenn auch einsame – Wirklichkeiten entstehen zu lassen.

Zu später Stunde begleitete mich der Hausherr vom Palais ins Gästehaus, wobei er auf dem Kiesvorplatz in den nächtlichen Himmel blickte mit den Worten: »Ein jeder Tag ist *irréel*, wertlos, an dem wir nicht die Wolken betrachtet und die Sterne gesehen haben!«

Der achte Tag

Die Straße der Ausschweifungen
führt zum Palast der Weisheit.
William Blake

»Ah, meine Zarenprinzessin!«, rief der Hausherr jungenhaft und legte die Zeitung beiseite. »Hat das gnädige Fräulein gut geschlafen?«

»Ganz vorzüglich hat es geschlafen. Ich habe geträumt, ich sei auf Urlaub, würde im Meer schwimmen und könne unter Wasser atmen.«

»*Oh*, das klingt gut, und wie liebe *ich* das Meer. Viele meiner Reisen führen mich ans Wasser. Ganz abgesehen von den drei Monaten, die ich jedes Jahr auf der Yacht verbringe.«

»Der Hausherr besitzt eine Yacht?«

»Nur eine kleine, bescheidene!«

»Selbstverständlich. Ihr sprichwörtlicher Hang zur Bescheidenheit zeigt sich in diesem Palast an jeder Ecke.«

»Es ist ein herrliches Boot, schneeweiß, mit vergnüglichen Kabinen, einer Gesamtlänge von siebzehn Metern und einer Breite von vier vierzig, mit zwei Motoren, die gesamt 2300 PS liefern. Sind Sie gerne am Wasser?«

»Am Meer zu leben, käme meinem ganz persönlichen Paradies sehr nahe. Übers offene Meer möchte ich mit einer Yacht lieber nicht fahren, aber von Hafen zu Hafen tingeln, das wäre genau mein Ding. Häfen sind voller Leben und gutem Essen!«

»Erzählen Sie mir mehr davon, wie es in Ihrem ganz persönlichen Paradies aussähe.«

»In meinem Paradies gäbe es ein Haus am Strand. Wände kämen so gut wie nicht vor. Auf dem Flachdach befände sich eine bepflanzte Terrasse mit Sicht auf die Wellen. Als Baustoffe dienten ausschließlich Beton, Stahl und dunkles Holz. Die nächste Stadt befände sich in zehn Autominuten Entfernung. Zusammenleben würde ich mit jemandem, den ich sehr liebe, der weise ist und mir erlaubt, gelegentlich einen ganzen Tag zu vertrödeln, Sport zu treiben. Mit den Hunden Unsinn zu machen.

Und falls es eine Haushälterin gäbe, bitte eine mit klugen und warmen Augen. Dann würde ich das Malen wieder aufnehmen. Darauf achten, geistig niemals arm zu werden und mich bemühen, die gleichen klugen und warmen Augen wie diese Frau zu bekommen. Nach einem Streit zöge sich der Mann für zwei Tage zur Haushälterin zurück und ließe sich ihren Kuchen schmecken. Danach nähmen wir uns in die Arme und alles wäre wieder gut in unserem Paradies.«

»Zweit- und Drittwohnsitze kommen im Paradies nicht vor?«

»Naja, gegen eine Wohnung im Pariser Marais oder in Manhattan wäre nichts einzuwenden.«

»Und Ihr Traumauto?«

»Keine Ahnung. Hauptsache, die Hunde passen rein!«

Nachdem Purius den Apfelschalentee eingeschenkt und ich nach den noch warmen, duftenden Apfeltörtchen gegriffen hatte, deutete er auf eine weggelegte Zeitung: »Den Bericht über die Ausbringung genveränderten Saatgutes sollten Sie lesen. Nirgendwo auf der Welt lässt sich eine Versicherungsgesellschaft finden, die bereit wäre, Versuche dieser Art zu versichern. Will uns das nicht zu denken geben?« Ohne eine Antwort abzuwarten, blickte er mir in die Augen: »Gnädige Frau, Sie ahnen nicht, wie gut mir Ihre Anwesenheit tut.«

Adele erschien mit winzigen gegrillten Wildentenwürstchen und Spiegeleiern: »Die hat der Hausherr in seiner Gedankenlosigkeit natürlich in der Küche vergessen!«

»Danke, Adele. Das wäre dann alles für heute«, scherzte Purius, Und Adele lächelte.

Die Würstchen waren mir ein wenig zu scharf, bevorzuge ich doch milde Speisen, und die Eier erschienen mir ungewöhnlich: »Abbé Purius, heute haben wir Wachteleier bekommen.«

»Glauben Sie? Und woran erkennen Sie das?«

»Na, weil die so klein sind.«

»Aber vom Geschmack her ...« Purius hatte einen Bissen genommen.

»Vom Geschmack her sind sie ziemlich identisch mit Hühnereiern. Völlig identisch sogar, nur eben fünfmal teurer.«

»Adele!«, rief der Hausherr mit begeisterter Stimme, »das sind Wachteleier!«

Die Perle erschien mit resignierendem Blick: »Der Hausherr erhält Wachteleier zum Frühstück, dreißig- oder vierzigmal im Jahr. Aber er weiß es ja nicht zu schätzen, was die Haushälterin alles für ihn tut.«

»Adele, ich liebe Sie!«

»Das auch noch!«

Die beiden Mischlinge balgten sich mit den zwei Greyhounds im Park. Purius wandte sich mit schüchtern leiser Stimme an mich: »Ist die Erziehung zum menschlichen Hund bei Ihren Gästen beliebt?«

»Sehr beliebt sogar! Viele Menschen lieben es, auf allen Vieren zu krabbeln und an der Leine geführt zu werden. Das Feine ist, außer eines Halsbandes und einer Leine bedarf es keiner Utensilien und eine Session lässt sich überall durchführen: zu Hause, im Garten, im Wald oder an einem einsamen karibischen Strand.« Ich machte eine kleine Pause und erzählte dann weiter: »Vor einiger Zeit führte ich in der freien Natur einen Gast an der Leine Gassi. Plötzlich erschien meine Dogge und knurrte den Gast an. Als Paris merkte, wie sehr mich sein Knurren belustigte, wollte er gar nicht mehr aufhören damit und ließ den Sklaven auch nicht wieder an den Wassernapf. Der Gast war glücklicherweise selbst Hundebesitzer, und deshalb mächtig tapfer. Ein jeder andere wäre vor Angst gestorben.

Als der Sklave sich wieder auf zwei Beinen bewegte, war auch für Paris die Welt zurück in ihrer Ordnung.«

»Gäste trinken aus dem Napf?«

»Sie essen auch aus dem Napf! Des Weiteren apportieren sie, suchen versteckte Gegenstände, führen Kommandos aus, heben das Bein zum Pinkeln, bellen und bekommen für gut erledigte Aufgaben Leckerchen.«

»Leckerchen?«

»Ja, entweder ein Keks – oder ein Hundekeks!«

»Hundeerziehung ist in einem S/M-Studio nichts Besonderes, richtig?«

»Es ist Standard! Innerhalb des Studios ebenso wie im dazu gehörenden Garten.«

»Was machen Sie mit einem Gast, dessen Wunsch nach Erniedrigung noch stärker ausgeprägt ist?«

»Den lasse ich Speichel auflecken. Aufgaben erfüllen, die nicht zu bewältigen sind. Oder mit dem geknebelten Mund Gegenstände aufsammeln. Es gibt auch einen netten Knebel mit einer Bürste daran, mit dem der Sklave zu putzen hat. Oder ich befehle ihm, im Tutu und mit Perücke vor einer Damengruppe zu tanzen und Tiere zu imitieren. Und wenn all das noch immer nicht genügt, lasse ich ihn vor den Augen etlicher Frauen eine Gummipuppe vögeln.«

Seit ich bei ihm zu Gast war, drehte sich Purius zum ersten Mal um – aus Sorge, die arme Adele müsse mitanhören, womit unsere morgendlichen Wachteleier garniert waren. Obwohl Purius ein überfordertes Gesicht machte, fügte ich hinzu: »Aber das Übelste ist es wohl, auf den körperlichen Defiziten der Gäste herumzureiten: krumme Nase, Wohlstandsbäuchlein, kleiner Penis oder unschöne Hoden.«

Bei aller Überforderung, Purius gab nicht auf, stellte stattdessen zu meiner Überraschung eine weitere Frage: »Erhält der geneigte Sklave nach der Session gelegentlich den Befehl, zu Hause irgendeine Aufgabe auszuführen?«

»Klar! Einem Gast gab ich den Befehl, mir stets mitzuteilen, was es in seiner Kantine zu essen gab – jeden Tag entschied ich spontan am Telefon, wovon und wie viel davon er genießen durfte.«

»Sie glauben, er hat sich daran gehalten?«

»Mit Garantie!«

»Finden sich noch andere freudvolle Befehle?«

»Das devote Objekt hat am Tag nach der Session zu Hause eine Stunde lang nackt in der Ecke zu knien. Darf eine Woche lang nicht masturbieren. Oder nur mit der anderen als üblicherweise verwendeten Hand. Wer auf Verbalerotik steht, lässt den Sklaven oder die Sklavin je ein Dutzend Synonyme für die weiblichen und männlichen Geschlechtsorgane auf ein Blatt Papier schreiben und bei der nächsten Session unaufgefordert vorlegen. Den meisten Menschen sind Aufgaben dieser Art mächtig peinlich, was der Session einen lustvollen Reiz verleihen kann. Herr Abbé, brächten Sie auf die Schnelle zwölf Begriffe zusammen?«

»*Oh*, ich glaube, ich denke eher nicht.«

»Ich glaube schon! Abbé Purius, es soll übrigens dominante Ehefrauen geben, die in ihrer *Messenger Bag* …«

»In ihrer was?«

»In ihrer *Messenger Bag*, einer Handtasche von Yves Saint Laurent aus braunem Leder mit Lederfransen. In der tragen manche Frauen stets ein hauchdünnes Notenbuch bei sich, selbstverständlich ebenfalls in edelstes Leder gebunden, um darin die Verfehlungen des Partners festzuhalten.«

»Und dann?«

»Och, nichts Besonderes, der Gute erhält im Rahmen der nächsten Session von seiner Ehefrau lediglich die angemessene Bestrafung für all seine Verfehlungen. Männer machen sich bekanntlich innerhalb eines einzigen Tages vieler Vergehen schuldig. Zweimal im Jahr bekommt er übrigens ein Zeugnis überreicht …«

»Ein richtiges Zeugnis mit Schulnoten?«

»Na klar! Der Fantasie der Herrin bleibt es überlassen, welche Disziplinen sie prüft und benotet.«

»Beispielsweise?«

»Höflichkeitsreflexe im Umgang mit einer Dame, Belastbarkeit, Wehleidigkeit, Gehorsam, erotische Kreativität, züngelnde Ausdauer, Körperertüchtigung, aber auch Dinge wie Schuhpflege, Putzen, Kochen und Massieren.«

Purius war dazu übergegangen, die scharfen Würstchen mit den Händen zu essen, während ich mir noch ein letztes Apfeltörtchen griff.

»Teuerste Mademoiselle, wird eine Dame, die derart die Träume der Menschen Wirklichkeit werden lässt, nicht mit Heiratsanträgen überschüttet?«

»Das kann schon mal vorkommen. Gleich drei meiner Kolleginnen leben seit Jahren mit ehemaligen Gästen zusammen. Selbst könnte ich es mir allerdings nicht vorstellen, mich in einen Gast zu verlieben. Um mich zu verlieben, braucht es mehr, es braucht vor allem das Gespräch.«

»Welches mit den Gästen kaum stattfindet?«

»Welches mit den Gästen kaum stattfindet! Die Arbeit als Domina ist mein Hobby, meine Leidenschaft. Doch sobald ich im Studio meinen Sadismus ausgelebt habe, steht mir zu Hause der Sinn nach ganz was anderem. Da brauche ich dann Streicheleinheiten, Harmonie, Liebenswürdigkeit und vor allem immer wieder das Gespräch. Der Mann an meiner Seite muss mir jeden Tag etwas erzählen, was ich zuvor noch nicht gewusst habe. Ich will nicht mehr schlafen können, aus lauter Liebe zu ihm.«

»Ihr Wunsch nach Gespräch sei mir Befehl, *aussi vrai que j'existe*! Möchten Sie vorerst dennoch die Güte haben, *mir* etwas zu erzählen, was ich noch nicht weiß. Beispielsweise eine Szene aus einem der letzten Filme, bei dem Sie Regie geführt haben?«

»Gerne! Da gibt es eine Szene, die allen gut gefallen hat: Die Sklavin bemerkt ihren Meister nicht. Er ergreift sie von hinten, wobei sich eine Rangelei ergibt.

Irgendwann wird sie überwältigt, doch sie ist keineswegs in devoter Stimmung. Vielmehr beschimpft und provoziert sie ihn mit Blicken und provokanten Worten.

Er reißt ihr die Kleider vom Leib, fesselt sie und beginnt, sie ausdauernd und gekonnt zu lecken. Noch immer verweigert sie ihrem Besitzer jegliche Willigkeit. Dies weckt seinen Ehrgeiz. Er besteigt die Sklavin und liebt sie mit einer Leidenschaft und Kraft, die sie unter ihm zu Wachs werden und einen wunderbaren Orgasmus erleben lässt.

Bevor es ihm selbst kommt, zieht er sich aus ihr zurück. Er löst ihr die schmerzenden Fesseln, stellt sich mit leicht gespreizten Beinen vor sie und beginnt zu masturbieren. Die Sklavin krault ihm währenddem mit langsamen Bewegungen und beinahe nur mit den Fingerkuppen die prall gefüllten und glatt rasierten Hoden. Seinem Wunsch gemäß hat sie dabei den Mund, in dem er sich kurze Zeit später entladen wird, weit geöffnet und die Zunge weit herausgestreckt zu halten.

Nachdem er laut stöhnend abgespritzt hat, macht die Sklavin mit dem Erschöpften das, was auch die Spinnenweibchen mit den Männchen nach dem Akt tun: Sie fesselt ihn!

Sobald er zu einem feinen, wehrlosen Paket verschnürt ist, penetriert sie ihn minutenlang mit einem geäderten schwarzen Dildo. Und sie lässt das Sperma, das sie entgegen seiner Erwartung nicht geschluckt hat, freudvoll in seinen Mund fließen. *Schön schlucken, du geiler Schwanz, das schmeckt dir doch, oder?*«

Während Adele frischen Apfelschalentee brachte, wandten wir uns bis zum Mittagessen vergnügt den Tageszeitungen zu.

Mittags servierte Adele auf einem silbernen Tablett einen unbeschreiblich duftenden Fasan mit Kartoffelkroketten, mit Spätzle, Speck umwickelte Datteln, Rotkraut mit Apfelstückchen, und Preiselbeeren auf Birnenhälften. Das edle Getier mit seinem dunklen Fleisch war nach der Zubereitung kunstvoll mit seinen eigenen Federn geschmückt worden. Wir tranken frisch gepressten Ananassaft und Wasser.

»Gnädige Frau, Sie waren doch gewiss mal eine Ballerina, nicht?«

»Mit mehr Ambition als Sie ahnen. Gut erkannt! Vom siebenten bis zum sechzehnten Lebensjahr war ich beim Ballett.«

»Und weshalb haben Sie aufgehört, wenn ich fragen darf?«

»Weil ich als Profi nur gerade mal zweitklassig hätte werden können. Zudem war mir aufgrund meiner Wissbegierde früh klar geworden, ich wollte nach dem Abitur an die Universität. So verschoben sich meine Prioritäten.«

Der Hausherr schenkte mir aus der geschliffenen Glaskaraffe Mineralwasser nach und ich musste ihn fragen, was es mit dem kreisrunden und anscheinend defekten Wasserbecken auf sich hatte. Es stand am Ende des kleinen Saals, in dem wir täglich zu frühstücken und auch zu essen pflegten. Das über dem Becken befestigte und mit einem alten Schloss versehene Bronzegitter hatte dabei meine besondere Aufmerksamkeit geweckt.

»Das ist ein Muränenbecken.«

»Ein …?«

»Im Moment ist es leer«, unterbrach er mich. »Wissen Sie, um sich an Muränen wahrhaft erfreuen zu können, müsste man wie im alten Rom eine gewisse Anzahl an Sklaven und vor allem jungfräulichen Sklavinnen besitzen.«

»Wozu?«

»Na, um die nach Blut lechzenden Bestien regelmäßig mit einem Sklaven zu füttern. Die lieben Menschenfleisch.«

Bei aller Galanterie und Feinsinnigkeit war des Hausherrn Persönlichkeit unübersehbar mit einem Schuss Wahnsinn gewürzt. Meinen irritierten Blick beantwortete Purius, indem er aus einer blassblauen Vase eine der zahlreichen orangefarbenen Gerberas zog und sie mir charmantest lächelnd überreichte.

»Mademoiselle, ich besitze Gegenstände, die mir Freude bereiten und dennoch niemals Verwendung finden werden. Ähnlich den Heerscharen an Singles, die hoffnungsfroh und erregt Doppelbetten, *Slips ouverts* und Kondome erwerben, obwohl die Statistik längst weiß, dass diese niemals zum Einsatz kommen werden.«

Purius war ein schöngeistiger Mann. Doch immer mehr kam ich zur Überzeugung, auch er erhoffte sich von mir, was sich Männer immer ersehnen, wenn sie einer Frau gegenüberstehen: Erst wollen sie Sex, schmutzigen Sex, und wenn sie diesen bekommen haben, soll die Frau die Bereitschaft signalisieren, sie bis ans Ende aller Tage verwöhnen, bemuttern, anbeten und lieben zu wollen. Auch die weibliche Bereitschaft, eine geduldige Ansprechpartnerin für alle erdenklichen hypochondrischen Anwandlungen sein zu wollen, kommt immer gut an. Ein bisschen viel für meine zarte Mädchenseele!

Wir kamen auf das 1924 entstandene Spätwerk *Fräulein Else* des österreichischen Dichters und exzellenten Beobachters der Wiener Gesellschaft, Arthur Schnitzler, zu sprechen. Darin unterbreitet ein gut situierter Herr einer Mutter das unmoralische Angebot, sich ihr gegenüber finanziell erkenntlich zu zeigen, falls sich deren Tochter ihm nackt präsentiere. Dem lüsternen Bürger geht es dabei weniger um Körperkontakt, als vielmehr um das voyeuristische Betrachten der jungen Frau.

»Mademoiselle, wenn wir *Fräulein Else* als Grundlage nehmen ...«, Purius machte eine Pause und setzte dann fort: »Was glauben Sie, bei welchem Betrag ginge die moderne Frau mit einem fremden Mann ums Eck und würde ihm zwei Minuten lang all das zeigen, was zu sehen er begehrt?«

»*Hmm*, und die Frau kann sicher sein, dass niemals wer davon erfahren und sie zudem in keinster Weise bedrängt wird?«

»Ohne jegliches Drängen und in absoluter Diskretion.«

»Dann spielen sich Lustbarkeiten dieser Art in der westlichen Welt zwischen einhundert und eintausend Euro ab. In vielen

Regionen der Erde für ein Zehntel davon oder noch weniger. Gut aussehende Frauen sind aufgrund ihres entspannten Verhältnisses zum Körper für Spiele dieser Art besonders leicht zu gewinnen.«

»Vor noch gar nicht so langer Zeit wurde mir im kubanischen Havanna für einen einzigen Dollar Sex angeboten.«

»Selbst für kubanische Verhältnisse dürfte es sich dabei wohl um eine Okkasion gehandelt haben. Konnten Sie widerstehen?«

»Ich konnte widerstehen. Allerdings nicht aus moralischen, sondern aus hygienischen Gründen. Mademoiselle, ich muss gestehen, der Gedanke, einer Dame während des Einkaufsbummels für wenige Augenblicke in die Umkleidekabine zu folgen, beflügelt meine Fantasie aufs Edelste!«

»Nicht nur Ihre! Auch in der weiblichen Fantasiewelt nehmen Spiele mit einem Fremden einen festen Platz ein. Ausnahmslos jede Sklavin gesteht während der Session, sich im Alltag nach fremden Zungen und Liebkosungen zu sehnen.«

»Das heißt, Damen wären bereit, einen Mann wie mich zu bezahlen, wenn ich sie in die Umkleide mitnähme?«

»Oh nein!«, musste ich lachen. »Frauen wissen aus Erfahrung, dass jeder Mann – allen voran die Heuchler – auch für zwei ausgelutschte Kaugummis bereit wäre, sich nackt vor ihnen zu präsentieren.«

»Schade! Aber wenn sich die Damenwelt tief in ihrem Innersten nach fremden Liebkosungen sehnt, weshalb finden diese dann nicht häufiger statt?«

»Frauen fürchten die Geschwätzigkeit der Männer!« Nach einer kurzen Pause ergänzte ich: »Frauen gehen nicht seltener fremd als Männer, doch sie sprechen nicht darüber. Die Frau verspürt nach einem Seitensprung nicht das Verlangen, ihren Freundinnen oder gar dem Partner davon zu berichten. Der Mann hingegen prahlt noch am selben Tag bei seinen Freunden damit und verspürt den unwiderstehlichen Drang, seiner Partnerin ein Geständnis abzulegen.«

»Wenn ich Sie recht verstehe, gibt sich die Dame von nebenan keuscher, als sie denn in Wahrheit ist?«

»Ja, genau, sie will nicht Wind säen und dann Sturm ernten!«

»Was denken Sie als erfahrene Frau über Kommunen, die freie Liebe, '68er? Weshalb funktionierte das nicht?«

»Es funktionierte nicht – ganz richtig! Zum einen teilt der Mensch nicht gerne. Zum anderen sitzt ihm die Angst vor Vergleich im Nacken. Abgesehen davon entzaubert es die Liebe, und deshalb mag auch ich es nicht.«

Adele war erschienen, hatte mir ein weiteres Stück vom leckeren Fasan gereicht mit den Worten: »Ein wildes Mädchen wäre ich in den '68ern gewesen, eine Domina. Aber Hippies sind ja keine vorbeigekommen hier!« Wie immer war der Kurzauftritt der Haushälterin von Lachen begleitet. Sie entschwand – und ich fragte mich, wie zuvor beim Hausherrn, nun sogar bei ihr: Wie viel war hier echte, ungetrübte Fröhlichkeit?

Egal. In jenem Augenblick erinnerte ich mich eines Gastes, der mich einst gebeten hatte, für ihn Hasenzähne, diese Scherzartikel, zu tragen. Sein größter Traum bestand allerdings darin, wir beide sollten Buntbarsche sein und ich müsste ihn Stirn an Stirn aus meinem Revier schieben. Purius fiel fast vom Stuhl vor Lachen, als ich es ihm vormachte.

»Verzeihen Sie, teuerste Mademoiselle, aber ich frage mich gerade, gelüstet es den Gästen nach sexuellen Kontakten mit Tieren?« Purius wischte sich die Tränen ab.

»Nein, zumindest wird dieser konkrete Wunsch nicht geäußert. Gleichzeitig kenne ich die Menschen gut genug, um zu erahnen, wie groß in unserer Gesellschaft der Anteil der versteckten Sodomistinnen sein dürfte, der sich in der Fantasie sehr wohl nach der unersättlichen und rauen Zunge eines geliebten Hundes sehnt. Oder der voyeuristischen Sodomisten, der nur allzu gerne eine Forelle erst in der Vagina der Partnerin und dann auf dem Teller sähe.«

Purius schloss träumerisch die Augen: »*Mmh*, ein Fisch gewürzt *à la fente*!«

»*À la* was?«

»*À la fente* ... gewürzt mit dem Schlitz!«

Purius' Sinne schienen beflügelt. So erzählte ich ihm von einer für den Gast nicht ganz billigen, doch äußerst reizvollen Session, an der neben ihm selbst und mir als Domina auch noch eine bildhübsche professionelle Sklavin und ein sensationell gebauter professioneller Sklave teilnahmen.

»Die Session begann mit der üblichen mehrminütigen Begrüßung, bei der es die Aufgabe des nackten Gastes war, seiner Herrin in der nur mit Kerzen erhellten Kammer demütig die Stiefel zu küssen.

Im Anschluss daran legte ich ihm Handfesseln an, zog ihn mit dem Flaschenzug in die Höhe, bis ihm das Stehen nur mehr auf Zehenspitzen möglich war, und begann den Zögling am gesamten Körper mit einem Nadelroller zu stimulieren.

Später wurde er an den Strafstuhl mit der viel zu kleinen Sitzfläche und der hohen Lehne gefesselt. In dieser Phase der Session war entscheidend, eine jede Bewegung in völliger Ruhe und Langsamkeit auszuführen, stets mit einem Blick in die Augen des zu Quälenden. Es musste ihm Nähe gegeben werden, ohne ihm die Möglichkeit zu bieten, mich zu berühren. Immer und immer wieder fügte ich ihm mit dem Nadelröllchen Schmerzen zu. Jetzt verband ich ihm die Augen und ließ die gefürchtete Bullenpeitsche unmittelbar an seinem Ohr knallen. Eine Maßnahme, die bei jedem Gast zu Gänsehaut und wohl auch einer Menge Adrenalin im Blut führt.

Über den schwarzen Hotpants, lieber Abbé, trug ich einen schwarzen Umschnalldildo, auf welchen er zu Beginn der Session mehrmals lüstern geblickt hatte.

Mit diesem stellte ich mich vor den Gast, einen ziemlich angesehenen Mitbürger, und befahl ihm, den Dildo minutenlang zu blasen – so zu blasen, wie er es von seiner Frau zu Hause gewohnt war. Als zwischendurch sein Eifer nachließ, setzte es schallende Ohrfeigen.

Während der Gast seine Blaskünste perfektionierte, säuselte die Sklavin: *Herrin, gerechte Herrin, bitte stoßt mich mit dem Umschnalldildo!*, was dem lieben Schwanzlutscher eine mächtige Erektion verschaffte. Um ihn zu erfreuen, nahm ich ihm nach einiger Zeit die lederne Augenbinde ab und gab den Blick frei auf die sich erst wie ein jungfräulicher Backfisch und dann wie eine erfahrene Nymphe auf der Streckbank räkelnde Blondine. Sie griff sich in den Slip, leckte an ihren Fingern, streifte das Höschen ab, zupfte an ihrem schmal behaarten Streifchen und zeigte sich ihm nach kurzem Zögern in voller Blöße – und ziemlich nass.

Besonders lieben es die Gäste, wenn die Domina tatsächlich dazu übergeht, die wohlgeformte Sklavin mit dem Freude versprechenden Kunststoffteil zu penetrieren. Diese Szene gilt übrigens als *running gag* und bringt selbst die verwöhntesten Gäste in den angestrebten Ausnahmezustand.

Nun wurden dem Gast die Fesseln gelöst, ich ließ ihn zur Belustigung aller etliche Runden auf dem Boden krabbeln und sich anschließend über den mit schwarzem Leder bespannten Bock beugen. Was jetzt folgte, waren Schläge, viele Schläge. Nach einer kleinen Aufwärmrunde tanzte der Rohrstock unerbittlich auf seinem Hintern – jeden Schlag hatte er laut mitzuzählen. Bei ein bis zwei Schlägen pro Sekunde kein leichtes Unterfangen. Artikulierte er sich aufgrund der Schmerzen undeutlich, wurde der nächste Streich deutlich härter ausgeführt.

Als der Gezüchtigte irgendwann nur mehr winselte, gewährte ich ihm eine kurze Pause, in der es ihm erlaubt war, zur Entspannung auf einem Bein zu stehen und den Anwesenden zu erzählen, welche Art von Dessous die Ehefrau beim Sex trägt. Die Sklavin rief mit erregter Stimme: *Einen harten Schwanz will ich sehen! Was soll denn das sein? Streng dich gefälligst an, du Sklavenschwein!* Als sich eine Erektion nur in bescheidenem

Maße einstellte, schlug sie ihm mit der Reitgerte sanft auf Hoden und Glied. Schon war sie da, die Erektion.

Nachdem wir alles über die kleinen Höschen und wattierten BHs der Gattin erfahren hatten, wurden ihm die Hoden abgebunden, ein kleines Gewicht daran befestigt und er bekam die Anweisung, sich erneut, *und zwar hurtig*, über den Bock zu beugen. Es folgte eine weitere Tracht Prügel mit dem Rohrstock. Diesmal wurde nicht arglos auf den Po geschlagen, sondern immer wieder auf die gleichen Stellen, was für den Zögling besonders schmerzhaft gewesen sein dürfte. Ziel war es, ihm auf jede Pobacke das Muster einer Pyramide zu schlagen. Zugleich nahm ich mir bei diesem Durchgang auch die Oberschenkel und nicht zuletzt jene Stelle am Übergang zwischen Po und Schenkeln vor, die dafür sorgt, dass das Sitzen nach der Session noch tagelang schmerzt.

Versuchte er einem Hieb auszuweichen, wurde der nächste Hieb mit besonderer Härte geführt. Den Abschluss bildete die Züchtigung seiner Fußsohlen – hier wurden seine Schmerzensschreie allzu laut.

In seiner völligen Erschöpfung, allerdings mit einer steinharten Erektion, wurde dem fetischistischen Gast mit Hang zu Gummi erlaubt, das Gewicht abzulegen und in einen schlauchartigen Ganzkörperanzug aus schwarzem Gummi zu schlüpfen. *Schneller oder ich lass dich im Stiegenhaus den Boden sauber lecken!* In diesem Anzug war die Bewegungsfreiheit massiv eingeschränkt und vor allem war die Hitzeentwicklung beachtlich. Gummisachen mögen nicht sonderlich ästhetisch aussehen, doch ihr Tragekomfort ist wahrhaft sensationell.

Am Übergang von der Spanking- zur nun beginnenden Gummisession musste die Musik passen. Kaum hatte sich der Gast, demütig mit gesenktem Haupt auf weitere Befehle wartend, angekleidet, stellte sich die junge Sklavin mit gespreizten Beinen über den zweiten im Raum anwesenden Mann, einen professionellen Sklaven, und pisste diesem auf den Oberkörper.

Ohne jede Erlaubnis hatte der Gast seinen Kopf in Richtung der beiden gerichtet. Dies sollte Konsequenzen haben. Nach etlichen Ohrfeigen wurde dem vor Erregung und Erschöpfung tief atmenden Zögling im Gummianzug befohlen, sich ebenfalls auf den Boden zu legen. Ehe er sich versah, wurde auch er von sämtlichen Anwesenden angepisst. Seinem keuchenden Wunsch, mit offenem Mund als Lebendtoilette dienen zu dürfen, wurde für diesmal jedoch nicht nachgekommen. Stattdessen stellten wir den in seinem Gummianzug Steckenden unter die eiskalte Dusche.

Im Anschluss daran wurde der abgekühlte Delinquent mit langen Seilen zu einem bewegungslosen Paket verschnürt und seinem Exhibitionismus entsprechend im Empfangsraum abgestellt, wo ihn ein jeder neu eintretende Kunde sehen konnte. Eine halbe Stunde ließen wir den Erschöpften dort verharren, während wir anderen gemütlich im Garten eine Tasse Tee tranken und über Phra Nang, den wohl schönsten Strand der Welt, sprachen.

Nach einiger Zeit erinnerte ich mich der vom Gast im Vorgespräch genannten Fantasie, irgendwann einmal hart und rücksichtslos benutzt werden zu wollen. Ein typischer Männerwunsch übrigens. Was ließe sich besser benutzen als eine schöne billige Nutte? Der Gute wurde in Frauenkleider gesteckt, grell geschminkt und für den Rest der Session hatte er wie eine Frau zu sprechen und sich wie eine solche zu bewegen. Wir ließen ihn über den Laufsteg gehen. Für jeden Fehler – Männer neigen dazu, völlig übertrieben mit dem Po zu wackeln, sobald sie Frauenkleider tragen – oder jede Unwilligkeit gab es Schläge mit der Reitgerte.

Nach einiger Zeit trat die Sklavin belustigt mit einem geäderten Gummischwanz vor den Strapse und Minirock tragenden Gast und steckte ihm diesen in den Mund.

In den folgenden zwanzig Minuten hatte er sich in jede nur denkbare Stellung – von Missionar mit angezogenen Beinen bis zur Kerze – zu begeben, wobei ihn die übermütige Sklavin mit dem Kunstglied gnadenlos durchfickte und anfeuerte: *Los, du Miststück, mach die Beine breit!* Während der Gast genommen und benutzt worden war, wie es in seinen kühnsten und geheimsten Träumen nicht hätte schöner sein können, stöhnte er ohne Unterlass und bettelte nach immer noch konsequenterer Pfählung.

Als Gefahr drohte, er würde ohne Erlaubnis abspritzen, zog sie das Teil aus ihm heraus, schlug damit hart auf sein Glied und ließ ihn den Dildo, der von Dominas gerne als *Strafschwanz* bezeichnet wird, sauber lecken. Ordnung muss sein.

Zum Dank küsste er mir, die ich die Szene einer Regisseurin gleich von der bequemen Ledercouch aus beobachtet hatte, die Stiefel. Die Sklavin, ein wenig außer Puste geraten, setzte sich neben mich. Unbeteiligt sahen wir seinem nicht enden wollenden Küssen und Stiefellecken zu, bis wir ihn aufforderten, endlich mit dem Gewinsel aufzuhören und sich stattdessen ordentlich niederzuknien und mit dem Masturbieren zu beginnen. Die Sklavin: *Mach es so, wie du es immer machst, wenn deine Frau nicht zu Hause ist!*

Doch kaum hatte er sich unters Röckchen gegriffen und die Vorhaut das eine oder andere Mal zurückgeschoben, verboten wir ihm sein lüsternes Tun auch schon wieder. Wir befahlen ihm, sich demütig auf Knien robbend und mit gesenktem Haupt zu dem im Raum anwesenden muskulösen Sklaven zu begeben – und diesem, der in den vergangenen Minuten selbst mit langsamen Bewegungen gewichst hatte, einen zu blasen. Eine richtige Nutte kann das doch, oder? Anders als Frauen verabscheuen Männer es, in die Nähe von Bisexualität gerückt zu werden – und doch greift beinahe ein jeder mit grenzenloser Gier nach dem Schwanz seines Artgenossen. Der Gast steckte sich das mächtige, mit einem blassroten Kondom geschützte Glied des Sklaven in den Mund, während er mit der rechten Hand dessen pralle Hoden kraulte und mit der linken sich in den knackigen und angespannten Po krallte. Bevor Sie übrigens die unvermeidliche Frage stellen: *Nein!*

Auch die immer wieder durch die Medien gehende Vermutung, ob denn die Männer vielleicht die besseren Bläser als die Frauen seien (oder wären), lässt sich als Humbug abtun. So wie die meisten beim Lecken einer Frau wie alte Hunde schlabbern, weil ihnen jegliches Einfühlungsvermögen und auch Feingefühl fehlt, so untalentiert blasen die meisten von ihnen auch.«

Wie ging es Purius? Er hatte vergessen, den Fasan in seinem Mund zu kauen. Ich schenkte ihm ein Lächeln und erzählte weiter: »Nachdem der Gast geblasen hatte, wurde er nackt mit weit gespreizten Schenkeln auf den Gynostuhl, wie er bei Frauenärzten zum Einsatz kommt, gefesselt. Ein einziger scharfer Blick genügte und das Teil, um welches sich, wie bei jedem Mann, auch bei ihm ein Leben lang alles drehte, stand erneut – was mir als Domina eine hervorragende Gelegenheit bot, um ihm ruhig und konsequent eine Nadel nach der anderen zu setzen.

Der Deckenspiegel gab ihm dabei freie Sicht auf das, was passierte. Der Gast zitterte vor Erregung und zählte penibel die Nadeln mit, die bereits in seinem gemarterten Körper steckten. Bezüglich Nadeln erweisen sich Frauen ebenso wie Männer als beinahe unersättlich. Nun wurde ihm ein Katheter verpasst – dessen Schlauchende wir zu unserer Belustigung in seinen Mund münden ließen. Während alledem redete ich dem Gast gut zu, im Sinne von: Alles für die Medizin. Abschließende Spermaprobe inklusive.«

Es war still geworden, Purius kaute und schluckte behäbig, bevor er sich zu Wort meldete. »Delikat, ich muss gestehen, nicht alles davon wäre meine Kragenweite, *chacun à son goût*, doch das meiste liegt auf meiner Linie. Aber sagen Sie mir, welch Verhältnis besitzt denn der durchschnittliche Gast zur *normalen* Sexualität? Ist diese überhaupt noch von Interesse für ihn?«

»Würstchen mit Kartoffelsalat sind immer spitze. Dennoch steht einem der Sinn gelegentlich nach bretonischen Langusten und iranischem Beluga. Menschen, die sich für S/M interessieren, sind genussfreudige Schöngeister fern jeglichen pseudomoralischen Gestus oder Durchschnittsfilzes. Sie wissen Würstchen ebenso zu schätzen wie Langusten – aber eben alles zu seiner Zeit. Die liebevolle Sexualität kann mit Sadomasochismus nicht verglichen werden. Das sind zwei großartige und doch verschiedene Welten.«

»Aber verstehe ich die Sache recht, der Mensch ist im Endeffekt zu beinahe jeder *perversité*, bitte entschuldigen Sie das Wort, bereit, wenn ihm nur lange genug zugeredet wird?«

»Ganz richtig! Das einfühlsame und verständnisvolle Zureden ermöglicht es dem Menschen, all seine verdrängten und verleugneten Gelüste ohne Scham auszuleben.«

»Sind diesbezüglich irgendwelche Unterschiede zwischen Frauen und Männern erkennbar?«

»Nein, die Gelüste sind identisch!«

»Und wo liegen die Grenzen?«

»Die Grenze liegt bei Tieren. Ihre Forellen gewürzt *à la fente* wollen wir also besser schnell wieder vergessen.«

Adele war in den kleinen Saal getreten und hatte als Dessert Rhabarberkuchen gereicht. Purius protestierte: »Aber ich mag doch Rhabarber gar nicht!«

»Das weiß ich, aber das Fräulein liebt Rhabarber!« Sie umarmte und küsste mich von der Seite.

Später, bei einem ausgedehnten Spaziergang durch den nahe gelegenen Wald, der von der warmen Herbstsonne durchflutet in jedem nur denkbaren Gelb-, Rot-, Fuchsia-, Braun-, Orange- und Grünton schimmerte, erzählte ich Purius von einer ganz wunderbaren und sanften Session:

»Um den Sehsinn des Gastes zu schärfen, schlenderte ich mit ihm vergnügt zwei Stunden lang durch ein Museum. Sein Hang zu übermäßigen Geschenken war mir bekannt. So erhielt er im

Anschluss an den Museumsbesuch die Aufgabe, für seine Frau und die Kinder Geschenke zu beschaffen, die nicht teurer als zehn Euro waren.

Nun besuchten wir eines jener Restaurants, in denen es weder Fenster noch Licht gibt. In denen alles im Dunkeln stattfindet. Die Kellnerin geleitete uns bei aller Dunkelheit charmant und routiniert an einen der Tische. Wir gaben die Bestellung auf und begannen ein feines Gespräch über zeitgenössische Malerei zu führen.

Zwischendurch erhielt der Mittvierziger sanftfrivole Befehle, die er augenblicklich auszuführen hatte. Die Möglichkeit, in der völligen Dunkelheit auf Kommando seine Hose öffnen und an sich rumspielen zu dürfen, begeisterte ihn sehr.

Nachdem wir lecker gespeist, uns bestens unterhalten und er sämtliche Befehle brav ausgeführt hatte, erlaubte ich ihm, mir auf die Damentoilette zu folgen. Gemeinsam sperrten wir uns in eine der Kabinen ein, wo er sich vollständig zu entkleiden und niederzuknien hatte. Nun warteten wir.

Mein Befehl für den Gast hatte aus zwei kurzen Anweisungen bestanden: Erstens, sobald eine Dame eine der nebenan gelegenen Toiletten betreten würde, sollte er zu masturbieren beginnen. Zweitens, sobald sie diese wieder verlassen hatte, sollte er mit seinem Tun auch schon wieder aufhören. Es lag somit, im wahrsten Sinn des Wortes, in seiner eigenen Hand, ob er an diesem Abend zur angestrebten Entspannung kommen würde oder eben nicht. Zweite Chance würde er keine bekommen.

Es dauerte erwartungsgemäß nicht lange, dann waren zielstrebige und jugendliche Stiletto-Schritte zu hören; gefolgt vom Öffnen und Schließen der neben uns liegenden Kabinentür. Der sich ansonsten durch besondere Kultiviertheit auszeichnende Gast griff nach seinem harten Glied und begann zu wichsen.

Das Täubchen nebenan öffnete den Klodeckel und nestelte zum Vorteil des Sklaven mächtig lange an seinem metallisch klingenden Gürtelchen herum. Gut hörbar wurde der Reißverschluss geöffnet und die Hose über die Schenkel nach unten gezogen. Für den Slip bedurfte es einiger Fantasie – falls sie einen solchen überhaupt trug –, die der Gast gewiss aufzubringen in der Lage war. Sie rückte zwei-, dreimal auf der Kloschale herum und begann danach lautstark und mit einem heftigen Strahl zu pissen.

Das erst intensive und dann immer schwächer und unregelmäßiger werdende Geräusch hatte den Gast zur Höchstleistung angespornt.

Als zu hören war, wie sie nach dem Toilettenpapier griff, begann der Sklave die Augen zu verdrehen und spritzte kurze Zeit später – noch bevor sie die Hose wieder nach oben gezogen hatte – mit drei massiven Ladungen ab.

Ein Fingerzeig genügte und er begann das Sperma vom Boden aufzulecken. Ja, Herr Abbé, das war eine süße Session.«

Wir spielten mit den Hunden. Bewarfen uns gegenseitig mit Laub. Betrachteten wortlos den flaumigblauen Himmel. Atmeten tief den modrigen Duft der feuchten Erde ein. Purius zog einige gebratene Kastanien aus der Manteltasche.

Später ließen wir uns auf einem gefällten Baumstamm, der, wie sich zu Hause zeigte, harziger war, als wir vermutet hatten, die Sonne ins Gesicht scheinen und Purius wandte sich verschwörerisch an mich: »Glauben Sie, Sadomasochismus besitze die Kraft, aus müden Ehemännern wieder Hengste zu machen?«

»Gewiss! Nichts steigert die Gier eines Menschen mehr, als wenn ich ihm verweigere, was er bisher zu nehmen gewohnt war. Die eingeschlafene Sexualität lässt sich auf ein völlig neues Fundament stellen, sobald ich es nicht mehr zum Akt kommen lasse, bevor nicht der andere einen kleinen oder auch mal einen größeren Befehl ausgeführt hat.«

»Beispielsweise?«

»Och, was einem gerade einfällt. Beteiligt sich der Göttergatte zu wenig an der Hausarbeit, so wird er eben vor dem nächsten Geschlechtsverkehr ordentlich zu putzen oder zu kochen haben, während die Frau mit ihren Freundinnen telefoniert.«

»Ungerecht!«

»Nicht ungerecht! Denn beim anderen Mal wird vielleicht die Frau es sein, die einen Befehl ihres Mannes auszuführen hat. Sie wird ihm sein Lieblingsbier nach Hause tragen und ihn während der nächsten Fußballübertragung nackt oder in Strapsen – so wie es der Meister gerade wünscht – wortlos bedienen.«

»*Oh là là*, das wäre nach meinem Geschmack. Aber wirklich wortlos?«

»Wortlos! Einerseits schafft dies eine geheimnisvoll knisternde Atmosphäre, andererseits nehmen wir den Männern damit den für sie meist leidigen Druck zur Konversation.«

»Ich verstehe!«

Durchfroren und glücklich kehrten wir gegen Abend ins Palais zurück, fütterten erst die Hunde und begaben uns dann Adeles Bitte folgend ins Spiegelkabinett. Jenem opulenten Speisezimmer, in welchem wir bereits am ersten Tage, und auch als des Hausherrn Gäste zu Besuch waren, diniert hatten. Kerzen tauchten den Raum in effektvolles Halbdunkel. Und ein Hund nach dem anderen schlief vor dem sich in den Spiegeln reflektierenden und heftig prasselnden Kaminfeuer ein. Wir nahmen uns gegenübersitzend an der langen, mit weißem Damast gedeckten Tafel Platz.

Adele servierte Lachssuppe in silbernen Schalen. *Usbekische* Lachssuppe, wie sie ausdrücklich betonte. Als sie gegangen war, flüsterte der Hausherr: »Sie hat sechzehn Ururgroßeltern.«

Ohne lange nachzudenken entkam mir ein: »*Oh*, das ist aber viel.«

»Herrlich! Die Frau Anwältin ist reingefallen! Mademoiselle, jeder Mensch hat zwei Eltern, vier Großeltern, acht Urgroßeltern, sechzehn Ururgroßeltern und so weiter. Irgendwann zwischen der dreißigsten und fünfunddreißigsten Generation besitzt jeder bereits um die zehn Milliarden Vorfahren – weit mehr Menschen, als heute auf diesem Planeten leben.«

Purius servierte Anekdoten dieser Art wie Zwischengänge des Menüs. Der Verdacht war wohl nicht weit hergeholt, dass er sie vorbereitete wie Adele ihre raffinierten Speisenabfolgen.

Adele kündigte als nächsten Gang einen Kapaun an – einen kastrierten und gemästeten Hahn. Während des Barock war es für jeden Erzbischof oder adeligen Haushalt eine Selbstverständlichkeit, den geschätzten Gästen diese Delikatesse zu kredenzen.

Purius erhob sich, trat vor das Grammophon und richtete den feinst bemalten Schalltrichter in meine Richtung aus: »Wenn wir heute schon einen Kapaun bekommen, wollen wir auch die passende Musik dazu hören. Hier habe ich eine Kastraten-Schellack.« Wie einen Schatz hielt er die riesige Scheibe, eine Art überdimensionaler LP, in beiden Händen.

»Eine was?«

»Eine Kastraten-Schellack! Eine etwa hundertzehn Jahre alte Schallplatte, hergestellt aus einem Ausscheidungsprodukt der indischen Lackschildlaus, Schellack eben. Die passt herrlich zum Kapaun!«

»Passt zum Kapaun, wieso?«

Purius leicht irritiert: »Na, weil die darauf zu hörenden Sänger Kastraten sind – kastrierte Sänger!«

»Wie?«

»Wer einst reich war, servierte seinen Gästen Kapaun, einen kastrierten Hahn. Und wer noch reicher war, hielt sich kastrierte Sänger, deren reine Stimmen jene von Sängerinnen oftmals um Längen übertrafen. Speziell der Vatikan war für seine Kastraten legendär.«

Mit der Handkurbel aus Messing hatte Purius das Grammophon angetrieben. Zuvor die Schellack aufgelegt. Und nun erschallten trotz allen Rauschens engelsgleiche Stimmen. Unwirkliche Stimmen, die sich in weiblichen Höhen bewegten und dennoch reiner als diese waren. »Mademoiselle, Sie müssen wissen, ein Kastrat, der in seiner frühen Jugend kastriert worden war, konnte aus einfachen Verhältnissen stammen und fand dennoch aufgrund seiner Besonderheit Zugang in die feinsten Salons seiner Zeit. Nicht zuletzt auch in die weichen Betten der hochehrwürdigen Kardinäle und in die *Boudoirs* der begehrtesten und schönsten Damen. Denn der Kastrat war zwar seiner Zeugungskraft beraubt, nicht jedoch seiner Manneskraft.«

»Aber mit einem Kastrierten …«

»*Oh*, Mademoiselle, gerade Sie kennen doch die Menschen, wissen, wie sehr sich diese bei Zeiten nach dem Besonderen, Unaussprechlichen und Verruchten sehnen. Und was könnte verruchter sein, als sich mit einem Kastraten zu paaren?« Nach einer kleinen Pause setzte Purius genüsslich fort: »Die Männer mit dem kleinen Makel wurden hofiert und bereits in jungen Jahren mit Gagen verwöhnt, die es ihnen ermöglichten, edle Stadthäuser zu bewohnen und sich selbst Dienerinnen und Lustknaben zu halten.«

Der Kapaun war schmackhaft, auch wenn ich objektiv betrachtet vom Geschmack her keinen Unterschied zu einem Huhn bei Mutti erkennen konnte. Purius führte dies darauf zurück, dass die Saison für gemästete Kapaune noch nicht begonnen hatte und der von uns verspeiste mit seinen knapp sechs Monaten zu jung und zu wenig fett war. Die dazu gereichten Grießknödel, das gedünstete Kraut und die Trüffelsauce schmeckten zum Niederknien.

Während Adele zum abschließenden Germknödel frisch gepressten Erdbeersaft und für den Hausherrn ein gut eingeschenktes Glas Gin brachte, hörten wir uns eine weitere Schellack an. Jene des 1873 geborenen italienischen Tenors Enrico Caruso, der entgegen vieler Behauptungen wohl niemals im brasilianischen Manaus auf der Bühne des Teatro de Amazonas gestanden hat. Eines Mannes ohne Makel übrigens.

Der neunte Tag

Wer über Sex spricht, bleibt jung.
Ruth Westheimer, hr-Fernsehen, 2005

»*Bonjour, jeune fille! Entrez!* Diese Zeitung …«, Purius ließ seine Lektüre verächtlich auf den runden Tisch gleiten, »spricht von Kriegswissenschaften. Ach, wie lächerlich naiv die meisten Wissenschaftler doch sind. Wollen einem weismachen, der Dreißigjährige Krieg sei vorhersagbar gewesen. Oder gar die Schlacht im französischen Verdun, bei der im Ersten Weltkrieg immerhin 300.000 Soldaten den Tod fanden, der Zweite Weltkrieg und Vietnam. Mehr noch, wollen gar berechnen können, welch politische Kataklysmen – Revolutionen, Staatsstreiche – und kriegerische Szenarien uns in nächster Zukunft tangieren werden. Dabei wissen sie nichts, gar nichts – nicht mal, ob die Gattin zu Hause gerade für den besten Freund die feuchten Schenkel breit macht.«

Ich räusperte mich. Etwas früh für solch Emotionen und feuchte Schenkel. Dennoch ließ ich Purius nicht im Stich: »Ihrer Ansicht nach kann nichts vorausgesagt werden?« Ich nahm Platz, griff mir eine Semmel, etwas Butter, *französische* Butter.

»In diesem Universum ist alles vorbestimmt. Doch der Mensch ist zu unbedeutend, als dass er in der Lage wäre, hinter den Vorhang der Vorbestimmung zu blicken. Nichts, gar nichts kann er voraussagen – nicht mal, ob wir beide in elfkommadrei Minuten noch leben werden.«

»Nettes Frühstücksthema haben wir hier.«

»Teuerste Mademoiselle, verzeihen Sie, aber ich muss mich stets ärgern, wenn mir im Alltag oder aus der Zeitung ein Schwall haarscharfer Dummheit entgegenströmt. Man denke nur an all die kafkaesk blassen Leutchen, die in völliger Selbstüberschätzung glauben, die Entwicklung des Dollarkurses oder Goldpreises oder des Kurses einer Aktie für die nächsten drei Monate oder Jahre voraussagen zu können. *Ils sont malades, très malades!*«

»*Mmh*, lecker, Apfelkuchen gibt es, sehe ich erst jetzt!«

»Der Apfelkuchen ist gut, aber Sie sollten unbedingt die Salami kosten – Wildschweinsalami von Freunden aus Italien. Ihre Yacht liegt neben meiner.«

»Samt den Wildschweinen? Abbé Purius, aber Sie selbst haben doch in den vergangenen Tagen mit einer Spekulation auf Rohöl mehr verdient, als der unter der Woche arbeitsame und am Wochenende schwarz schuftende und in gebohnerter Mittelstandsidylle lebende Normalbürger in seinem ganzen Leben in die Hand bekommt ...«

»Dies mag mit Mut und vielleicht auch mit Wahnsinn zu tun haben, aber ganz gewiss nicht mit Wissen. Von einhundert Investments, die ich eingehe, verliere ich in 49 Fällen einen Teil oder das gesamte Kapital. In 51 Fällen gewinne ich Geld. Die zwei Prozent Differenz haben mich reich gemacht.«

Wie bereits vor einer Woche machten sich an diesem Tag wieder eine Menge Gärtner, Handwerker, Lieferanten und Gebäudereiniger im und ums Palais zu schaffen. Im Südsee-Aquarium wurde ein Teil des Wassers abgelassen, um ein defektes Belüftungsteil und vorsorglich auch gleich mehrere bläulich schimmernde Lampen auszutauschen. Ein wohl erst in den Morgenstunden erlegter und mit einem Tannenzweig geschmückter Hirsch war vor der Eingangshalle abgeladen worden. Während Adele gegenüber den Serviceleuten ein strenges Zepter führte, war Purius mit allen Arbeitern sehr freundlich und ich sah, wie er ihnen Geld zusteckte. Den Schüchternen mehr, den Selbstbewussten deutlich weniger. Die Geldscheine zog er zerknüllt aus den Hosentaschen. Auf meine Frage, ob er denn kein Portemonnaie besitze, meinte er augenzwinkernd: »Nur arme Männer verwenden Geldtaschen.«

Nach dem Frühstück – zwischenzeitlich waren die Räume mit riesigen Rosenbouquets geschmückt worden – lasen wir die Zeitungen, ließen das Mittagessen ausfallen und gingen stattdessen bei strahlendem Sonnenschein laufen. Die Hunde waren frohen Mutes und wir nicht weniger.

Viel zu schnellen Schrittes waren wir losgelaufen und hatten uns auf dem elf Kilometer langen Waldweg völlig verausgabt. Nach weniger als eineinhalb Stunden war das Ziel erreicht und wir fielen uns erschöpft, verschwitzt, aber glücklich in die Arme.

Wir lehnten uns an mächtige sonnenbeschienene Buchen – die Lieblingsbäume des Hausherrn – und ließen uns die Sonne ins Gesicht scheinen. Wieder zu Atem gekommen, wollten wir gemächlich spazierend den Heimweg antreten. Doch was Purius bereits vermutet hatte, war eingetreten: Die beiden Mischlinge verweigerten einen jeden weiteren Schritt. Uns blieb nichts anderes übrig, als die beiden Lieblinge elf Kilometer nach Hause zu tragen. Nur um dort mitansehen zu müssen, wie sie fidel und ausgeruht im Park herumzutollen begannen.

Nach dem wohltuenden Ausflug nahm ich mit dem Laufpartner ein Bad in der luxuriösen Therme. All der apricotfarbene Marmor der Wände, der Böden und der aus einem einzigen Steinblock gehauenen, fein gemaserten Wanne! Die goldenen Armaturen in Form von Schwänen. Die Unterwassermusik! All dies ließ mich noch während des Eintauchens ins wohltemperierte Wasser zur Gattin eines Scheichs oder des Paschas von Tanger werden.

Purius begann von seiner Sehnsucht nach dem Meer und seiner weißen Yacht zu sprechen, während ich ihm von meiner Liebe und meinem Sehnen nach den zu Hause auf mich wartenden Hunden erzählte.

Plötzlich stand Adele strengen Blickes und wortlos in der Tür. Die linke Hand in die Taille gestützt. Purius sah ein wenig ertappt zur Seite. Belustigt musste ich fragen, was los sei?

Adele schritt auf uns zu: »Ich habe es gewusst, ich habe es gewusst, er hat sich nicht getraut! Aber ich traue mich: Mademoiselle, seit Sie hier sind, hat sich in diesem Hause alles zum Guten gewandt. Nach Jahren der Traurigkeit ist erstmals ein Leuchten in die Augen dieses Mannes zurückgekehrt. Besucht haben Sie ihn, obwohl Sie annehmen mussten, er sei ein mittelloser Künstler. Sie tun uns, ich wollte sagen, dem Hausherrn, so wohl. Aus diesem Grund wollte Sie der Hausherr heute fragen, ob Sie …«, nun kam auch Adele ins Stocken, »nicht hier bleiben könnten.«

Die Situation rührte und überforderte mich zugleich, und als ich das schüchterne Nicken von Purius wahrnahm, stürzten die Tränen aus mir hervor. Um meine innersten Gefühle zu verbergen – dies war so meine Art –, ließ ich mich unter Wasser gleiten; und als ich wieder auftauchte, war Adele verschwunden. Purius, sich den Zeigefinger vertikal an die Lippen haltend, bat mit leiser Stimme: »Nicht antworten, Mademoiselle, ich weiß, Sie sind ein vorsichtiges Mädchen und brauchen sehr viel mehr Zeit.« Tief sahen wir uns in die Augen, schwiegen lange und nun war ich es, die mit dem Kopf nickte. Wortlos beschlossen wir, das Baden zu beenden und nach dem reparierten Aquarium zu sehen.

Im Großen Salon setzten wir unser begonnenes Gespräch über die Sehnsucht fort. Purius' Erwägungen zufolge war die Sehnsucht der einzige Grund, weshalb Paare zueinander finden konnten. Und der einzige Grund, weshalb sie sich auch wieder trennten.

»Ist das kein Widerspruch?«

»Nicht wirklich! Tief in seinem Inneren sehnt sich der Mensch stets nach mehr. Nach mehr Geborgenheit und Schutz. Nach mehr Unterhaltung, Abwechslung, Geld, Verständnis, Anerkennung, Gemeinsamkeit, Gespräch – und Liebe. Zu Beginn einer Beziehung schlägt uns die Fantasie ein Schnippchen, wir sind überzeugt, der andere erfülle ausnahmslos all diese unsere

Erwartungen. Erst der Alltag beweist uns das Gegenteil. Sind wir erst mal vom Gegenteil überzeugt, beginnt bewusst oder unbewusst die Suche von Neuem – die Suche nach einem *neuen* Partner, nach *mehr* Geborgenheit, Schutz *und* Liebe.«

»Oh, Sie alter Romantiker!«

»Wie ein jeder Mensch wäre auch ich ach so gerne romantisch. In meinem Innersten bin ich es sogar, und wie! Lediglich die Statistik macht mir einen Strich durch die Rechnung. Je nach Studie geben bis zu sechzig Prozent der seit mehr als vier Jahren verheirateten Frauen an, sie würden jederzeit und gerne ihren Ehemann gegen einen neuen austauschen. Ähnlich viele sind beim Sex in Gedanken bei einem Fremden, beim Nachbarn oder beim besten Freund ihres Mannes. Von den über neunzig Prozent der Damen, die angeben, sie gingen fremd, wenn sie sicher sein könnten, der Partner würde niemals davon erfahren, wollen wir erst gar nicht sprechen.«

»Und die Männer? Was ist mit denen?« Noch während ich die Frage stellte, spürte ich, wie wenig mir an einer Antwort gelegen war. Nach acht herrlichen Tagen mit einem wunderbaren Mann fühlte ich immer mehr, wie eng es mir emotional in diesem Palais geworden war. Wie sehr ich nach Luft rang. Nach Freiheit.

»Lassen Sie es mich so sagen, aufgrund von Müdigkeit und Resignation würden nach vier Ehejahren nur gerade mal vierzig Prozent der Männer ihre Partnerinnen austauschen. Mit unseren erotischen Gedanken sind wir allerdings den gesamten Tag über bei fremden Frauen – bei der eigenen wahrhaft nur recht selten.«

»Aber es gibt doch auch glückliche Paare …«

»Wie viele kennen Sie persönlich? Wie viele respektvoll miteinander lebende Liebespaare kennen Sie?«, fragte Purius.

Nach etwas Nachdenken fiel mir ein einziges Pärchen ein, seit vielen Jahren glücklich miteinander verbunden – und schwul. Zum Abendessen teilten wir uns einen Karpfen in Salzkruste und als Hauptspeise servierte Adele leckere Rouladen mit Polenta, gedünstetem Kohlrabi und Lauchgemüse. Nachdem sie von unserem unmäßigen Appetit anscheinend überrascht worden war, garnierte sie den Pfirsich Melba nach dem Originalrezept des großen Auguste Escoffier unstatthaft mit einigen Marzipan- und Krokantpralinen.

Im Laufe des Abends köpfte Purius eine *Lancero*, eine jener kubanischen Zigarren, die bis 1982 ausschließlich Staatspräsidenten vorbehalten waren. Nachdem er sie der Länge nach mit Gin – *französischem* Gin, darauf legte er Wert – befeuchtet und mit einem Gasfeuerzeug angezündet hatte, genoss er sie mit sichtlichem und hedonistischem Genuss. Er war offensichtlich dabei, seine Zigarre mit jener Ambrosia, jener Götterspeise, zu verwechseln, durch welche sich gemäß der griechischen Mythologie Unsterblichkeit erreichen lässt.

»Mademoiselle, haben Sie schon mal daran gedacht, Ihr faszinierendes Leben in Buchform zu bringen?«

»Na klar, wenn ich am Meer bin und mir eine Brise durchs Haar weht, träume ich immer von einem eigenen Buch.« Kurz überlegte ich, dann fügte ich hinzu: »Abbé Purius, mein Laptop weiß übrigens alles über Sie. Ich führe nämlich Nacht für Nacht ein Reisetagebuch.«

»Ich weiß!«

Mich beinahe an einem roten Gummibärchen verschluckend: »Wie können Sie das wissen?«

Purius lächelte versöhnlich: »Es brennt immer lange Licht bei Ihnen, Mademoiselle. Aus meiner bescheidenen Sicht kamen nur drei Gründe dafür in Frage: Bücher, Telefonate oder lange Tagebucheintragungen. Mein Gefühl sagte mir: Tagebuch!«

»Na dann, jetzt hätte ich Sie aber bald eines Verbrechens beschuldigt.«

»Mir lässt sich eine Menge vorwerfen, gnädige Frau, doch niemals Illoyalität gegenüber meinen engsten Freunden oder gar der Liebe.«

Einen jeden Tag wieder irritierten mich in der neben der Eingangshalle gelegenen Gästetoilette die beiden goldenen Hähne über dem ebenso goldenen Waschbecken. Aus dem einen floss Wasser in bekannter Weise. Aus dem anderen Rotwein.

»Nicht zu empfehlen, billiger Fusel für siebzig Euro die Flasche.«

»Angeber!«

»*Vraiment, Mademoiselle, je fais la coquette!* Das tun wir *nouveaux riches* eben. Wir bekommen unsere einstige Armut ein Leben lang nicht mehr aus den Gliedern.«

Nicht weniger irritierten mich die ungeheueren Mengen Weihrauch, Wacholder und Sandelholz, mit denen Adele das Palais regelmäßig auszuräuchern pflegte. Purius, darauf angesprochen, erzählte von seinen monatelangen Aufenthalten bei Schamanen und Magiern in Nepal, der Mongolei und der Andenregion. »Nach jahrtausendealter schamanischer Tradition zu räuchern bedeutet, eimerweise Räucherware zu verwenden. Die Indianer sagen, Rauch reinigt und einigt. Erst reinigt er die Menschen von negativen Erfahrungen und anschließend integriert er sie neu in ihre Umgebung. Allerdings nur, wenn der Mensch mit enormen Mengen Rauches in Verbindung kommt, die seine *doors of perception*, wie Aldous Huxley sie nannte, öffnen. Das im Westen übliche Anzünden von gerade mal sechs oder sieben Körnchen Myrrhe oder Weihrauch aus Angst vor schwarzen Wänden, ist in der Schamanie völlig unbekannt. Der moderne Mensch sorgt sich eher um die Wände, als um das Heil seiner Seele. Statt regelmäßig sein Innerstes zu reinigen, poliert er Mountainbike und Auto, diese trügerischen Verlängerungen seines Selbst.«

»Abbé, wenn Sie bei Magiern und Schamanen waren … sind Sie religiös?«

»Mein liebes Gretchen,« – Purius setzte anscheinend voraus, dass ich meinen *Faust* gelesen hatte – »das Leben in schamanischen Gesellschaften hat mich die engen Grenzen des westlichen Denkens erkennen lassen. Soll heißen, mit einem Beinbruch begäbe ich mich in die Hände der westlichen Chirurgie, doch mit Krebs wäre mir persönlich der Schamane unvergleichlich näher. Religiös im westlichen Sinne bin ich nicht.«

»Es *gibt* keinen Gott! Die Religionen nutzen lediglich die Urangst des Menschen vor dem Tod aus, um ihre eigene Macht zu festigen.«

Nachdenklich schränkte Purius ein: »Für zumindest eine Milliarde Menschen auf Erden ist der Glaube an Gott die einzige Möglichkeit, den aus grenzenlosem Hunger und Elend bestehenden Alltag zu überstehen. Gott ist die Krücke, auf der es ihnen gelingt, sich durchs Leben zu quälen!«

»Gott ist eine ebenso trügerische und nicht existente Illusion wie jeder Politiker oder Geistliche eine ist.«

»Wie meinen?« – Purius zeigte sich irritiert.

»Der Mensch geht nicht in die Politik oder ins Priesterseminar, um seinen Mitmenschen zu dienen. Das Einzige, was ihn in diese unsäglichen Professionen treibt, ist seine Gier nach Ansehen, Macht, Geld und nicht zuletzt nach Absicherung.«

»Sie wollen unterstellen, Politiker und Geistliche engagieren sich aus vergleichbar niederen Beweggründen?«

»Natürlich! Beides sind Berufe, in die stets jene streben, denen daran gelegen ist, sich säuselnd und flötend als Hirten über eine riesige Herde tatsächlich dummer Schafe zu erheben und sie schlussendlich, sich dabei die schmutzigen Fingerchen reibend, auf die Schlachtbank zu führen.«

»Wohltätige Geistliche und Politiker kennt die Welt Ihrer Ansicht nach nicht?«

»Doch, doch! Die wirklich guten bleiben allerdings stets im Mittelbau einer Organisation stecken. Die einen, weil sie das selbst so wollen. Die anderen, weil sie dort künstlich geparkt werden.«

»Politiker und Geistliche! Eine Menagerie, die wir Erdenbürger uns leisten! Haben Sie Lust zu einer kleinen Wanderung?«

»Wann? Jetzt?«

»Wir haben Vollmond!« Purius war in seinem Element, ging kurz hinaus und kam mit zwei Pullovern und zwei unförmig großen Pelzmänteln zurück. »Für die Zarenprinzessin einen mit Kapuze!«

»Glauben Sie, der Mond besitzt irgendwelche Wirkung auf uns Menschen?«

»Wie könnte ich an etwas zweifeln, das für Ebbe und Flut ebenso sorgt wie für den 28-tägigen Zyklus des Weibes.«

Der Spaziergang führte uns zu einem nahe gelegenen Aussichtspunkt mit einer windschiefen, verwitterten Holzbank. Einer mit Herzen und Namen verzierten Bank, auf der sich, mit dem Taschenmesser in der Hand, ganze Generationen ewige Treue (ewige Lüge) geschworen haben.

Wir zogen es vor, den Lauten der Natur zu lauschen. Über die schlafende Landschaft zu blicken. Und das mysteriös bläuliche Licht des Mondes auf uns wirken zu lassen. Ich sehnte mich nach daheim.

Nachdem ein buschiges Eichhörnchen aus unserem Blickfeld verschwunden war, setzten wir das im Palais begonnene Gespräch fort. »Mademoiselle, was die Geistlichen und Politiker betrifft, teile ich Ihre Meinung. Aber sagen Sie mir, in welche Richtung wird sich Ihrer Ansicht nach unsere seit jeher von Ignoranz durchdrungene Weltgemeinde entwickeln?«

»Jene drei Prozent der Bevölkerung, die heute schon reich sind, werden noch reicher werden. Die restlichen 97 Prozent der Armut konsequent näher kommen«, gab ich zur Antwort.

»Ganz Ihrer Meinung! Am härtesten wird es den Mittelstand treffen. Dieser wird sich spätestens nach der uns bevorstehenden Währungsreform auflösen. Die Zahl der Suppenküchen wird steigen. Die Statistik beweist, die Zahl der Armen in Europa hat sich in den vergangenen fünf Jahren verdoppelt. Verdoppelt! Bereits heute befinden sich fünfzig Prozent des mobilen und immobilen weltweiten Kapitals in den Händen der von Ihnen erwähnten drei Prozent der Bevölkerung.« Nach einer kleinen Pause fügte Purius an: »Selbst auf dem vom Hunger gezeichneten afrikanischen Kontinent finden sich Superreiche. Immerhin 100.000 Afrikaner haben mehr als eine Million Dollar auf der hohen Kante. Aber, Mademoiselle, was bedeutet *Ihnen persönlich* Geld?«

»Geld bedeutet Freiheit, absolute Freiheit! Mit ein Grund, weshalb mir meine beiden Berufe auch nach Jahren noch Spaß bereiten. Ich finde es spannend, fürs Ausleben meines Sadismus sogar noch Geld zu bekommen.«

»Wohl nicht wenige Männer würden gerne auf diese Weise ihr Geld verdienen.«

»Klar, dafür gibt es allerdings keinen Markt. Frauen sind nicht gezwungen, für dominante Dienstleistungen zu bezahlen. Jeder Mann kommt dem weiblichen Wunsch nach Erniedrigung oder Züchtigung jederzeit und gerne nach. Umgekehrt fühlt sich aus Schamgründen noch immer nicht jede Frau dazu in der Lage, ihren Partner mit der Reitgerte zu verwöhnen oder ihn zu zwingen, auf einem Bein stehend zu masturbieren.«

»Waren Sie zu Beginn Ihrer Domina-Karriere über die Wünsche des deutschen Mannes verwundert?«

»*Nö*, eher nicht! Ich kam ja nicht ganz unerfahren in die Branche und das tierhaft Niedere in jedem Menschen war mir sehr wohl bekannt. Wirklich desillusionierend waren lediglich die Verhöre, bei denen mir ein Mann nach dem anderen gestand, in seiner Partnerin mehr oder weniger nichts anderes als eine warme Masse mit drei Körperöffnungen zu sehen, die sich dazu eignet, mit ihr vor seinen Freunden anzugeben.«

»Hatte diese Erkenntnis, die, bitte verzeihen Sie, unter Männern hinlänglich bekannt ist, irgendwelche Auswirkungen auf Ihr weiteres Leben?«

»Vorsichtiger bin ich geworden!«

»Haben wir es bei den Damen vielleicht mit den edleren Wesen zu tun?«

»Ach nein! Ähnlich wie der Mann seine Partnerin auf drei Löcher reduziert, reduziert ihn die Frau nach der ersten Verliebtheit oder allerspätestens nach der Trauung auf eine Art langweilige gräuliche Lebensversicherung. Kaum eine Frau bliebe bei ihrem Ehemann, wenn eine deutlich höher dotierte Lebensversicherung am Markt erschiene.«

»Ja, ja, die Damen lügen vor dem Traualtar!«, sagte Purius belustigt.

»Ja, ähnlich den Männern, denen auch keine Lüge zu abwegig erscheint, um zwischen unsere Schenkel zu gelangen. Genau betrachtet, dürfte es sich bei der Verliebtheit generell um eine Selbstlüge mit Aussicht auf ein Tauschgeschäft handeln.«

»Das mag wohl so sein«, lachte Purius, »Aber verraten Sie mir doch, woran erkenne ich als lernwilliger Mann eigentlich die talentierte Domina?«

»Sie ist sadistisch veranlagt, hört aufmerksam zu und vor allem, sie spricht in ganzen Sätzen.«

»Und wie lange geht Ihnen als Domina eine Session in Gedanken nach?«

»Das ist sehr unterschiedlich. Die besonders coolen Sachen vergisst man nie wieder, andere sind schon beim Verlassen des Studios weg.«

»Und was ist das Wichtigste, was Sie aus Ihrer delikaten Tätigkeit gelernt haben?«

»Dass das Leben sprichwörtlich die ungewöhnlichsten Geschichten schreibt und dass es schön ist, Menschen beruflich und privat glücklich machen zu können. Ob mit einem feinen Gespräch, Blumen, einer Reise oder eben mit Schlägen!«

»Würden Sie sagen, das Verhältnis zwischen devoten und dominanten Menschen in unserer Gesellschaft ist ausgewogen?«

»Völlig! Es gibt ebenso viele devote Frauen wie Männer und ebenso viele dominante Frauen wie Männer.«

»Aber zu Hause sollte dann doch wohl besser der Mann die dominante Rolle übernehmen …«

»Oh, das sehe ich ein wenig anders. Beziehungen sind generell nicht der Hort menschlichen Glücks. Doch jene Beziehungen, in denen der Mann auch noch den Haushalt dominiert, sind ausnahmslos die grottenschlechtesten.« Als Purius mich entsetzt anblickte, zwinkerte ich: »Ausnahmen bestätigen die Regel.«

»*Grand merci, Madame!* In jedem Menschen steckt ein Ungeheuer!«

»Ein Ungeheuer mit Terrierqualitäten!«

Den Rückweg legten wir schweigend zurück, tief die feuchte Nachtluft einatmend. Erst auf dem Kiesplatz, zwischen dem Gästehaus und dem Palais, fragte Purius mit leiser Stimme, weshalb ich auf seine E-Mail vor sieben Monaten geantwortet hätte. »Die E-Mail war charmant und schlau, da wurde ich neugierig! Mein erster Eindruck hat mich nicht getäuscht, Sie sind ein außergewöhnlicher Mann!«

»Ein außergewöhnlicher Mann, der einer außergewöhnlichen Frau geschrieben hat!«

»Die anfangs viel zu scheu war, nicht? Schlimm?«

»*Oh*, Mademoiselle, ganz im Gegenteil.«

»Verschlossen, vorsichtig, freiheitsliebend und scheu sind Eigenschaften, die mich ziemlich genau beschreiben. Das meiste mache ich eben mit mir alleine aus. Mir fallen gleich die Augen zu, schlafen Sie gut und träumen Sie was Schönes!«

»Werden Sie hier bleiben?«, fragte Purius allzu flehentlich. Als ich keine Antwort gab, senkte er seinen Blick und flüsterte: »*Bonne nuit, Mademoiselle Amazone!*«

Der zehnte Tag

Das Heitere verwandelt sich im Nu in Trübes,
wenn man nur lange davor stehen bleibt.
Nikolai Gogol, »Die toten Seelen«

Jeden Morgen wieder irritierte mich ein filigranes Schild aus Platin. Es war an den mächtigen königsblauen Flügeltüren angebracht, die ins Palais führten. Dort, wo bei anderen Menschen der Name steht, war bei diesem Gastgeber zu lesen: »*Bin nicht zu Hause – bin verreist!*«

Als ich von der Eingangshalle aus zum Frühstückszimmer gehen wollte, sah ich den Hausherrn gedankenverloren im Großen Salon vor dem farbenfrohen Aquarium sitzen. In der Hand eine Fernsteuerung, mit welcher er eine vergoldete und mit kleinen Rubinen besetzte Karpfen-Attrappe, einem U-Boot gleich, durchs künstliche Riff steuerte. Dieser Mann war einsam.

»Guten Morgen, Abbé!«

»Guten Morgen, gnädige Frau!« Überschwänglich und euphorisch erhob sich der Hausherr. »Endlich sind Sie hier! Seit Stunden warte ich auf Sie.«

»Seit Stunden haben Sie die Meere erforscht?«

Erst gab Purius keine Antwort, doch dann sagte er mit leicht brechender Stimme: »Nicht nur! Ich habe auch Briefe geschrieben.«

»Aha, was für Briefe denn?« Da sah ich sie aber auch schon vor dem Aquarium auf einem mit champagnerfarbenem Brokat bezogenen Fauteuil liegen. Fünf oder sechs Stück, feinstes handgeschöpftes Bütten. »Na, Abbé, Sie sind mir aber ein Schlimmer, schreiben fremden Frauen romantische Gedichte …«

»Romantisches schreibe ich nur Ihnen! Dies hier …«, Purius nahm die Kuverts in die Hand und reichte sie mir, »sehe ich mehr als meine Pflicht an.«

Gerade als ich es ablehnen wollte, fremder Leute Post zu lesen, erschien auch schon Adele: »Ach, immer diese Briefe! Guten Morgen, Fräulein! Ein Weltverbesserer will der Hausherr sein. Lesen Sie, welch Unsinn er da hineinschreibt ...«

Als ich den dicken Briefbogen aus einem der Kuverts zog, fielen Banknoten zu Boden. In reizvoller, altertümlicher Schrift war zu lesen: »Pater Vedastus Andronikus, ehemaliger Bibliothekar zu Rom, übersendet Ihnen jene zweitausend Euro, die Ihnen der Himmel längst schuldet.«

Während wir in den Frühstücksraum schlenderten, erzählte Purius von den Empfängern seiner anonym versandten Glücksbotschaften. Es handelte sich dabei um Menschen, die aus eigenem oder fremdem Verschulden in Not geraten waren und sein Mitleid erweckt hatten. Ich schenkte Purius ein tief empfundenes Lächeln.

Zum Frühstück gab es kalte Hühnerbrust in Aspik mit einer milden Currysauce. Des Weiteren Käse aus dem eigenen Keller, Schinken, Schnittlauchbutter, warme Semmeln, Croissants, Himbeertorte, Kaffee, Tee und Orangensaft.

Als ich Purius bat, den mir ein wenig zu aufdringlich verstärkten Mozart leiser zu stellen, war er auch schon bei einem seiner liebsten Themen: der Oper. »Oh, Mademoiselle, diese *Zauberflöte* habe ich vor Jahren in der Wiener Volksoper gesehen. Sensationell! Herrlicher als eine jede Inszenierung an der Met, herrlicher gar als jene an der Wiener Staatsoper.« Purius biss in eine Semmel, ohne sich an den anderen Köstlichkeiten zu laben, und setzte enthusiastisch, beinahe wie in Trance fort: »Ich gehe nicht mehr allzu oft in die Oper, seit die Regisseure irrtümlich glauben, sie hätten das Stück selbst geschrieben und müssten sich nicht mehr an die altbewährten Textbücher halten.

Dabei stünde dort, nehmen wir nur Verdis *La Traviata*, doch alles fein säuberlich und für jeden Dummkopf verständlich vermerkt. 1. Akt: Saal. 2. Akt: Landgut. 3. Akt: Kostümball.

4. Akt: Schlafzimmer. Was manchen dieser Dummköpfe aber nicht davon abhält, den ersten Akt in der Scheune und den zweiten in einer schwülen Tangoschule handeln zu lassen ...«

»Herr Abbé, wenn Sie immer so streng sind, wird das irgendwann auf Ihr edles Herz schlagen. Und wie sind Sie jetzt eigentlich von der *Zauberflöte* zu *La Traviata* gekommen?«

Purius lachte. »Entschuldigen Sie, Mademoiselle, entschuldigen Sie vielmals. Heute bin ich ein ...«

»... ein unruhiger Geist?«

»Ganz recht! Denn ich hege Bedenken, ob Sie noch lange hier bei Adele und mir verweilen wollen ...« Es lag ein Flehen in seiner Stimme, welches die Kraft besaß, mich augenblicklich das Weite suchen zu lassen.

Nach dem Frühstück spazierten wir wortlos durch den Park. Die Sonne schien, doch ich fühlte mich aufgrund der sich immer deutlicher abzeichnenden Einsamkeit des Hausherrn bedrängt.

Als wir zum Mittagessen ins Palais zurückgekehrt waren, reichte Adele eine köstliche, aus vier Fleischsorten und Kräutern zubereitete Klostersuppe, gefolgt von einer Lammkeule mit Petersilienkartoffeln und Sardellensauce.

Adele schien die Situation instinktiv zu erfassen. Kleinere Portionen als für gewöhnlich gab sie mir auf den Teller. Aufs Dessert wurde erstmals in diesen Tagen verzichtet. Und nach dem Essen trat sie in einem ungestörten Moment an mich heran und flüsterte: »Verstehen kann ich das gnädige Fräulein. Sein eigenes Grab hat sich der Hausherr hier geschaffen. Retten Sie ihn!«

Oh, retten! Jemanden retten! Niemand lässt sich retten! Niemanden kann ich retten!

Nach dem Essen setzte ich mich mit dem Hausherrn in die Bibliothek. Wir starrten in die Zeitungen und ich war mir sicher: Keiner von uns las auch nur eine einzige Zeile. Irgendwann griff Purius nach einer von fünf opulent geschliffenen

Karaffen, die auf einem silbernen Tablett standen. Ohne mich zu fragen, ob ich kosten möchte, schenkte er sich ein Glas ein.

»Na, Abbé, Sie werden einer Dame gegenüber aber schnell ein wenig unhöflich. Wo bleibt denn Ihre galante Art?«

Mit traurigem Blick sagte er: »Oh, Mademoiselle, ich glaube, das wäre nicht nach Ihrem Geschmack.«

»Wirklich? Was ist es denn?«

»Natursekt!«

»Ah, so wie andere Leute ihren Whisky einlagern, horten Sie hier fünf Karaffen mit der Pisse schöner Frauen ...«

»Ja, mit dem Natursekt verhält es sich wie mit gutem Wein. Jeder besitzt seinen eigenen Reiz, jeder seinen *Jahrgang.*« Jetzt kam wieder Leben in den Hausherrn. »Sehen Sie nur hier, dieser ist von Alexa – nicht mehr ganz jung, doch voller Erfahrung. Dieser hier von der Violinistin, jung, unerfahren, spritzig.«

»Mit Geld lässt sich also doch alles beschaffen!«

»Wie gesagt, alles, außer die Liebe.«

»Und wessen Urin darf es heute denn sein?«, fragte ich spöttisch.

»Ich glaube, ich entscheide mich für ein reifes Schlückchen von Alexa.«

»Na dann, Prost, und verschlucken Sie sich nur nicht!«

Die kleine Episode hatte uns zum Lachen gebracht und so war es mir wenig später mühelos möglich, ihm von einer Session zu erzählen, die ich mit einem voyeuristischen Gast erlebt hatte.

»Abbé, hören Sie gut zu, die Sache ist nämlich ein wenig kompliziert.«

»Oh, ich bin ganz Ohr, Mademoiselle, ganz Ohr!«

»Gemeinsam mit dem voyeuristischen Gast dinierte ich in seinem Privathaus, einer luxuriösen Villa vor den Toren der Stadt. Anschließend, dies war so vereinbart, wollten wir in seinen S/M-Keller gehen und uns in aller Ruhe eine kleine Orgie ansehen. Hiezu hatte er zwei attraktive Paare eingeladen.«

»Und worin bestand Ihre werte Aufgabe, wenn ich fragen darf?«

»Meine Aufgabe bestand lediglich darin, neben dem Voyeur zu sitzen und das Tun der beiden Paare zu bewerten.«

Purius nippte am Glas. Anschließend stellte er es auf den runden, teilvergoldeten Tisch und schob es weit von sich.

»Also, Abbé, gut zuhören! Kaum hatte der Gast die knallrote Türe seines in Rot gehaltenen S/M-Kellers geöffnet, schallte uns auch schon ein *Was braucht ein Sklavenschwein?* entgegen.

Mein erster Blick fiel auf eine zart gebaute, schwarzhaarige Frau, die nackt war, allerdings hohe Overknee-Stiefel trug, und ziemlich gekonnt einen am Boden liegenden jungen Mann ritt. Immer wieder spuckte sie ihm in den weit geöffneten Mund und schrie: *Was braucht ein Sklavenschwein?*, worauf dieser demütig keuchte: *Eine Tracht Prügel braucht ein Sklavenschwein, Herrin!*

Wir nahmen auf einer roten, bequemen Ledercouch Platz. Der Voyeur blickte sogleich wie gebannt in Richtung der Streckbank, auf der eine blasse Blondine lag, die anscheinend in der Lage war, seine Sinne zu benebeln. Nackt, feingliedrig, extrem langbeinig, stark hervortretende Beckenknochen, auffallend buschige Schambehaarung und ein kleiner, doch selbst im Liegen äußerst wohlgeformter Busen. Im Mund eine brennende Kerze in der Größe einer australischen Buschbanane.

Meine eigene Aufmerksamkeit erregte allerdings mehr jener muskulöse Delinquent, der als Vierter im Bunde straff an eine Fesselsäule geschnürt war. Sein Oberkörper und die kräftigen Schenkel zeigten bereits heftige Striemen. Der Penis war mit grauem Klebeband umwickelt. Die Hoden mit einem Kondom abgebunden. In den Nasenlöchern steckten Tampons, die offensichtlich zuvor befeuchtet worden waren.

Der Reiterin schien es ebenso wie ihrem Galan zwischenzeitlich gekommen zu sein. Mit hochrotem Dekolletee, zerzauster Mähne und einem vollgespritzten Kondom in der Linken trat sie auf uns zu und begrüßte erst mich und dann den Voyeur mit überraschend schüchternem Handschlag. Abbé, können Sie folgen?

Nach der Begrüßung ging sie zu dem an die Säule Gefesselten, kraulte ihm zärtlich die gemarterten Hoden, leckte ihm die Wangen und ließ das Sperma aus ihrem Kondom in seinen Mund fließen. Nachdem er den Saft des Kollegen brav geschluckt hatte, biss sie ihm sanft in die Lippen, band ihn los, löste das Klebeband vom Penis – was seinem Gesichtsausdruck nach zu schließen ein wenig geschmerzt haben dürfte – und gebot ihm niederzuknien.

Sie wandte sich der schönen Blondine zu, nahm ihr die brennende Kerze aus dem Mund und ließ das heiße Wachs aus geringer Entfernung aufs flache Bäuchlein tropfen. Anschließend steckte sie ihr die Kerze in die Vagina und fuhr ihr mit der linken Hand zärtlich durch den Busch. Als die Flamme zu zittern begann, rammte sie ihr drei Finger der rechten Hand hart und tief in die Kehle. Die Liegende leckte und sog willig daran – zumindest so lange, bis es ihr mehrmals hintereinander aufstieß und sich Brechreiz einzustellen begann. Dann wurden auch ihr die Fesseln gelöst und es war ihr erlaubt, sich demütig und mit gesenktem Haupt neben die beiden *nichtsnutzigen Schlappschwänze*, wie sie von ihrer Peinigerin bezeichnet wurden, zu knien.

Erst stolzierte die am Dekolletee noch immer gerötete Reiterin vor den dreien auf und ab, triezte deren lüsterne Schambereiche mit ihren spitzen Stiefeln und teilte Liebkosungen ebenso aus wie Vulgaritäten. *Du geile Muschi, dir werden heute noch die dreckigen Löcher gestopft!* Abbé, sind Sie noch bei mir, ja?

Gut. Die Reiterin legte sich dann unvermutet mit dem Rücken auf den etwas kühlen, roten Lackboden, zog gelenkig die Knie bis zu den Schultern und forderte nacheinander erst die Blondine und dann die beiden Herren auf, ihr den süßen Po sauber zu lecken. Einer nach dem anderen kam angekrabbelt, leckte ihr schmatzend den Anus und steckte tief die Zunge in sie hinein.

Anschließend befahl sie dem Spermaschlucker, in dieser Position anal in sie einzudringen. Wobei ihm die Blondine sanft die Hoden kraulen sollte. Er ließ sich nicht lange bitten, drang mit überraschend harten Stößen in sie ein und ehe sie sich versah, hatte der *nichtsnutze Schlappschwanz* auch schon lautlos in ihr abgespritzt. Missmutig stand sie auf, griff nach der Peitsche und schlug gnadenlos auf den Schnellspritzer ein. *Wer hat dir erlaubt, deinen Sack in mir zu entleeren?*

Die Manneskraft des anderen Sklaven war aufgrund der netten Atmosphäre längst wieder im Anschwellen befindlich. So befahl sie diesem, augenblicklich die demütig zu Boden blickende Blondine *doggy style* zu penetrieren.

Gehorsam krabbelte der Sklave hinter die Blondine, die sich sogleich auf alle Viere begab, und drang zuversichtlich in sie ein. Es bedurfte dann allerdings hunderter Stöße und einer Menge *Ich fick dich, du kleine Schlampe!* (obwohl das Mädchen einen halben Kopf größer war als er), bis er endlich schwitzend und mit glühendem Kopf ein zweites Mal abgespritzt hatte.

Anschließend steckte die Reiterin dem voll gespritzten Mädchen, das sichtlich unbefriedigt war, einen Holzstab in den Po. Eine schwedische Fahne aus Papier war an dem aus dem Körper ragenden Teil des Stabes befestigt.

Mit dieser Fahne in der Rosette hatte die langbeinige Schönheit, deren Schamlippen sich immer stärker durchbluteten, durch den Raum zu krabbeln. Sie hatte mit dem Fähnlein demütig vor uns zu wedeln und auch die erschlafften Glieder der Sklaven zu kühlen. Was übrigens alle im Raum aufs Vergnüglichste erheiterte.

Als zu vernehmen war, die Blondine bekäme aufgrund ihrer angeblichen Dauergeilheit als nächstes eine Analdehnung und einen Einlauf verpasst, fragte der Voyeur, noch immer lächelnd:

›Wollen wir uns nicht lieber lukullischeren Freuden, dem Dessert beispielsweise, zuwenden?‹

So verließen wir den Keller und gaben uns im Wohnzimmer der Nachspeise hin, lauwarmem bretonischem Hummer auf Radicchio! Das war's, Abbé!«

»Was, schon fertig?«, zeigte Purius sich entsetzt. »Mademoiselle, erzählen Sie mir mehr, erzählen Sie mir mehr!«

»*Hohh hoh, Brauner!* Dann müssen aber auch Sie mir ein paar Geheimnisse verraten.«

»Gerne! Aber was könnte ich Ihnen erzählen ...?«

»Ach, da gibt es einiges. Beschreiben Sie mir doch, was Ihre geliebte Alexa besonders gut kann.«

»Meine geliebte ...?« Purius war verlegen geworden, flüsterte allerdings nach einer Schrecksekunde: »Sie hat da so eine Spezialität ...«

»Nämlich?«

»Sie greift sich den Penis des Mannes, zerrt ihn daran sanft bis ins Badezimmer, genauer gesagt: bis vors Waschbecken.«

»Und dann?«

»Dann seift sie dem Mann mit langsamen, doch konsequenten Bewegungen minutenlang das Glied ein. Sehr wohltuend, muss ich sagen.«

»Und im Endeffekt auch sehr entspannend.«

»Nein! *Das* mag sie nicht ...«

Nun war mit dem Erzählen wohl ich wieder dran. Egal. In diesen Minuten hatte ich begriffen, dass ich bald verschwinden würde. Ich fütterte Purius noch mit einigen Leckerbissen aus meiner Sammlung; er hatte es verdient. Er hatte es sich verdient.

»Na denn, bei einem unserer Filme streift eine Frau furchtsam durch den nur mit Kerzen erhellten Raum. Ängstlich und doch auch fasziniert besieht sie sich all die im Zimmer verteilten Utensilien. Vibratoren, geäderte Dildos, Doppeldildos, aufblasbare Dildos, Umschnalldildos, Liebeskugeln in verführerischen Größen, Mundknebel in Ball- und auch in Penisform, seidene Handschuhe, Handschellen, Keuschheitsgürtel, Penisringe, Nippelklammern, Muschiklammern, Maulsperren, Hand- und Fußfesseln, Gewichte, Seile, Peitschen, Rohrstöcke, Halsbänder, Hundeleinen und wehende Schals. Manche der Dinge berührt sie mit den Fingerkuppen, andere nimmt sie in die Hand oder lässt sie durch die Finger gleiten. An einem der Penisringe riecht und schnuppert sie. Von all den delikaten Freudenspendern fühlt sie sich ebenso angezogen wie abgestoßen.

Zwei Männer betreten die Szene, gehen auf die Frau zu, greifen ihr sanft in die Bluse und unter den Rock. Sie wird entkleidet, sachte und fordernd zugleich, minutenlang erst geküsst und dann mit Händen und Zungen liebkost und geleckt. Was die beiden mit ihr tun, gefällt ihr, sie lässt sich fallen.

Nun verbinden sie der Schönen die Augen, waschen ihren überhitzten Körper sanft mit nassen Schwämmen und rasieren ihr die Muschi. Das eine oder andere abrasierte Härchen stecken sie ihr dabei in den hübschen Mund. Artig schluckt sie ein jedes davon.

Ist sie ihrer Schambehaarung entledigt, wird erst ihr Schlitz begutachtet und anschließend der lüsterne Körper mit duftenden Essenzen eingeölt. Während vier Hände gefühlvoll über ihre Rundungen gleiten, bieten ihr die Hengste immer mal wieder ein paar Körperteile zum Schlecken und Blasen dar.

Sie beginnen, der Frischrasierten konkrete Anweisungen und Befehle zu geben. *Auf die Knie! Streck die Zunge raus, du läufiges Luder! Mehr! So, jetzt wieder aufstehen! Hände weit in die Höhe! Los, mach einen Hofknicks!* Entspricht sie willig den Befehlen, wird sie zur Belohnung gefickt. Entspricht sie ihnen nicht oder nur zögerlich, setzt es Schläge mit der bloßen Hand.

Die Frau verliert ihre Zurückhaltung, wird wilder, beginnt zu kratzen und zu beißen. Dies Aufbegehren kann nicht im Sinne der Kerle sein, weshalb sie dazu übergehen, die Frau mit langen Seilen zu fixieren. Allerdings erst, nachdem sie ihr ruppig ein Halsband angelegt und den eigenen Slip in den Mund gestopft haben. Nun wird sie, deren Bewegungsfreiheit beachtlich eingeschränkt ist, von den beiden abwechselnd kurz und hart penetriert. Derart kurz und hart, dass es ihr unmöglich ist, auch nur in die Nähe eines Orgasmus zu kommen.

Ihr bleibt keine andere Wahl, als die Taktik zu ändern: Sie versucht sich als folgsame Sklavin. Dies zeitigt Erfolg, die Hengste verändern bereits nach kurzer Zeit ihr Verhalten, werden ausdauernder und vor allem gefühlvoller. In den Fickpausen nehmen sie ihr gar den Slip aus dem Mund und geben ihr zu trinken. Dabei wird sie allerdings von einem der beiden heftigst vaginal und anal gefingert, weshalb sie einen Großteil der leckeren Milch verschüttet. Es werden ihr die Fesseln gelöst – einzig um ihr die Möglichkeit zu bieten, den Schaden wieder gut zu machen und alles vom Boden aufzulecken. Fein säuberlich, wie es sich für eine gehorsame Stute gehört, aufzulecken.

Hat sie ausreichend gelitten, Demut und Gehorsam bewiesen, wird ihr erlaubt, zum ersehnten Orgasmus zu kommen. Abschließend spritzen ihr die Kerle auf die Brüste. Sie verreibt das Sperma, leckt den Männern die Glieder sauber, Schnitt, und dann geht es auch schon an die nächste Filmszene …«

Purius bekundete Begeisterung, trank genussvoll einen letzten Schluck von Alexas delikatem Nektar und fragte: »Frau Anwältin, darf ich Ihnen was zeigen?«

Von der Bibliothek aus ging es schnellen Schrittes ins Obergeschoss, in sein Arbeitszimmer. Dort drückte er einen winzigen silbernen Knopf, der sich am weiß gelackten Türrahmen befand. Augenblicklich fuhr lautlos eine gesamte Zimmerwand zur Seite. Dahinter kamen tausende pedantisch aufgepinnte Schmetterlinge zum Vorschein. Große und kleine, Wickler, Spinner, Bären, Eulen und Spanner, wie Purius sie zu unterscheiden wusste, grüne, blaue, gelbe, orangebraune, rote, pink- und honigfarbene.

Mich überkam das Gefühl, als wolle mir Purius – in eine Wolke aus Verlustangst gehüllt – noch rasch all seine Schätze präsentieren und zugleich jene Fragen stellen, zu denen er vielleicht schon bald keine Möglichkeit mehr haben würde. So ergab sich vor den Schmetterlingen ein kurioser Dialog.

»Mademoiselle, haben Sie eine Lieblingszahl?«

»Die Drei und die Sieben.«

»Mögen Sie Röcke?«

»Meinen ersten Rock trug ich nach dem 30. Geburtstag.«

»Und Campingplätze?«

»Was? Ob ich Campingplätze mag? Kann ich nicht ausstehen. Ich schätze die feinen kleinen Hotels. Jetzt aber Schluss mit dieser Fragerei.«

Purius hielt inne. Er reichte mir bereits eine Lupe mit Perlmuttgriff. Wir besahen uns die einzelnen Falter genauer. Zu vielen von ihnen wusste er, wie es seine Art war, amüsante Geschichten oder auch wissenschaftliche Fakten zu erzählen.

»Nennt sich so was noch Schmetterling?«, fragte ich, auf ein gelbes Tier in der Größe meiner Handfläche zeigend. »Ist das nicht eher schon ein Vogel?«

»Madame, wir haben es hier sehr wohl mit einem Schmetterling zu tun. Wenn ich jetzt noch wüsste, wie ...«

»Wie er heißt? Abbé, das kommt aber selten vor, dass Sie was nicht wissen«, sagte ich lachend.

»Jaja, ein wenig zerstreut bin ich heute. Möchte etwas besitzen, was man nicht besitzen kann – einen anderen Menschen. Sie bleiben doch, oder?« Als ich keine Antwort gab, begann er zu flehen, was ich als Domina liebe, als Anwältin allerdings nicht ausstehen kann: »Mademoiselle, bitte begleiten Sie mich nächsten Monat zur Jagd nach Tansania, bitte. Wir fliegen nach Daressalam und von dort ...«

»Aber ich mag es doch nicht, in Zelten zu schlafen ...«

»Die Zelte sind luxuriös, verfügen über edle Holzböden, Baldachinbetten, Badewannen. Sogar einen eigenen Butler werden

Sie haben. Mademoiselle, sagen Sie mir, bitte sagen Sie mir, wohin Sie wollen: Seidenstraße, Mexiko, Indien, Mali …?«

»Mitgehen werde ich nicht, doch ich verrate Ihnen meine liebsten Ziele. Ich mag die klassischen Destinationen: New York, Kapstadt, Moskau, Istanbul, Rom, Paris und Wien.«

Purius riss sich zusammen. Schluckte. »Alle Kontinente dabei! Einzig Australien scheint nicht nach Ihrem Gusto zu sein …«

»Naja, gegen ein eiskaltes Mineralwasser in Alice Springs habe ich gelegentlich nichts einzuwenden.«

Adele hatte nach uns gesucht. Als sie uns fand, verkündete sie, außer Atem geraten: »Neue Eindrücke, auch ein neues Gästezimmer braucht das Fräulein.«

Purius strahlte ob dieses mirakulösen Einfalls und rief: »Ganz recht! Neue Eindrücke! Ein neues Zimmer!«

»Mein Zimmer ist wunderbar. Abgesehen davon …«, versuchte ich einzuwenden.

»Das ägyptische vielleicht?«, fragte der Hausherr euphorisch.

»Sie haben ein ägyptisches Gästezimmer?«

Adele und Purius blickten sich fragend an. »Mademoiselle, haben Sie sich denn nie die anderen Räume im Gästehaus angesehen?«

»Nein, natürlich nicht!«

»Na, dann müssen wir Ihnen aber sofort alles zeigen. Wir werden ein neues Zimmer für Sie finden!«

Einem Triumphator gleich schritt Adele voran, wir hinterdrein.

Das Erdgeschoss des Gästehauses bestand aus einer Art riesigen Wohnzimmers im Stil einer russischen Datscha. Mit Wänden und Böden aus Birkenholz, einem mintfarbenen offenen Kamin, grob gewobenen Teppichen und niederen Sitzgelegenheiten, die mit fein geknüpften Kelims bezogen waren. Am Ende des Raumes stand unübersehbar ein rosa Karussell. Es besaß zwei braune und drei goldene Pferde mit ledernen Sätteln, war ein wenig kleiner als ein Jahrmarktkarussell, doch voll funktionsfähig und auch von Erwachsenen benutzbar. Des Weiteren fanden sich eine Stehbar, eine Tanzfläche – selbstverständlich mit der aus den Nachtclubs bekannten Tanzstange – und eine Karaokeanlage, die einzuschalten Purius leider nicht gelungen war. Nur zu gerne hätte ich ihn mir ein Ständchen bringen gehört.

Durchs Obergeschoss führte ein langer schmaler Gang, der zu beiden Seiten mit je vier weiß lackierten Türen flankiert war. Eine der Türen führte auch in *mein* Zimmer – weiße Wände, brauner Holzboden und raumhohe französische Fenster.

Purius geriet immer mehr in Euphorie: »Adele, welches Zimmer passt zur Frau Anwältin?«

Adele, von ihrer Idee anscheinend selbst nicht mehr überzeugt: »Genau besehen jenes, welches das Fräulein bereits bewohnt.«

Kurz entschlossen riss Adele eine der Türen auf und rief: »Das afrikanische Zimmer!« Purius hatte eine Lehmhütte in Afrika abtragen und in seinem Gästehaus neu aufbauen lassen. In der Hütte lagen farbenfrohe Tücher und Decken, aber auch aus Kalebassen gefertigte Schalen und aus Akazienholz geschnitzte Ritualwaffen. Der Boden um die Hütte herum war einem Mosaik gleich mit bunten Hülsenfrüchten beklebt worden.

Die Besichtigungstour konnte weitergehen. »Das französische *Boudoir*!«, verkündete Adele theatralisch während des Öffnens einer weiteren Tür. Ein filigranes Eisenbett mit floraler Bettwäsche und zahlreichen Kissen war zu sehen. Blümchentapeten in dunklen Blautönen, zwei altmodische Nachtkästchen, ein großer Wandspiegel und ein dreiflügeliger Paravent.

Die Einrichtung erinnerte mich an die alten französischen Filme – und ich war mir sicher, Purius hatte den Raum nach der Vorlage eines solchen Streifens gestalten lassen. Eine Verbindungstüre führte in ein äußerst schäbiges Badezimmer. Als der

Besitzer meinen irritierten Blick wahrnahm, sagte er: »Die Sanitäranlagen stammen aus einem französischen Mädchenpensionat. Mich reizte der Gedanke an die tausenden Schülerinnen, die sich im Laufe der Jahrzehnte an diesem Waschbecken die Zähne geputzt oder sich hierauf ...«, Purius zeigte auf die Toilettenschüssel, die zahlreiche Emailleschäden aufwies, »hierauf entspannt haben. Oder auch ... was glauben Sie, was manch ein Dämchen mit ihren nassen Fingerchen oder der Seife in der Hand unter dieser Dusche ...?«

»Das Schweizer Bauernzimmer!«, rief Adele, uns zur Eile mahnend. Was ich zuerst sah, war ein riesiger Heuwagen, der von Stroh überhäuft zu einem Bett umfunktioniert worden war. Ein sensationell bemalter Aussteuerschrank befand sich nicht neben, sondern auf dem Heuwagen. Genauer gesagt, an dessen Fußende. Er war mit allerlei Rosenkränzen und Heiligenbildchen behangen. Neben dem Bett stand in einschüchternder Größe ein ausgestopftes, braunweiß geflecktes Rind. Es war mit Girlanden und einer Kuhglocke geschmückt – und zu seinen Füßen befanden sich dehydrierte Kuhfladen. Als ich einen Stapel Ansichtskarten erblickte, abgestempelt in allen Teilen der Welt, sagte Purius: »Die habe ich mir alle selbst geschrieben. Wenn ich verreise, schicke ich mir immer eine Karte nach Hause!« Das angeschlossene Badezimmer mit Wänden aus roh zugehauenen Holzbalken besaß ein hölzernes Plumpsklo und eine aus Kupfer gefertigte, tiefe Badewanne. Im Regal fanden sich zahlreiche Kosmetikpinsel, Schminkspiegel und Dutzende Parfüms, ein jedes von ihnen unbenutzt.

»Und hier das Tantrazimmer!« Inmitten einer dschungelartigen Ansammlung von Grünpflanzen, überwiegend Bambus, fand sich eine mit sandfarbenem Leder bezogene Liegefläche. Zwischen all den Stämmchen und Blättern ein indisches Tablett mit Duftessenzen, Massageölen, Cremes, Räucherwaren, Seidentüchern und Federn. Für die besonders reizvollen Liebesspiele von der Decke baumelnd eine lederne Liebesschaukel, und an der Wand befestigt eine Bambusleiter. Auf einem filigranen Bambusregal eine Sammlung historischer Fotoapparate. Das Badezimmer war im japanisch-europäischen Stil der Tokioter Luxushotels gestaltet.

Auch wenn sich noch etliche weitere Räume zur Besichtigung angeboten hätten, mir fehlte die Lust dazu. Emotional wie geistig machte sich Erschöpfung in mir breit. Ich ließ mich auf die gepolsterte Matte fallen. Purius tat es mir nach einigem Zögern gleich. Während Adele kommentarlos von dannen schritt. Das einzige normale Zimmer in dieser Geisterbahn war offensichtlich seit Tagen von mir belegt.

Es ergab sich eine Plauderei über die Tatsache, dass niemand sein Beruf *ist*, sondern diesen stets nur *spielt*. »Mademoiselle, auch Sie sind nicht Domina, Anwältin und Filmproduzentin, sondern Sie spielen Domina, Anwältin und Filmproduzentin. So wie ich den durchgeknallten Exzentriker gebe. Oder wie Adele die Haushälterin mimt, obwohl alles, was ich über Kunst und Klassische Musik weiß, von ihr stammt. Niemand *ist* Ehefrau – man *spielt* Ehefrau.«

Purius griff nach einer Fotokamera aus den Fünfzigerjahren des vergangenen Jahrhunderts, spielte gedankenverloren daran herum und fragte nach einiger Zeit: »Mademoiselle, wünschen die Gäste im S/M-Studio fotografiert zu werden?«

»Einige wenige. Es handelt sich dabei allerdings um einen nur selten geäußerten Wunsch.«

»Wundert mich. Glauben Sie, der Mensch sei bezüglich Sadomasochismus irgendwann ebenso übersättigt und gelangweilt wie vom normalen Sex?«

Für einen Augenblick lag mir ein Ja auf den Lippen, doch ich sagte:

»Nein, ganz bestimmt nicht. Sadomasochismus ist sehr viel bunter, vielschichtiger und bietet sich geradezu an, um immer wieder neue Fantasien und Gelüste Wirklichkeit werden zu lassen.«

»Es kann somit auch vorkommen, dass ein Gast mit einem Wunsch erscheint, an den Sie als junge, doch erfahrene Domina noch nie gedacht haben?«, fragte Purius zweifelnd.

»Na klar, kommt immer mal wieder vor.«

Aus dem Garten war das mysteriöse und überraschend laute Pfeifen der Pfauen zu hören. Wir hörten zu, doch schon bald legte sich wieder die übliche Stille über das weitläufige Anwesen. Purius erhob erneut das Wort: »Was mich schon lange interessieren würde, darf ich fragen, finden sich im Garten eines S/M-Studios auch jene Geräte, die wir aus der Kammer kennen?«

»Ja, ist alles da: Käfige, Fesselrahmen, Hundehütten, Schweinekoben, Pranger und Streckbänke, ebenso wie Hindernisse für die Erziehung zum menschlichen Pony.«

»Zum ... menschlichen Pony! Dabei krabbeln die Gäste auf allen Vieren über die Hürden?«

»Kommt darauf an. Entweder auf allen Vieren. Oder ich lasse sie auf zwei Beinen wie im Zirkus an der Longe traben, galoppieren und über Hindernisse springen. *Hoch das Bein!* Bei Damen sieht das übrigens besonders hübsch aus, da sich ihr Busen beim Galopp rhythmisch mitbewegt.«

»Und bei Männern eben der ...«

»Naja!«

»Sind die weiblichen und männlichen Gäste dabei nackt?«

»Die einen sind nackt, abgesehen vom Zaumzeug natürlich. Andere wiederum tragen einen Federbusch auf dem Kopf, einen Ledersattel auf dem Rücken ... oder im Po einen Dildo mit einem daran befestigten Pferdeschweif.«

»Sehr schön, sehr schön! Lassen Sie die Sklaven im Garten auch Strafgymnastik machen?«

»Gelegentlich, das Vorturnen ist allerdings eher ein Exot im Studiodschungel.«

»Aber einen Schimpfnamen erhält der Gast doch gewiss, nicht?«

»Da bin ich kreativ, die Palette reicht von Engelchen und Kaninchen bis zu Doofschädel.«

Purius legte die alte Fotokamera zurück ins Regal und ließ den Blick durchs Zimmer schweifen. »Mademoiselle, befehlen Sie den Gästen auch, sich vor Ihren Augen selbst zu züchtigen, zu quälen oder zu beschimpfen?«

»Selten. Ich schlage schon lieber selbst und lasse die devoten Objekte in meine ohrfeigenkundigen Hände fallen.«

»In den vergangenen Tagen sprachen wir über die Leidenschaft vieler Menschen für Gummi. Sie erinnern sich? Bevorzugen die Gäste dabei die kurzen Zofenkleidchen und Strapse oder denn doch eher die ein wenig exotisch anmutenden Ganzkörperanzüge?«

»Die Anzüge sind eindeutig beliebter – und fühlen sich auf der Haut fantastisch an. Der gesamte Körper sollte eng anliegend mit Gummi überzogen sein. Anzug, Handschuhe, Maske.«

»Mademoiselle, Sie haben auch mehrmals Fußtritte und Ohrfeigen erwähnt ...«

»Oh, die sind beliebt. Sehr beliebt. Nicht zu vergessen der Wunsch, der Herrin mit offenem Mund als Aschenbecher, Spucknapf und Mülleimer dienen zu dürfen.«

Purius, schmunzelnd: »Und was stopft die Frau von Welt einem lebenden Mülleimer ins Maul?«

»Alles, gar alles! Der Gast muss allerdings nicht alles schlucken. Vieles darf er am Ende der Session ausspucken oder auch als Souvenir mit nach Hause nehmen. Hören Sie, Abbé, ich bin ein wenig müde ...«

»Gibt es ... von den Sklaven bevorzugten Müll?« Als hätte er meine Worte nicht gehört, setzte dieser ansonsten so zuvorkommende Mann die Befragung fort. Jetzt tat er mir in all seiner Verlustangst und Einsamkeit Leid.

»Viele Sklaven träumen übrigens davon, das voll gespritzte Kondom eines anderen Mannes in den Mund gestopft zu bekommen.«

»*Delicieux!*«, rief Purius, nun wieder lachend. »Wollen Sie mir verraten, was ansonsten noch verabreicht wird?«

»Für die Zwangsernährung eignet sich alles, was breiig ist und mächtig satt macht.«

Ich atmete ob dieser nicht enden wollenden Fragerei tief durch. Doch Purius ließ sich nicht abschrecken und begehrte nach mehr: »Was mich auch schon lange interessieren würde: Sind die Gäste während der Session barfuß?«

»Ja, immer!«

»*Oh là là*, ich glaube, das wäre mir zu kalt ...«

»Vielleicht sollte ich das *immer* relativieren. Im Laufe der Jahre sind zwei oder drei empfindsame Seelchen aufgetaucht, denen ich es erlaubt habe, in die Schuhe zu schlüpfen. Was allerdings, wie Sie verstehen werden, jeweils eine Extrastrafe nach sich gezogen hat.«

Purius lachte und fragte sogleich weiter. »Welche Bedeutung haben während einer Session die Blicke der Domina?«

»Das ist von Domina zu Domina verschieden. Für eine wie mich, die zu Verbalerotik nicht bereit ist, gehören Blicke zu den mächtigsten Waffen überhaupt.«

»Sie sind damit in der Lage, beim Gast eine Erektion auszulösen?«

»Selbstverständlich und jederzeit. Auch und gerade bei Ihnen, Abbé!«

Der Inquisitor blickte ein wenig verlegen zur Seite und setzte das Verhör fort. »Kann es gelegentlich vorkommen, dass ein Gast aufgrund der Aufregung während der gesamten Session keine Erektion zusammenbekommt?«

»In einem S/M-Studio ist *alles* schon vorgekommen. Finde ich übrigens superniedlich, wenn es bei einem Gast mal nicht läuft.«

»Und wann ist die Erektion des Gastes am stärksten?«

»Immer dann, wenn seine Neigung am besten getroffen wird.«

»Wenn es einem Gast während einer Session allzu früh kommt, handelt es sich dabei eher um eine Panne oder ist das eingeplant?«

»Eindeutige Panne! Sollte besser nicht passieren, also lieber aufpassen! Nur wenigen Männern gelingt es, danach nochmals ins Spiel reinzukommen. Bei den weiblichen Gästen sieht die Sache natürlich ein wenig anders aus ... die sind nach dem dritten Orgasmus deutlich schmerzgeiler als nach dem ersten.«

»Ist die Verehrung und Anbetung, die der Herrin während einer Session zuteil wird, ein jedes Mal angenehm und wohltuend oder gelegentlich denn doch auch nervend?«

»Anbetung ist immer wohltuend! Sehr wohltuend!«

»Darf ich noch fragen, möchte manch Gast Sie während der Erziehung in Alltagskleidung sehen?« Purius' Fragen kamen stakkatohaft und begannen mich immer mehr zu ermüden.

»Alltagskleidung ist beliebt. Die meisten Sklaven träumen allerdings davon, ihre Herrin mal nackt zu sehen.«

»Und?«

»Ein illusorischer, sehr illusorischer ... Traum! Mehr als meine Handschuhe ziehe ich nicht aus.«

»Handschuhe? Solche aus Seide?«

»Nein, eher die aus dem Klinikbereich bekannten Wegwerfhandschuhe, die es auch in Schwarz gibt und die ebenfalls bei Ihnen im Keller herumliegen. Äußerst beliebt bei Sklaven!«

»Glauben Sie, der typische Gast lebt seine S/M-Neigung auch zu Hause mit der Partnerin aus?«

»Nein! Männer wollen es daheim lieber ruhig, kuschelig und einschläfernd.«

»Und womit kann Ihnen persönlich der Partner zu Hause eine Freude bereiten?«

»Mit allem, was mich persönlich betrifft: Für mich kochen, mich massieren, solche Dinge.«

Wir entschlossen uns zu einem kleinen Spaziergang durch den Park. Die frische Luft gab mir Energie und ließ mich meine

Gefühle ordnen. Jede Faser meines Seins sehnte sich nach meinen Hunden, meinen Freunden und meiner eigenen Wohnung.

Als wir wortlos, *endlich wortlos*, ein kleines Stück zurückgelegt hatten, riss mich der Gastgeber bereits wieder aus meinen Gedanken. »Sehen Sie! Da oben!« Purius zeigte in Richtung des Gästehausdaches, auf dem sich eine Kuppel aus grün patiniertem Kupfer befand. »Dort befindet sich mein Observatorium, das müssen Sie sich ansehen …«

»Ich möchte jetzt lieber …«

»Kommen Sie, kommen Sie, das wird Ihnen gefallen!«

Die Besichtigungstour sollte an diesem Tage anscheinend kein Ende mehr nehmen – und der Beton meiner Entscheidung begann sich immer mehr zu härten.

Beeindruckend war die Sternwarte in seinem Gästehaus denn doch. Kreisrund war sie und in ihrer Mitte fand sich ein mächtiges weißes Teleskop. Die beiden Fauteuils, die mich an bequeme Fernsehliegen erinnerten, hatte der Hausherr ebenso mit langhaarigem Wolfsfell bespannen lassen wie den gesamten Fußboden. Weshalb ein Minirock aus Wildleder und eine wollene Strumpfhose herumlagen, entzog sich vollkommen meiner Vorstellungskraft. Ein Knopfdruck genügte und die gesamte kupferne Kuppel begann sich zu teilen und in den Flanken zu verschwinden. Über uns befand sich nur mehr eine Kuppel aus Glas, die einen faszinierenden Blick auf den in Entstehung befindlichen Sternenhimmel freigab.

Adele hatte zum Abendessen gerufen und uns direkt ins mit Kerzen erhellte Spiegelzimmer dirigiert. Nicht ohne mich wissen zu lassen: »Einfälle hat der Hausherr! Einfälle! In der Küche bin ich, sollte dem Fräulein etwas nicht bekommen!«

Als ich mit Purius ins Speisezimmer trat, wusste ich, was Adele gemeint hatte. Auf einer silbernen Platte waren kunstvoll und doch abstoßend ein mit Leber gefüllter Kuheuter, Blutwürste, ein wenig Tatar mit rohem Ei und zwei gedünstete Kalbszungen angerichtet. Daneben lagen mit Grünzeug dekorierte Stierhoden, zu einer kleinen Pyramide aufgehäufte Stieraugen und Schamlippen von Schafen, *pikant angebraten*, wie Purius sich ausdrückte.

Der Brieffreund besaß jene Mischung aus Intellekt, Charme und Liebenswürdigkeit, die ihn für Frauen begehrenswert erscheinen ließ. Gleichzeitig allerdings auch ein Übermaß an Wahnsinn, gepaart mit der Bereitschaft, sich an jeder Untiefe sittlichen Daseins zu laben.

Adele war verschwunden, und so wollte Purius mir ein leckeres Tellerchen anrichten. Doch dankend lehnte ich ab, hielt mich an die Petersilienkartoffeln, die ebenso wie Kapern-, Dill- und Knoblauchsaucen in Porzellanschalen bereit standen.

Als handle es sich um die normalste Sache der Welt, legte er sich ein Scheibchen von der Kuheuterleber aufs feine *Augarten*-Porzellan, erwartungsgemäß auch ein Schamlippenpaar und ein gar nicht kleines Stierauge.

»Mademoiselle, ich hatte gedacht ... wollen wir in die Küche gehen und uns was anderes ...«

»Nein, nein«, sagte ich triumphierend, »die Domina in mir will sehen, wie Sie das verspeisen.«

Purius aß mit großem Appetit und sichtlichem Genuss. Auch seine unterhaltsamen Anekdoten und Geschichten ließen nicht lange auf sich warten. »In Arabien sind die Stieraugen von alters her dem Ehrengast vorbehalten.« Der Ehrengast war wohl ich, denn das Sehorgan sollte er schlussendlich doch unangetastet im Teller liegen lassen.

Adele hatte mir längst ein nach offenem Feuer duftendes Steak mit Ofenkartoffeln und Rucola serviert, und so wurde es doch noch ein einigermaßen vergnüglicher Abend.

Nach dem Essen hörten wir im Blauen Salon die Musik des *Buena Vista Social Club*. Purius trank dabei einen eher dreifachen als doppelten Whisky, während ich mich an ein großes Glas Mineralwasser hielt. Mich im wahrsten Sinn des Wortes daran festhielt.

Dennoch ging ich früher als für gewöhnlich zu Bett. Mich in die Kissen vergrabend, die jeden zweiten Tag frisch bezogen worden waren und abwechselnd nach Vanille und Orangen dufteten, schlief ich rasch und erschöpft ein.

Der elfte Tag

Zu meiner Überraschung hatte ich wunderbar geschlafen und wie drei Tage zuvor vom Meer geträumt, von den hohen Wellen, der Brandung und der wärmenden Morgensonne. Als ich die Augen aufschlug, wusste ich in völliger Ruhe und Klarheit, was noch Stunden zuvor im Düstern gelegen hatte: Dies sollte und musste der Tag des Abschieds werden.

Nach dem Aufstehen nahm ich das Foto meiner Hunde zur Hand, gab dem schönen Paris einen Kuss auf die Schnauze und sagte halblaut: »Bald ist das Frauchen wieder bei euch!« Dabei wurden meine Augen feucht und eine Träne kullerte über die linke Wange.

Nun legte ich mich in den – noch immer zu großen – Whirlpool, wusch mir die Haare, schlüpfte in eine Jeans und ein khakifarbenes Shirt. Dann ging es auch schon – viel zu früh fürs Frühstück – hinüber ins Palais.

Purius saß bereits regungslos vor sich hinstarrend im Frühstückszimmer. Als er mich erblickte, sagte er mit kaum hörbarer Stimme: »Mir ist bewusst, was Ihr frühes Erscheinen bedeutet. Sprechen Sie es nicht aus!«

Zwei Stunden später standen wir am Kiesvorplatz und die lieb gewordene Fontäne gab ein letztes Mal ein Konzert für mich.

»Mademoiselle, werden Sie wiederkommen?«

»*Men'schuf!*«

Mit traurigen Augen blickte mich Purius wortlos fragend an.

»Abbé, ich bleibe dabei, Sie sind ein außergewöhnlicher Mann, in jeder Hinsicht. Aber ich bin eben eine Frau, die ihre absolute Freiheit braucht und genießt.«

»*Men'schuf?*«, fragte Purius, der des Arabischen sehr wohl ein wenig mächtig war.

»Steht in einem Ihrer klugen Bücher und heißt so viel wie: *Mal sehen!* Leben Sie wohl, Abbé! Für immer werde ich Sie in Erinnerung behalten!«

Eine weiße Limousine mit livriertem Chauffeur war zwischenzeitlich vorgefahren, um mich zu jener Stelle zu bringen, an der mich Purius 234 Stunden zuvor erwartet hatte. Adele war der Verabschiedung ferngeblieben. Mir selbst war es nicht möglich gewesen, nach ihr zu suchen und danke zu sagen.

Als ich bereits in den Wagen eingestiegen war, reichte mir Purius ein kleines Bündel, welches ich erst zu Hause angekommen öffnete. Eine handgeschöpfte Karte mit Wappen war beigefügt und es stand darauf in des Hausherrn altertümlicher Schrift zu lesen: »Ein Heimwehbrot für unsere Mademoiselle. Adele und Purius«

Noch während der Chauffeur die schwere Wagentür schloss, hörte ich Purius sagen: »Bleiben Sie mir gewogen, Mademoiselle!«

Nachtrag

Wenige Wochen nach Heras Abreise verlegte Purius seinen Wohnsitz nach Marrakesch. Ob diese überstürzte Wohnsitzverlegung einzig mit Hera in Zusammenhang stand, ist fraglich. Geschäftliche Interessen dürften ebenso mitausschlaggebend gewesen sein wie der Wunsch nach einem Leben in wärmeren Gefilden.

Adele, die Haushälterin, folgte ihm zwei Monate später nach Marokko. In jenes Land, in welchem Purius bis heute Anteile an zwei Hotels besitzt.

Heras geliebte und im Buch erwähnte Dogge Paris verstarb an einem 15. September, um drei Uhr nachts. Damit war einer ihrer wichtigsten Freunde aus dem Leben geschieden.

Danksagung Hera

Ich danke meinen Eltern, die mich – vielleicht ohne es zu wissen – stark und offen für die Welt gemacht und mir damit Flügel verliehen haben.

Ich danke Mirko J. Simoni, der die Geschichte einer außergewöhnlichen und in diesem Buch geschilderten Begegnung einfühlsam zu Papier gebracht – und mir damit eines der schönsten Geschenke meines bisherigen Lebens gemacht hat.

Ich danke Purius und Adele für ihre grenzenlose Gastfreundschaft – und die Erlaubnis, sie in diesem Buch erwähnen und beschreiben zu dürfen. *Ihr seid tief in meinem Herzen!*

Ich danke dem Verlagsteam für die wohlwollende Unbefangenheit, mit der es mich im Rahmen der Vertreterkonferenz empfangen hat. *Das war nett von euch!*

Danksagung Mirko J. Simoni

Mein Dank geht an meine Mutter, die wichtigste Person in meinem Leben. An meinen Vater, der mir an Kraft und Fleiß stets ein Vorbild sein wird.

An Hera, diese wunderbar edle und geheimnisvolle Frau, mit der eine respektvolle literarische Zusammenarbeit möglich war, die mich einen jeden Tag wieder mit Freude und Glück erfüllte und die meinen Glauben an die Menschheit stärkte.

An Robert M. Manner, der das Entstehen dieses Buches abwechselnd mit vernichtender Kritik, Lob und kraftvollen Hinweisen unterstützt hat.

An Oliver Schwarzkopf, der den Mut besaß, sich mit diesem *heißen* Buch erneut an ein kraftvolles und kontroverses Thema zu wagen.

WIE MÄNNER TICKEN

Über 100 Fakten, die aus jeder Frau
eine Männer-Versteherin machen

DER GROSSE BESTSELLER VON HAUKE BROST!

Denken sie wirklich immer nur an Sex? Wann sind sie treu und vor allem: wem? Warum laufen sie immer so schnell weg? Wie erzieht man sie um? Wie kommt man an ihr Geld? Wann lügen sie garantiert, und woran merkt man das? Das Buch zum Mann ist da. Und der lässt sich noch am ehesten mit einem Hund vergleichen, behauptet Partnerschafts-Autor Hauke Brost: Durchaus anhänglich, aber erziehungsbedürftig. Absolut triebgesteuert, aber lernfähig. Und im Übrigen so leicht zu durchschauen wie ein Mops vor der Wurst.

Falls jemand eine Frau kennt: Sie sollte das lesen. Sie erfährt, warum ihre letzte Partnerschaft den Bach runter ging und wie sie die nächste retten kann. Was Männer im Keller machen und was sie mit ihren Kumpels besprechen. Warum sie an manchen Sachen unglaublich hängen und warum sie niemals zuhören. Wie man mit ihnen shoppen kann und was sie wirklich gerne essen. Warum sie manchmal zu viel trinken und wann sie garantiert weinen müssen.

»Wie Männer ticken«: Über 100 Fragen, die sich jede Frau schon mal gestellt hat. Über 100 Antworten von Männern, die noch Männer sind. »Wie Männer ticken« ist ein großes Lesevergnügen, das Einblick gibt in die oftmals unverständliche Welt des Mannes.

Hauke Brost
WIE MÄNNER TICKEN
Über 100 Fakten, die aus jeder Frau
eine Männer-Versteherin machen
256 Seiten, Taschenbuch
ISBN-10: 3-89602-671-2 / ISBN-13: 978-3-89602-671-2
9,90 Euro

WIE FRAUEN TICKEN

Über 100 Fakten, die aus jedem Mann
einen Frauenversteher machen

DER NEUE BESTSELLER NACH »WIE MÄNNER TICKEN«!

»Vielschichtig, widersprüchlich, geheimnisvoll und komplex« – so stellt sich für viele Männer das Mysterium »Frau« dar.

Nach dem Bestseller »Wie Männer ticken« hat sich Erfolgsautor Hauke Brost zusammen mit Co-Autorin Marie Theres Kroetz-Relin aufgemacht, die fremde Galaxie »Frau« äußerst amüsant zu erkunden. »Wir wollten Tabus brechen und die Sprachlosigkeit zwischen Mann und Frau überwinden«, kommentiert das Autorenduo das Anliegen des Buches.

In den Antworten zu den 125 Fragen erklärt »Wie Frauen ticken« das komplexe Wesen »Frau«: Was würde sie echt beeindrucken? Warum telefoniert sie immer so lange? Wann kriegt sie Lust auf Sex? Wo sitzt eigentlich der G-Punkt? Warum gibt sie so viel Geld für Kosmetik aus? Und auch: Wie trennt man sich stressfrei von ihr?

Augenzwinkernd und schamlos erzählt »Wie Frauen ticken« die ungeschminkte Wahrheit über die weibliche Spezies.

Ein unverzichtbarer Ratgeber für alle Männer, die den wahren Sinn von »plapper-nörgel-schimpf-tratsch-schimpfschonwieder« verstehen wollen!

Hauke Brost & Marie Theres Kroetz-Relin
WIE FRAUEN TICKEN
*Über 100 Fakten, die aus jedem Mann
einen Frauenversteher machen*
240 Seiten, Taschenbuch
ISBN-10: 3-89602-684-4 / ISBN-13: 978-3-89602-684-2
9,90 Euro

DAS ERSTE MAL UND IMMER WIEDER

Die autobiografische Schilderung einer Prostituierten

»In meinem Leben habe ich circa sechstausendmal sexuelle Handlungen jeder Art mit Männern vorgenommen. Fünfmal wurde mir Gewalt angetan, davon zweimal in meiner eigenen Familie«, so die Bilanz der ehemaligen Prostituierten Lisa Moos. Mit 16 Jahren verkauft sie zum ersten Mal ihren Körper. In einem kleinen Bordell in ihrer Heimatstadt empfängt sie ihren ersten Freier. Viele weitere folgen.

Zwanzig Jahre später hat sie alle Höhen und Tiefen des Hurenlebens kennen gelernt: Sie hat ihren Körper für ein paar Euro auf dem Straßenstrich angeboten, in schäbigen Bordellen »angeschafft«, aber auch als Edel-Hure in Luxus-Etablissements.

Sie berichtet von der »schnellen Nummer« im Hinterhof, von Sex-Orgien, Sado-Maso-Partys und den Obsessionen und Wünschen ihrer zahlreichen Stammkunden und Freier, von angenehmen und erschreckenden Erfahrungen aus dem Rotlichtmilieu und der Welt der käuflichen Liebe.

Lisa Moos hat alle Spielarten der Leidenschaft erfahren, Perversion, Erniedrigung, aber auch Freundschaft, Hoffnung und Liebe. In dem Buch beschreibt sie schonungslos und offen den Liebes- und Leidensweg einer Prostituierten.

Lisa Moos
DAS ERSTE MAL UND IMMER WIEDER
Die autobiografische Schilderung einer Prostituierten
272 Seiten, Taschenbuch
ISBN-10: 3-89602-656-9 / ISBN-13: 978-3-89602-656-9
9,90 EUR

EXTREM! 2

Frauen, Männer und Paare erzählen von der Lust an ihrer Leidenschaft

Die Fachpresse war sich einig: »Extrem!« wird seinem Titel gerecht. Für »Extrem! 2«, den Nachfolger des erfolgreichen Bestsellers, hat sich Christoph Brandhurst erneut auf die Suche nach Menschen gemacht, die ihre Fantasien ausleben. Sechsundzwanzig Frauen, Männer und Paare offenbaren ihre sexuellen Vorlieben. Wie setzen sie ihre Träume und Fantasien um? Alexandra und ihr Mann André schildern ihre Besuche im Swingerclub, Heide und Peter ihre privaten Bondage-Sessions. Rolf will seine körperlichen Grenzen austesten – er ist süchtig nach Intimpiercings. Für Cora sind Sexualität und Schmerz untrennbar miteinander verbunden, sie liebt es »völlig ausgeliefert und überall zugänglich« zu sein. Der Fotograf Tom fühlt sich mit seinen Bildern ganz dem SM verpflichtet. »Extrem! 2« ist ein spannendes Lesebuch, das neue Perspektiven eröffnet und illustriert, wie man dem eigenen Leben und der eigenen Lust einen neuen Kick verpassen kann.

»Bei dem neuen Buch von Christoph Brandhurst handelt es sich um weit mehr als um einen schlichten Erotik-Schmöker. Bücher wie ›Extrem! 2‹ schlagen die Brücke zwischen unterhaltsamer Lektüre und einer Berichterstattung, die zum Nachdenken über die eigene Toleranz anregt. Mit ›Extrem! 2‹ hilft uns Brandhurst beim (sexuellen) Blick über den Tellerrand. Absolut lesenswert.« *Compossible*

Christoph Brandhurst
EXTREM! 2 – *Frauen, Männer und Paare erzählen von der Lust an ihrer Leidenschaft*
256 Seiten, Taschenbuch
ISBN-10: 3-89602-614-3 / ISBN-13: 978-3-89602-614-9
9,90 EUR

DIE KUNST DER WEIBLICHEN DOMINANZ

Eine Anleitung für Einsteiger

Prickelnd, erotisch und romantisch. Dominatrix Claudia Varrin führt Sie ein in die Welt der sexuellen Dominanz und Unterwerfung und zeigt, wie Sie Ihrem Liebesleben neue, aufregende Impulse verleihen können.

»Sein Körper wird Ihr Spielplatz sein – und er wird es lieben«, schwärmt Claudia Varrin über die einzigartige Liebesbeziehung in der Welt des Sadomasochismus – eine Welt, in der sexuellen Fantasien kaum Grenzen gesetzt sind und das Liebesspiel zur gelebten Inszenierung wird. Vom Aufspüren und Entdecken der eigenen Vorlieben und Wünsche über Planung und Ausstattung, wie das passende Outfit und den Umgang mit Sexspielzeug, leitet die Autorin zu lustvollen Experimenten und Liebesspielen an.

Pärchen und Neugierige, die Romantik, Aufregung und Exotik in ihr Liebesleben bringen möchten, werden ungeahnt erotische Stunden im Schlafzimmer verleben.

Claudia Varrin
DIE KUNST DER WEIBLICHEN DOMINANZ
Eine Anleitung für Einsteiger
272 Seiten, Taschenbuch
ISBN-10: 3-89602-710-7 / ISBN-13: 978-3-89602-710-8
9,90 EUR

WORTE DER LUST

Die Kunst des erotischen Sprechens. Von Bonnie Gabriel

Vielleicht haben Sie auch schon einmal daran gedacht, dass eine lustvolle Sprache die Qualität Ihres Liebeslebens steigern könnte. Vielleicht wollten sie selbst schon einmal Ihre Worte lustvoll aufladen oder von Ihrem Partner Erotisches zugeflüstert bekommen, sind jedoch bisher noch nicht in der richtigen Weise ermutigt worden?

Jene Aspekte des Liebesspiels, die sich im Kopf abspielen, werden oft übersehen. Dabei spielt sich Sex in erster Linie in der Phantasie ab. Kein Wunder: Gibt es doch sehr viel mehr Arten des verbalen erotischen Austauschs als es körperliche Stellungen gibt.

Mal gefühlvoll und romantisch, mal derb und direkt – »Worte der Lust« von Bonnie Gabriel ermuntert Paare, das erotische Sprechen zu entdecken und ihre geheimen Sexphantasien in Worte zu fassen. In vier Teilen begleitet die Autorin den Leser von den Anfängen bis zur hohen Kunst des »Dirty talking«. Lassen Sie sich verführen!

Bonnie Gabriel
WORTE DER LUST
Die Kunst des erotischen Sprechens
256 Seiten, Taschenbuch
ISBN-10: 3-89602-746-8 / ISBN-13: 978-3-89602-746-7
9,90 EUR

Mirko J. Simoni: HERA
Rechtsanwältin am Tage – Domina in der Nacht
11 Tage aus ihrem Leben
Eine authentische Erzählung

ISBN-10: 3-89602-745-X
ISBN-13: 978-3-89602-745-0

1. Auflage August 2006
2. Auflage September 2006

TITELBILD
Hera, im Frühjahr 2006.
Foto: Alex Majewski

KORREKTORAT
Linn Schumacher, Nadine Landeck

COVERGESTALTUNG
Jolanda Roskosch

KATALOG
Wir senden Ihnen gern kostenlos unseren Katalog
Schwarzkopf & Schwarzkopf Verlag GmbH / Abt. Service
Kastanienallee 32, 10435 Berlin
Telefon: 030 – 44 33 63 00
Fax: 030 – 44 33 63 044

INTERNET / E-MAIL
www.schwarzkopf-schwarzkopf.de
info@schwarzkopf-schwarzkopf.de